EEN VOC

Freida McFadden

Een voor een

Vertaald door Marije Willemsen

Vierde druk, april 2026

LAB Uitgevers
VBK Media B.V. / Utrecht
ISBN 9789032521547 (paperback)
ISBN 9789032521813 (e-book)
ISBN 9789032521820 (audioboek)
NUR 332

Oorspronkelijke titel *One by One*
Vertaling Marije Willemsen
Omslagontwerp Margo Togni
Zetwerk Crius Group, Hulshout

LAB Uitgevers vindt het belangrijk om op milieuvriendelijke en verantwoorde wijze met natuurlijke bronnen om te gaan. Voor de papieren editie van deze titel is daarom gebruikgemaakt van papier waarvan zeker is dat de productie niet tot bosvernietiging heeft geleid.

LAB
UITGEVERS

Proloog

ANONIEM

We zullen met z'n zessen zijn.

Zes volwassenen. Als sardientjes in een zespersoonsbusje gepropt, met alle bagage waar we onmogelijk zonder konden tijdens onze vakantie in een chic hotel. We hebben voor zes dagen geboekt. Zes dagen wandelen en bubbelbaden. Zes dagen weg van de bewoonde wereld.

Mijn moeder was een gelovige vrouw. Zo weet ik dat op de zesde dag zowel de mens als de slang werden geschapen. Je weet wel, de slang die Adam en Eva er uiteindelijk van overtuigde om van de verboden vrucht te eten, waardoor ze voor altijd uit de Hof van Eden werden geschopt? Daarom vertegenwoordigt het getal zes zowel de mens als het kwaad dat hem verzwakt.

In Openbaring *is 666 het getal van de duivel.*

Het zesde gebod is Gij zult niet doden.

Zes is geen mooi getal.

Ik ben niet gelovig. Ik ga niet naar de kerk. Ik geloof niet in een hogere macht. Zes is voor mij een getal als elk ander. Maar ik weet dat elk van deze zes mensen een geheim heeft waarvan ze niet willen dat iemand het weet.

Mijn geheim kan ik je nu al vertellen:

Aan het einde van deze week komt slechts een van ons levend thuis.

Hoofdstuk 1

CLAIRE

Ik weet niet wanneer ik mijn man begon te haten.

Dat was niet altijd zo. Toen we meer dan tien jaar geleden in het huwelijksbootje stapten, hielden we elkaars hand vast en zwoer ik dat ik voor altijd van hem zou houden. Tot de dood ons scheidde. En ik méénde het. Ik meende het met elke vezel van mijn wezen. Ik geloofde echt dat ik de rest van mijn leven met Noah Matchett getrouwd zou zijn. Ik fantaseerde hoe we samen oud zouden worden, elkaars hand vasthoudend in bijpassende schommelstoelen in een bejaardentehuis. En toen de dominee ons man en vrouw verklaarde, gaf ik mezelf een schouderklopje omdat ik de juiste man had gekozen.

Ik weet niet wat er gebeurd is tussen toen en nu. Maar ik kan die man niet meer uitstaan.

'Waar is mijn UChicago-shirt, Claire?'

Noah zit gebogen over de bovenste lade van zijn dressoir, zijn wenkbrauwen samengeknepen terwijl zijn hazelnootkleurige ogen naar de inhoud van de lade staren. Hij schraapt zijn keel, iets wat hij altijd doet als hij zich ergens op concentreert. Vroeger vond ik dat schattig en vertederend. Nu vind ik het irritant. Irritant als nagels op een schoolbord.

'Ik weet het niet.' Ik pak een paar shirts uit mijn eigen lade en schuif ze in de bruine koffer die open op ons bed ligt. 'Het ligt niet in de la?'

Hij kijkt op van de lade en trekt zijn lippen samen. 'Als het in de la lag, waarom zou ik het dan vragen?'

Hm. Misschien is dit waarom ik mijn man haat. Omdat hij een enorme eikel geworden is.

'Ik weet niet waar je shirt is.' Ik begin door mijn beha's te zoeken. Hoeveel beha's neem je mee voor een weekje weg? Ik weet het nooit zeker. 'Het is jóuw shirt.'

'Ja, maar jíj hebt de was gedaan.'

'Dus?' Ik stop vier beha's in mijn koffer, dat moet genoeg zijn. 'Denk je dat ik, terwijl ik de was doe, bij mezelf denk: O, hier is Noahs UChicago-shirt, dat kan ik beter op een speciale plek neerleggen, in plaats van in de la waar ik elk ander shirt van hem leg dat ik ooit gewassen heb in de geschiedenis van de was?'

Hij rolt met zijn ogen naar me en doorzoekt de la nog een keer. 'Nou, hier ligt het niet.'

'Ik weet niet wat ik je moet zeggen, Noah.'

Hij wrijft over de donkere stoppels op zijn kin die een beetje grijs zijn. Hij heeft zich al drie dagen niet geschoren, omdat hij thuis werkt. Het boeit hem niet hoe hij eruitziet, tenzij hij naar zijn werk moet. 'Misschien heb je hem per ongeluk in Aidans kast gelegd?'

Dat is onwaarschijnlijk, aangezien onze negenjarige zoon nu zijn eigen was doet. Op de een of andere manier kan mijn vijfdegroeper zijn eigen kleren wassen, maar mijn volwassen man kan dat niet. Vanaf het moment dat we trouwden, werd de was automatisch mijn verantwoordelijkheid. Er was geen discussie. De vrouw doet de was. Einde verhaal.

'Je mag gerust in Aidans kast kijken,' zeg ik.

Noah werpt me een geïrriteerde blik toe en stampt dan met zijn grote voeten krakend op de vloerplanken in de richting van de kamer van onze zoon. Daar zal hij het shirt niet vinden. Ik durf er een miljoen dollar om te verwedden dat het shirt in de bovenste lade ligt, waar hij al die tijd heeft gezocht.

Over een paar uur beginnen we aan een reis van een week naar een gezellige herberg in het noorden van Colorado. Het zal ongeveer vier uur rijden zijn om er te komen, gevolgd door een week van ontbijtbuffetten, een jacuzzi, natuurwandelingen en een meer met forellen die zowat uit het water springen. Het is de perfecte combinatie om weg te zijn van het leven in de stad (of in ons geval in de buitenwijken) en toch te kunnen genieten van warm en koud stromend water en kabel-tv. Ik kan niet wachten.

Nou ja, behalve dan de vier uur in een auto met mijn man. Die waarschijnlijk niet zal stoppen met praten over zijn stomme UChicago-shirt.

Ik stop een handvol sokken in mijn koffer en loop naar Noahs dressoir. Ik heb twee volle ladekasten en een hangkast vol kleren, terwijl Noah maar één kast heeft en een paar overhemden die bij mij hangen. Toen we pas samen waren, plaagde hij me altijd met hoeveel kleding ik had in vergelijking met hem. Hij plaagt me er nog steeds mee, maar de grappen zijn nu veel minder speels.

Als je nog één shirt koopt, moeten we een apart huis kopen voor jouw kleding, Claire.

Zoveel is het niet. Mijn vriendin Lindsay heeft letterlijk een hele kamer voor haar kleding. Maar zij is niet getrouwd. Dus ze kan doen wat ze wil zonder dat iemand anders kritiek heeft op elke beweging die ze maakt.

Ik ga door de lade, waarbij ik grijze en zwarte T-shirts aan de kant duw. Noah is nooit een fan geweest van felle kleuren. Hij houdt het liever bij grijstinten. Eén keer kocht hij een groen shirt. Dat was zijn midlifecrisis.

Al na een paar seconden zie ik iets kastanjebruins in een hoek van de lade liggen. Ik trek het shirt eruit en zie het woord UChicago in vervaagde letters op de voorkant staan. Noah heeft dit T-shirt al zolang ik hem ken. Het is zijn favoriete shirt.

Even krijg ik de neiging om dit shirt onder in de vuilnisbak te stoppen zonder het hem te vertellen. Hij zal zich er helemaal gek naar zoeken. En echt, dit shirt moet met pensioen. Er zit een gat in de kraag en de zoom is gerafeld.

Maar ik heb al genoeg geheimen voor mijn man. En ik wil de pure voldoening die het gaat geven om hem te vertellen dat het shirt al die tijd al in de lade lag niet missen.

'Mama?'

Mijn zevenjarige dochter Emma staat bij de deur van onze slaapkamer en kijkt naar hoe ik bedenk wat ik met haar vaders favoriete T-shirt moet doen. Ook al hebben we al ontbeten, ze draagt nog steeds haar *Frozen*-pyjama, die koningsblauw is met kleine sneeuwvlokjes. Schuldbewust leg ik het T-shirt terug in de la en draai me naar Emma om met een glimlach. Ze lacht niet terug.

Terwijl haar grote broer enthousiast is over het idee om een week bij tante Penny te logeren, vindt Emma het helemaal niks. De afgelopen week is Emma elke nacht bij ons in bed gekropen om te slapen. Gelukkig slapen Noah en ik met een gat zo groot als de Atlantische Oceaan tussen ons in.

'Wat is er, schat?' vraag ik.

Emma's onderlip trilt. Ze rent naar me toe en slaat haar magere armen om mijn heupen. 'Ga niet weg, mama. Alsjeblíéft.'

'Emma...'

Ik probeer haar van me af te wrikken, maar ze zit aan me vastgelijmd. Het is lief. Hoezeer ik mijn man ook haat, ik hou van mijn kinderen. Ik heb altijd van kinderen gehouden. Dat is een van redenen waarom ik lerares ben geworden. Niets maakt me gelukkiger dan die blije kleine gezichtjes te zien.

Ik reik naar beneden en veeg Emma's vochtige lichtbruine krullen uit haar gezicht. Haar haar lijkt op dat van mij, maar het is nog steeds babyzacht. Ik leun voorover en begraaf mijn gezicht erin. Het ruikt naar haar watermeloenshampoo. 'Het is maar een weekje, lieverd,' zeg ik.

Ze kijkt naar me op met haar kleine, betraande wangen. 'Maar wat als er iets met je gebeurt?'

Ik weet niet hoe mijn zevenjarige dochter zo neurotisch is geworden. Ze maakt zich overal zorgen om, ook over dingen waar geen enkel kind zich zorgen over zou hoeven maken. Toen er vorig jaar sprake was van een lerarenstaking, was ze bang dat ik geen werk zou hebben en dat we ons geen eten zouden kunnen veroorloven. Welke zevenjarige maakt zich daar zorgen over?

'Waarom ben je zo bezorgd, Emma?'

Ze kauwt op haar roze lipje. 'Nou, je gaat naar het bos.'

Ik neem het haar niet kwalijk dat ze zich zorgen maakt als ze dat denkt. Haar beide ouders zijn niet wat je noemt 'buitenmensen', bij lange na niet. 'Maak je geen zorgen,' zeg ik. 'We zitten in een mooi hotel. Het is echt veilig.'

'Maar ik had een droom dat...'

'Dat wat?'

Emma fronst. 'Dat een monster in het bos je op ging eten!'

Het is natuurlijk lachwekkend. We blijven het grootste deel van de week in het hotel, en als we er toch opuit trekken, blijven we op afgebakende locaties zoals wandelpaden voor saaie toeristen. En zelfs als we dat niet zouden doen, weet ik zeker dat wat Emma zich voorstelt een soort blauw Koekiemonster-achtig wezen is dat uit de wildernis verschijnt en ons allemaal in één klap in zijn mond propt.

Toch heeft Emma soms een vreemd voorgevoel over dingen. Op een nacht kwam ze om twee uur 's nachts huilend onze slaapkamer binnen, omdat ze had gedroomd dat opa Joe was overleden. Twee dagen later bezweek mijn ogenschijnlijk gezonde vader aan een zware hartaanval. Noah bestempelde het allemaal als toeval, maar ik ben het nooit vergeten.

Ik geef het niet graag toe, maar Emma's voorgevoel maakt me ongemakkelijk.

Misschien is deze reis een vergissing.

Ik kijk naar de twee koffers op ons bed. Die van Noah met de kleren er lukraak in gepropt en die van mij met alles netjes opgevouwen. Wat als ik hem vertel dat ik niet wil gaan? Gaat hij dan door het lint? Of zou hij opgelucht zijn dat hij de komende week niet hoeft door te brengen met iemand die hij haat?

Maar dan hoor ik Noah buiten de deur lachen. Blijkbaar heeft hij het hele gesprek gehoord. 'Emma!' Hij staat in de deuropening met zijn armen over zijn borst gevouwen. 'Daar maak je je toch niet echt druk over?'

Emma's onderlip trilt.

'Je weet dat monsters niet bestaan!' Hij houdt zijn hoofd schuin. 'Nou ja, behalve dan... kietelmonsters!'

Ondanks haar zorgen worden Emma's bruine ogen opgewonden groot. Na een minuut kietelen lijkt ze haar enge droom helemaal vergeten te zijn. Het moet fijn zijn om een kind te zijn dat in het moment kan leven en alles kan vergeten met behulp van een beetje kietelen.

Noah is goed met de kinderen. Ik kan het niet ontkennen. Ze zijn dol op ze en hij houdt net zoveel van ze als ik. En daarom zijn we nog steeds samen, ook al verachten we elkaar. Ook al hebben we het nooit hardop gezegd, we weten allebei dat we bij elkaar blijven voor de kinderen. Voor nu.

'Oké,' zegt Noah tegen Emma. 'Je tante Penny kan hier elk moment zijn. Is je koffer al gepakt?'

Speciaal voor deze reis hebben we voor Emma een *Frozen* rolkoffer gekocht. Ze was er zo blij mee toen ze hem kreeg. 'Bijna.'

'Nou, je kunt beter verdergaan met inpakken.' Hij trekt een wenkbrauw op. 'Anders... komt het kietelmonster misschien terug...'

Hij maakt klauwen van zijn vingers, Emma slaakt een gilletje en vlucht de kamer uit. Hij kijkt haar na, een scheve glimlach op zijn gezicht. Even herinner ik me hoeveel ik van hem hield. Hoeveel plezier we samen hadden. Hoe mijn hele lichaam tintelde van verwachting als ik wist dat hij me mee uit eten zou nemen. Hij maakte me altijd aan het lachen, net zoals hij Emma aan het lachen maakte.

Ik vraag me af of we dingen kunnen oplossen. Misschien als ik nu iets aardigs zeg in plaats van zoals gebruikelijk te snauwen, zou hij glimlachen en lachen. En misschien kunnen we deze reis gebruiken om onze relatie te verbeteren. Misschien is het nog niet te laat voor ons.

Maar dan draait Noah zich om en kijkt me aan. De glimlach glijdt van zijn gezicht.

'Je hebt mijn shirt kwijtgemaakt,' zegt hij.

'Het lag al die tijd al in je la, Einstein.'

We gaan vandaag niets oplossen. Misschien wel nooit.

Hoofdstuk 2

CLAIRE

Mijn zus Penny arriveert om precies halftien op onze oprit om de kinderen op te halen. Mijn makkelijke eerstgeborene Aidan aanvaardt een kus op zijn wang, klimt dan gehoorzaam in haar terreinwagen en gespt zichzelf vast. Hij is de stoelverhoger nog maar net ontgroeid en hij neemt zijn nieuwe verantwoordelijkheid heel serieus.

Emma is een ander verhaal. Ze hecht zich stevig aan mijn heup, de troost die ze aan de kietelaanval had ontleend, is al lang vervaagd.

Penny loopt langs de zijkant van de auto, haar blonde paardenstaart zwiept terwijl ze haar handen afveegt aan haar yogabroek. 'Wat is er mis, Em? Wil je geen superleuke week doorbrengen met tante Penny?'

Emma gaat een geweldige tijd hebben met Penny. Penny heeft zelf drie kinderen en die zijn altijd wel bezig met een spannend (en rommelig) bakproject. Of kunst met macaroni. En ze heeft een glijbaan in haar achtertuin. Maar op dit moment kan dat mijn dochter weinig schelen. Ze reageert door te proberen haar hoofd in mijn buik te verstoppen.

'Ze droomde dat een monster ons opat,' leg ik uit.

'O, eng!' Penny knikt begrijpend. 'Maar ik denk niet dat er monsters zijn waar je vader en moeder naartoe gaan, Em. Ze gaan naar Noord-Colorado en alle monsters zitten in het zuiden. Dus het komt wel goed met ze.'

Een ander kind zou het misschien geloofd hebben, maar Emma is de dochter van een natuurkundige. Ze heeft een feilloos gevoel voor logica. Dus werpt ze Penny een vernietigende blik toe en keert haar gezicht terug naar mijn heup.

Voor de tweede keer deze ochtend vraag ik me af of deze reis een vergissing is. Ik heb al ruzie met Noah en nu gaan we ook nog eens víér úúr samen in de auto doorbrengen. Soms tempert het feit dat onze vrienden bij ons in de auto zitten onze ruzies, maar vaak zijn ze gewoon een gênant publiek van hoe erg Noah en ik elkaar zijn gaan haten.

Misschien moet ik thuisblijven. Ik kan nog afzeggen. Noah gaat maar zonder me.

Maar er is nog een reden waarom ik deze reis wil maken. En de reservering is hoe dan ook niet terug te vorderen.

Door samen te werken, krijgen Penny en ik Emma van mijn heup, vooral met de belofte van heel veel ijs. We gooien de bagage van de kinderen in haar kofferbak en dan zijn ze klaar om te gaan. Ik krijg een steek van verdriet in mijn borst, in de wetenschap dat ik een hele week weg van mijn kleintjes ben. Ook al maken we elk jaar een tripje zonder de kinderen, het doet altijd een beetje pijn.

'Ik zal goed voor ze zorgen,' belooft Penny.

'Dank je.' Ik weet dat ze dat zal doen. Ze is een soort supermoeder. Tussen mijn constante ruzies met Noah en mijn drukke baan als leerkracht in het speciaal onderwijs, heb ik soms het gevoel dat ik tekortschiet in het moederschap. Maar ik zou mijn baan nooit opgeven, daarvoor vind ik het veel te leuk.

'Trouwens.' Ze gaat een beetje zachter praten. 'Heb je Noah verteld over...?'

Ik werp een blik op het huis. Noah is nog steeds aan het inpakken boven in onze slaapkamer. 'Nee. Nog niet.'

Haar ogen worden groot. 'Claire, je moet het hem vertellen! Wanneer ga je het zeggen?'

'Binnenkort, oké?' Ik wil niks uitleggen over onze stomme ruzie over zijn T- shirt. 'Ik zeg het voordat we er zijn.'

Ze werpt me haar klassieke ik-ben-de-grote-zus-die-het-beter-weet-dan-jij-blik toe. Ik haat die blik. Vooral omdat ze gelijk heeft. Noah en ik moeten zo snel mogelijk praten. Ik kan dit niet voor hem verzwijgen.

'Ik zeg het zodra we in de auto zitten,' zeg ik. 'Voordat we bij Lindsay zijn.'

Ja, dat wordt een interessante rit.

Ik omhels Penny ten afscheid en vouw mezelf dubbel om de kinderen op de achterbank nog een laatste kus te geven. Emma klampt zich extra stevig aan me vast. Waarom kan ik dit onbehaaglijke gevoel niet van me afzetten? We hebben elk jaar dat we getrouwd zijn zo'n tripje gemaakt. Dit is de eerste keer dat ik er zo'n slecht gevoel over heb.

Het is allemaal Emma's stomme droom. Ik weet dat het belachelijk is, maar het drukt op me.

Ik moet het uit mijn hoofd zetten. Voordat het de week verpest.

Hoofdstuk 3

CLAIRE

We gaan met mijn zilverkleurige minibusje op reis, omdat we er met z'n zessen in kunnen. Noah vond het belachelijk dat ik het busje kocht, maar ik carpool voortdurend, dus het komt vaak van pas. Er zijn drie rijen met zitplaatsen, dus de kinderen hoeven niet op elkaar gepropt te worden. Ik ben er dol op. Zoals gewoonlijk zat Noah er helemaal naast.

Ik haal Emma's stoelverhoger eruit zodat alle volwassenen een plekje hebben om te zitten. Gisteravond heb ik de auto schoongemaakt, die beschamend vies was. Hoe zijn er zoveel frietjes op de achterbank terechtgekomen? En waarom was alles zo plákkerig? Ik heb mijn best gedaan om het schoon te maken, maar waarschijnlijk zijn er nog een paar plakkerige plekjes over.

We hebben elk één stuk bagage, maar mijn tas is twee keer zo groot als die van Noah en tot de nok toe gevuld. Hij gooit mijn bagage zo ruw achterin dat ik blij ben dat ik niets breekbaars heb ingepakt. Hij heeft besloten om zijn agressie tegen mij af te reageren op mijn bagage. Van de positieve kant bekeken heeft hij zich in ieder geval geschoren voor de reis.

'Waar heb je in godsnaam zoveel spullen voor nodig?' moppert hij. 'We gaan maar een week.'

Toegegeven, ik ben niet licht bepakt. Maar het is eind juni en dat betekent dat het net zo goed koud als broeierig kan zijn. Ik moet voorbereid zijn. 'Alsof jij niet genoeg bij je hebt,' zeg ik.

Noah legt zijn gloednieuwe hengeldoos voorzichtig achterin. 'Ik ga vissen. Ik heb dit nodig.'

Dat klopt. Hij vindt het al maanden spannend om te gaan vissen. 'Ik snap nog steeds niet waarom je zo enthousiast bent over urenlang op een meer zitten. Het klinkt ondraaglijk.'

Hij haalt zijn schouders op. 'Ik moet gewoon... Ik moet mijn hoofd leegmaken.'

Prima, maakt niet uit. Zolang hij me maar niet vraagt om mee te gaan. Als we met z'n tweeën op een boot het meer op gaan, ben ik bang dat er maar een van ons levend terugkomt.

Noah pakt de reservesleutels uit de zak van zijn spijkerbroek en gaat op de bestuurdersstoel zitten. Het is een vreemde zet, aangezien dit míjn auto is. Ik tik op het raam aan de bestuurderskant. 'Wat doe je?'

'Wat? Gaan we niet weg?'

'Ja, maar het is mijn auto. Waarom rij jíj?'

Hij werpt me een doordringende blik toe. 'Kom op, Claire. Je hebt deze auto pas drie jaar en er zitten al tien deuken in.'

Dat is niet helemaal onjuist. Maar toch. 'Niet al die deuken zijn mijn schuld.'

'Als jij het zegt.'

Ik tandenknars en vraag me af of dit het waard is om ruzie over te maken. Het is niet alsof ik dol ben op autorijden en zo graag vier uur achter het stuur wil zitten. Maar waarom gaat hij ervan uit dat hij altijd degene is die rijdt tijdens deze lange ritten? Erger nog, later gaat hij klagen dat ik hem heb laten rijden en dat hij nu moe en chagrijnig is.

Als we geen twee kinderen hadden, zou ik er nu mee stoppen. En wel meteen.

Even sta ik mezelf toe om te fantaseren. *Noah, het is voorbij.* Het zou zo goed voelen om die woorden te zeggen.

In plaats daarvan klim ik naast hem op de passagiersstoel. Ik strijk de lichtroze korte broek glad, die ik vorige week heb gekocht, en die voor mijn leeftijd nog best mooie benen laat zien. Niet dat het

Noah op zou vallen. Vroeger kleedde hij zich netjes als we samen uitgingen, maar nu houdt hij het bij jeans en een T-shirt. Hoewel ik moet toegeven dat het niet slecht staat bij zijn stevige postuur.

Hij duwt zijn bril omhoog en draait zijn hoofd om me aan te kijken. 'Moet je niet naar de wc?'

'Nee.'

Hij fronst. 'Ga nu nou maar. Ik ga niet over een halfuur bij een tankstation stoppen omdat je toch moet.'

'Prima. Ik hoef niet.'

'Echt? Want ik heb het gevoel dat wanneer je niet meteen gaat voordat we vertrekken, ik uiteindelijk na een paar minuten moet stoppen.'

Ik staar hem aan. Gaat het hier echt over? Ik ben geen kleuter. 'Noah, als ik naar de wc moest, zou ik gaan. Maar ik hoef niet.'

Hij staart me even aan en start dan de auto. 'Oké, Claire.'

Ik laat me woedend achterover in mijn stoel vallen terwijl hij voorzichtig achteruit de oprit af rijdt en in de richting van Lindsays huis begint te rijden. Na een minuut stilte zet hij de radio aan en de stem van Adam Levine zingt de tekst van een liedje dat ik al honderden keren eerder heb gehoord.

Noah tuurt door zijn bril naar de weg. Toen we begonnen te daten, droeg hij alleen een bril in de klas en tijdens het autorijden. Hij droeg hem nooit tijdens onze afspraakjes. In de afgelopen vijftien jaar is hij op het punt gekomen dat hij hem altijd draagt. Hij zegt dat zijn zicht slechter is geworden, maar daar ben ik niet zo zeker van. Hij draagt ze altijd om dezelfde reden dat hij zich niet scheert als hij niet op zijn werk hoeft te zijn. Ik bof dat hij zich nog aankleedt of doucht.

'Ik heb aparte kamers geboekt,' flap ik eruit.

Noah remt bij een rood licht. Hij draait zich om en staart me aan, zijn hazelnootkleurige ogen wijdopen. 'Wát?'

'In de herberg.' Ik kijk van hem weg, door de voorruit. 'Ik heb twee slaapkamers voor ons geboekt.'

'Serieus?' Ook al hebben we de hele ochtend non-stop ruzie gemaakt (hel, het hele jáár), hij klinkt gekwetst. 'Maar... waarom?'

'Nou...' Ik speel met een los draadje aan mijn shirt. 'Ik dacht gewoon... Ik bedoel, je snurkt, Noah. En jij zegt altijd dat ik te veel beweeg in mijn slaap. Dus ik dacht dat we misschien allebei beter zouden kunnen slapen als we apart slapen.' Haastig voeg ik er aan toe: 'Alleen voor deze week.'

Voorzichtig werp ik een blik op Noah. Zijn ogen zijn gericht op het zebrapad en een spier trekt in zijn kaak.

'Ik bedoel,' brabbel ik verder, 'er zijn een heleboel stellen die helemáál zonder elkaar op vakantie gaan. Daar is niets mis mee. Je weet wel, een beetje tijd voor jezelf. Je gaat toch het grootste deel van de tijd vissen en je moet heel vroeg opstaan...'

Het licht springt op groen en Noah geeft zo hard gas dat mijn hoofd achterover slaat. 'Juist. Ik snap het.'

'Dus... je vindt het goed?'

Die spier trekt nog steeds in zijn kaak. 'Natuurlijk. Aparte slaapkamers. Perfect. Misschien hoeven we elkaar wel helemaal niet te zien deze vakantie.'

'Noah...'

Maar voordat ik nog een woord kan zeggen, reikt Noah naar voren en zet het volume van de radio zo hard dat elke poging tot conversatie overstemd wordt. Ik vermoed dat we het hier niet meer over zullen hebben.

Hij is niet blij. Eerlijk gezegd dacht ik dat er een kans was dat hij opgelucht zou zijn dat we niet een hele week samen in een klein kamertje zouden zitten. Blijkbaar niet.

Toch neem ik het niet terug. Ik heb de hele maand uitgekeken naar deze aparte kamers. Ik had het hem waarschijnlijk eerder moeten vertellen, maar ik wilde niet dat hij er wekenlang over zou mokken. Ik weet zeker dat als we er eenmaal zijn, hij de wijsheid van mijn beslissing zal inzien. En misschien gaan we volgend jaar wél apart op vakantie. Lindsay en ik zouden die reis naar Hawaï kunnen maken waar we het al jaren over hebben.

Of misschien zijn we volgend jaar wel helemaal niet meer samen. Je weet maar nooit.

Hoofdstuk 4

CLAIRE

Het duurt bijna een halfuur om van ons huis in Castle Pines naar Lindsays appartementencomplex in Denver te rijden, en in die tijd wisselen Noah en ik geen woord met elkaar. Hij kijkt me niet eens aan.

De logische kant van mij zegt dat we deze reis moeten cancelen. Of in ieder geval dat ik niet mee moet gaan. De rit van vier uur is al erg genoeg, maar nu moeten we ook nog een hele wéék samen doorbrengen zonder de buffer van ons werk en de kinderen? Dat klinkt als de hel.

Maar ik heb ook zo mijn redenen om wel te willen gaan.

Het plan is dat we allemaal afspreken voor Lindsays complex, omdat dat een plek is waar iedereen makkelijk een week de auto kan laten staan. We zijn tien minuten te vroeg, maar Lindsay staat al buiten met twee enorme koffers, meer dan ik heb. Ik overweeg Noah daarop te wijzen, maar ik besluit ons zwijgen niet te verbreken.

Lindsay zwaait enthousiast als ze het busje ziet. Ze ziet er fantastisch uit. Haar blonde haar zit in een perfect warrige knot, ze heeft een Ray-Ban op haar neus en de pijpen van haar skinny jeans zijn in het schattigste paar zwarte wandelschoenen gepropt. Ik wil graag geloven dat ik in goede conditie ben gebleven na mijn studie, maar van onze groep is Lindsay de enige die er béter uitziet dan op school. Haar kont is niet gaan hangen, maar lijkt elk jaar ronder te worden.

Ik werp een blik naar Noah om te zien of hij haar bekijkt. Dat doet hij niet. Hij mokt nog steeds over ons gesprek.

We doen de kofferbak open zodat Lindsay haar koffers erin kan gooien en dan gaat ze op de middelste rij zitten, vlak achter me. We omhelzen elkaar snel en Noah verbreekt zijn stilte om gedag te zeggen. Hoewel Noah Lindsay al bijna net zo lang kent als ik, knuffelen ze niet. Noah is niet het type man dat iedereen maar omhelst. Omhelzingen zijn alleen voor naaste familie.

'Zo!' zeg ik. 'Dus we gaan Warner eindelijk ontmoeten! Héél spannend!'

Lindsays porseleinen huid bloost van geluk. 'Ik kan niet wachten tot je hem leert kennen, Claire. Hij is... nou, hij is geweldig. Ik denk echt dat hij de ware is.'

'Is dit de dokter?' vraagt Noah. Hij klinkt volkomen ongeïnteresseerd, maar hij is tenminste beleefd.

Ze stopt een losse lok van haar asblonde haar achter haar oor. 'Hij is chirúrg.'

Ik zie hem naar haar kijken in de achteruitkijkspiegel. 'Wat voor chirurg?'

'Plastisch chirurg.' Voordat Noah commentaar kan geven, voegt ze er snel aan toe: 'Maar hij doet niet alleen borstvergrotingen en facelifts. Hij doet gezichtsreconstructies. Hij verricht wónderen. Je zou moeten zien wat zijn patiënten online over hem zeggen.' Ze ploft achterover tegen de stoel. 'Maar hij is niet vol van zichzelf. Hij is echt lief en nuchter.'

Ik knipoog naar haar. 'En knap?'

'Zo knap!' Ze giechelt. 'En weet je wat het leukste is? Hij is een Schorpioen.'

Noah snuift. 'Dát is het leukste?'

Noah gelooft niet in horoscopen of sterrenbeelden of iets waar geen wetenschappelijk bewijs voor is. En dat steekt hij niet onder stoelen of banken. Het boeit Lindsay echter niet. Volgens haar is hij een typische Steenbok.

'Het is perfect omdat ik een Maagd ben,' legt ze hem uit. 'Maagd is een aardeteken en wij zijn de meest kieskeurige van de aardetekens. Maar watertekens, zoals Schorpioen, maken ons zachter en geven ons een emotionele uitlaatklep.' Ze kijkt ons ernstig aan. 'Het is een heel krachtige balans.'

'Ik snap het,' mompelt hij. 'Hoe komt het dan dat zo'n begeerlijke jonge Schorpioen nog steeds vrijgezel is?'

Ze fronst. 'Het is een beetje een triest verhaal. Warner was zeven jaar samen met een vrouw, maar vorig jaar is ze... overleden.'

Ik sla een hand voor mijn mond. 'O, dat is vreselijk.'

Ze knikt somber. 'Kanker. Het was heel zwaar voor hem.'

'Natuurlijk...'

'Dus... we doen het rustig aan.' Ze tuurt uit het raam. 'Maar het begint nu serieus te worden. Hij hintte er zelfs naar om naar ringen te kijken.'

'Wauw,' zeg ik. 'Dat is ongelofelijk. Ik wist eigenlijk niet eens of je wel wilde trouwen.'

'Ik wist het ook niet zeker,' geeft ze toe. 'Maar Warner is gewoon zo geweldig. Sinds ik hem heb ontmoet, kan ik me niet voorstellen om ooit met iemand anders te zijn. Maar jij weet vast wel hoe dat is...'

Ik adem in. Ik kijk naar Noah en het is duidelijk dat hij denkt wat ik denk. 'O, daar is hij!' roept Lindsay.

Ik kijk op en volg Lindsays blik uit het raam. Ze heeft het al zes maanden over deze jongen, maar ze heeft ons nog nooit aan hem voorgesteld en ze is nogal vaag over de details. Geen enkele zoektocht op internet heeft iets opgeleverd en ik kan niet wachten om hem eindelijk te ontmoeten.

En nu ik Warner eindelijk heb gezien, nou...

Laten we zeggen dat dit precies het soort man is waarvan ik had gedacht dat Lindsay uiteindelijk zou besluiten om mee te trouwen.

Allereerst is hij prachtig. Zodanig dat mijn mond een beetje openvalt. Niet dat Noah er niet goed uitziet, mijn man kan heel aantrekkelijk zijn als hij een pak aantrekt. Maar Warner ziet eruit alsof hij een filmster zou kunnen zijn. Blond door de zon gebleekt haar, helderblauwe ogen, met stevige spieren die zichtbaar zijn onder zijn T-shirt. En hij heeft een kuiltje in zijn kin. Lindsay houdt van kuiltjes. Ze heeft de theorie dat elke echt knappe persoon een kuiltje in zijn kin heeft.

'Wauw,' zeg ik hardop.

'Ja toch!' Lindsay is blij met mijn goedkeuring. 'Is hij niet sexy?'

Noah rolt naast me met zijn ogen, maar zelfs hij moet zien hoe knap Warner is. Als ik omkijk naar Lindsay, zie ik hoe verliefd ze is. Ze is altijd al de kieskeurigste persoon geweest die ik ken als het op mannen aankomt – ze heeft al heel wat goede mannen zonder duidelijke reden gedumpt – maar ik moet toegeven dat ze wist wat ze deed toen ze afhield. Ze vindt deze man echt leuk.

Wat me ook opvalt aan Warner is dat hij maar één stuk bagage heeft. Eén kleine tas. Noah is vrij licht bepakt, maar deze jongen wint. Hij heeft maar één kleine tas waar misschien maar voor een dag of twee aan kleding in past.

Lindsay opent de achterdeur en Warner komt het busje in. Hij glimlacht, een glimlach die hem nog aantrekkelijker maakt, als dat al mogelijk is. Hij steekt zijn hand naar me uit en zijn handdruk is warm en stevig. Als deze man mijn chirurg was, zou ik het gevoel hebben dat ik in zeer bekwame handen was. Hij zou elke dag van de week het vet van mijn lovehandles mogen zuigen.

'Jij moet Claire zijn,' zegt Warner. Zijn stem is een rijke bariton die weerklinkt in de auto. 'Ik heb zoveel over je gehoord.'

'Niks dan goeds, hoop ik!' Mijn stem trilt een beetje. Ik ben vreemd genoeg nerveus.

'Alleen maar.' Hij knipoogt naar me, waardoor ik begin te giechelen als een schoolmeisje. Hij richt zijn aandacht op Noah. 'Noah, toch?'

Noah schudt zijn uitgestoken hand met aanzienlijk minder enthousiasme. 'Aangenaam kennis te maken. Jij bent toch degene die deze herberg heeft aanbevolen?'

Warner knikt enthousiast. 'Ik ben er al vaak geweest. Je vindt het vast geweldig. Ik hoorde dat je interesse had om te gaan vissen?'

Noah haalt zijn schouders op, ook al is dat het enige waar hij de afgelopen week over kon praten. 'Ik dacht het eens te proberen.'

'Het is daar geweldig om te vissen. De forellen springen zo uit het water. Je zult het fantastisch vinden.'

Lindsay pakt Warners hand en laat haar vingers in de zijne glijden. Hij grijnst naar haar met lust in zijn ogen. Ze vormen een zeer aantrekkelijk stel. Ik doe alsof ik niet kijk. Ik wil zeker niet toegeven dat dit ervoor zorgt dat mijn borst brandt van jaloezie. Noah en ik waren vroeger ook zo. Maar dat is slechts een verre herinnering.

Terwijl Lindsay en Warner knuffelen op de achterbank, staar ik uit het raam en vraag me af waar Jack en Michelle zijn. Michelle is altijd erg stipt, maar door Jack zijn ze soms samen te laat. Ik kijk naar de achterbank en hoop dat ze er zijn voordat Lindsay en Warner schaamteloos beginnen te vozen. Hij streelt haar kin en ik ben bang dat ze elk moment kunnen beginnen.

'Hoe hebben jullie elkaar ook alweer ontmoet?' vraag ik luid.

Lindsay gaat rechtop zitten, haar ogen stralen. 'O, het is zo'n goed verhaal! We waren in de supermarkt. Ik had net afgerekend en droeg twee tassen met boodschappen naar mijn auto, en, je zult net zien: de bodem van een van de tassen scheurde!'

Warners mondhoek trekt omhoog. 'Ze doen de tassen altijd te vol in die supermarkt.'

Ze buigt haar hoofd liefdevol in zijn richting. 'Hoe dan ook, hij stond vlak achter me en hielp me alle boodschappen naar mijn auto te brengen.' Ze giechelt. 'Ook al kwam ik er later achter dat hij onderweg was naar een operatie en hij door mij te laat kwam!'

Hij slaat een arm om haar heen en trekt haar dicht tegen zich aan. 'Het was gewoon een borstvergroting. Geen kwestie van leven of dood.'

Lindsay straalt helemaal. Ze houdt van goede eerste ontmoetingen. Ze is ervan overtuigd dat geen van haar eerdere relaties goed zijn uitgepakt omdat ze geen goed verhaal hadden over hoe ze elkaar hebben ontmoet. Nu heeft ze eindelijk haar geweldige ontmoeting.

Even zie ik Noahs grijns, maar dan kijkt hij snel weg. Noah en ik hebben geen geweldige eerste kennismaking. We hebben elkaar ontmoet omdat hij in het eerste jaar van de universiteit bij mij in de gang woonde. We hebben elkaar niet zozeer ontmoet, maar we zagen elkaar veel in de eerste helft van het jaar.

Hij hielp me vaak om zware pakketten naar mijn kamer te dragen. Dat is misschien wel een beetje romantisch. Meestal, nadat hij me geholpen had met mijn pakjes, zaten we een tijdje in mijn kamer te kletsen. Op een dag had hij net een pakket van mijn moeder naar boven gedragen en nadat hij de doos op mijn bureau had gezet, wreef hij over zijn nek en wierp me een scheve glimlach toe. 'Zullen we wat gaan eten?' vroeg hij.

'Thais?' vroeg ik.

'Geweldig!' zei hij. Ik kwam er pas later achter dat hij Thais eten haat.

Ik was op dat moment niet op zoek naar een relatie. Ik had het jaar ervoor één serieus vriendje gehad, maar dat eindigde abrupt toen ik hem betrapte met een ander. We hadden eigenlijk overwogen om in de zomer weer bij elkaar te komen, maar toen kwam ik erachter dat hij tragisch was verdronken toen hij weg was voor een zomerstudie. Door die gebeurtenis was ik behoorlijk van slag en daardoor was ik een beetje huiverig om opnieuw te gaan daten. Maar Noah en ik hadden het erg leuk tijdens het etentje. Ik wist altijd al dat hij slim was, maar ik wist niet hoe grappig hij was. En schattig. Toch dacht ik dat we gewoon vrienden waren. Tot hij met me naar huis liep en me kuste voor ons studentenhuis.

Ik weet nog dat ik verbaasd was over hoe goed hij zoende. Ik had al wel vaker met jongens gezoend en dat was altijd wel oké, maar met Noah was het van een ander niveau. Tot die avond had ik hem gezien als mijn ietwat sullige buurman, dus dit was een zeer aangename verrassing. En dan de manier waarop hij naar me keek toen hij me losliet... Ik wist meteen dat als hij me een tweede keer mee uit zou vragen, ik ja zou zeggen.

Ik kijk nu naar Noah. Wanneer heeft hij me voor het laatst gekust? Ik kan het me niet eens herinneren. Ik ben er vrij zeker van dat het nooit meer zal gebeuren.

Door een tik op het raam aan de passagierskant schrik ik op uit mijn gedachten. Jack en Michelle Alpert staan voor de auto en proberen onze aandacht te trekken. Jack zwaait wild. En dan vormt hij 'sorry' met zijn lippen.

Het werd tijd! Ze zijn bijna tien minuten te laat.

Noah doet de achterdeur van het slot en Jack draait hem open. 'Je bent laat,' snauwt Noah hem toe.

'Ook goed om jou te zien, vriend,' zegt Jack.

Noah moet uitstappen om hen te helpen hun bagage achterin te proppen. Noah en Jack maken meestal veel grapjes als ze samen zijn, maar Noah lijkt daar nu te gespannen voor. Net als Lindsay en ik waren Noah en Jack kamergenoten op de universiteit. Het is een soort tegenstellingen die elkaar aantrekken omdat ze heel verschillend zijn. Noah was de natuurkundenerd, terwijl Jack lang haar had en gitaarspeelde. Als hij op die gitaar tokkelde en oude Beatles-nummers zong, kreeg ik knikkende knieën. Zelfs nu heeft hij nog dat ruige uiterlijk. Zijn haar is slordig vergeleken met dat van Noah en Warner en zijn handen hebben eelt van fysiek werk en gitaarspelen.

Iets wat ik Noah nooit verteld heb, is dat van de twee leuke jongens die naast me woonden tijdens mijn eerste jaar, Jack degene was van wie ik hoopte dat hij me mee uit zou vragen. En later in het jaar, op een feestje waar we allebei te veel gedronken hadden, gaf Jack toe dat hij me mee uit had willen vragen, maar hij durfde niet en Noah was hem voor. Terwijl we allebei aan onze rum en cola nipten, grijnsde hij en vroeg of ik dacht dat er een kans was dat ik ooit zou willen ruilen.

Ook al was ik een beetje dronken, ik zei nog steeds nee. Ik had geen interesse om over te stappen. Echt niet. Ik hield van Noah. Op dat moment, ook al hadden we nog maar een paar maanden verkering, dacht ik dat hij de man was met wie ik mijn leven wilde delen.

Wat een vergissing.

Michelle glijdt als eerste op de achterbank. Haar gitzwarte haar zit in een onberispelijke knot en ze draagt een strak wit T-shirt dat eruitziet alsof ze het vanochtend gestreken heeft. Ik geloof niet dat ik haar ooit heb gezien met ook maar een haartje dat verkeerd zat. Ze werkt als echtscheidingsadvocaat en men zegt dat ze de beste echtscheidingsadvocaat van heel Denver is. Als Noah en ik die kant opgaan, wordt het een wedstrijd wie van ons haar diensten zal gebruiken. Ze is in veel opzichten het tegenovergestelde van Jack, maar ze lijken altijd gelukkig samen.

Misschien is het omdat ze geen kinderen hebben. Volgens Jack heeft Michelle nooit kinderen gewild. Dus ze hebben nooit om twee uur 's nachts ruzie gehad over wiens beurt het was om op te staan met de schreeuwende baby. Of ruzie nummer 179 over wie de poepluier moet verschonen.

'Sorry dat we te laat zijn.' Michelle slaat haar benen over elkaar terwijl ze Jack aankijkt. 'Ik heb deze jongen betrapt toen hij een pistóól wilde meenemen.'

'Jack!' brengt Lindsay geschrokken uit.

'Jezus.' Jack haalt een hand door zijn ruige donkere haar. 'Het was geen pistool. Het was een gewéér. Ik heb gehoord dat je daar kunt jagen.'

'Dat maakt het er niet beter op, Jack,' zegt Michelle scherp. Ik heb medelijden met hem, dat hij probeert zijn gelijk te krijgen in een ruzie. Het moet onmogelijk zijn.

'Jagen is barbaars,' snuift Lindsay.

Jack trekt een gezicht naar haar. 'Je eet toch vlees, Lindsay? Hoe denk je dat het op je bord komt? Denk je dat die dieren een natuurlijke dood sterven?'

'Het is anders als je jaagt,' zegt Lindsay. 'Je hebt *Bambi* toch wel gezien? Weet je nog dat de jager Bambi's moeder neerschoot? Is dat wat je wilt, Jack? Degene zijn die Bambi's moeder vermoordt?'

Jack trekt een mondhoek omhoog. 'Laat je niet voor de gek houden. Als een hert de kans kreeg, zou het jou en iedereen om wie je geeft doden.'

Michelle prikt Jack in zijn ribben en hij slaakt een kreet van de pijn.

'Ik dacht dat het iets was wat we samen konden doen, Michelle.'

'Je wéét dat ik veel werk te doen heb tijdens deze reis,' verzucht Michelle. 'Ik mag blij zijn als ik al mijn kamer uit kom voor iets anders dan eten. Maar zelfs als ik tijd zou hebben, zou ik nóóit gaan jagen. Nooit.'

En nu staart iedereen naar Jack.

'Luister,' zegt Jack, 'ik heb dat geweer niet meegenomen. Ik ga Bambi's moeder niet vermoorden. Laten we gewoon gaan.'

'Goed idee,' zegt Noah. En weer geeft hij zo hard gas dat mijn nek naar achteren klapt.

Hoofdstuk 5

ANONIEM

Wat ik me het best herinner uit mijn jeugd is de auto van mijn moeder.

Het was een groene Dodge met een lange kras aan de passagierskant en een grote deuk in het voorspatbord. Ze had hem tweedehands gekocht voor ik er was, die auto was ouder dan ik. Ze vertelde me altijd hoe mijn vader met haar naar de tweedehandsautodealer ging en met de slinkse verkoper onderhandelde om haar een goede prijs te bezorgen. Mijn vader was ook verkoper. Zo kende hij de trucjes. Daarom reisde hij ook zoveel.

Toen ik klein was kocht mijn vader een autostoeltje voor achterin. Hij zorgde er altijd voor dat hij mijn gordel omdeed. 'Zit je goed en veilig?' zei hij dan.

Maar als mijn vader op reis ging, werd mijn moeder depressief. Het kon haar geen reet schelen of ik goed en veilig vastzat. Als we weggingen, zei ze dat ik achterin moest gaan zitten en gaf me tien seconden om mijn gordel om te doen. Als de gordel dan nog niet om was, jammer dan. 'Denk je dat ik de rest van de dag tijd heb om te wachten tot jij je gordel eindelijk om hebt?'

Meestal nam ze me mee naar de supermarkt. Ze nam me niet mee naar vrienden, speeltuinen of andere leuke plekken. Alleen naar de supermarkt. Of naar het benzinestation.

Toen ik vier jaar oud was en mijn vader de stad uit was, nam ze me mee in de auto. Ik kreeg de gordel van het autostoeltje niet zelf vast, dus zat ik ernaast, achter de bestuurdersstoel. De riem van de autogordel ging over mijn nek en sneed in mijn huid. Het was beter om niet te klagen.

Toen we bij de supermarkt kwamen, wilde ik achter haar aan komen, maar ze schudde haar hoofd. 'Ik heb maar een paar dingen nodig,' zei ze terwijl ze haar grote paarse tas over haar schouder deed. 'Blijf jij maar in de auto. Je houdt me alleen maar op.'

Toen deed ze de deur van de auto dicht met mij erin.

Ze had me al eerder in de auto achtergelaten. Heel vaak. Maar vandaag was het heel warm. Zo warm dat de mensen op straat korte broeken en mouwloze shirts droegen en zichzelf koelte toe wapperden terwijl ze praatten over hoe verdomd heet het was.

Als mijn moeder in de auto zat, ging de airco aan. Achterin kon je het nauwelijks voelen, maar de lucht circuleerde. Helaas begon de temperatuur in de auto te stijgen nadat ze de motor had afgezet.

In het begin was het niet zo erg. Heet, maar ik vond heet niet erg. Toen werd het heter. Zo heet dat ik moeilijk kon ademen. Weet je waarom het moeilijk is om te ademen als het heet is? Hitte zorgt ervoor dat moleculen zich verspreiden, dus bij elke ademhaling komt er minder zuurstof binnen.

Ik was langzaam aan het stikken.

Ze zei dat ze zo terug zou zijn. Terwijl ik wachtte, werd het duidelijk dat het geen snel boodschappentripje zou worden, zoals ze had beloofd. Maar als ik uit de auto zou stappen, dan zwaaide er wat.

Dus bleef ik zitten, het zweet parelend op mijn voorhoofd. En mijn ogen vielen dicht.

Ik werd wakker geschud door gebons op mijn raam. Het was een vrouw van ongeveer mijn moeders leeftijd. Ik hief mijn hoofd en knipperde met mijn wazige ogen. De vrouw schreeuwde. 'Gaat het? Kun je de deur opendoen?'

Ik wist niet wat ik moest doen. Mijn moeder zou boos worden als ik de deur opendeed. Maar die vrouw bleef op het raam bonzen. Mijn hoofd deed pijn. Dus ontgrendelde ik de auto, en voor ik het wist trok de vrouw het portier open.

Hoewel het buiten minstens dertig graden was, voelde de frisse lucht goed. Ik nam een grote hap adem.

'O mijn god,' zei de vrouw terwijl ze mijn gordel losmaakte en me uit de auto trok. Ik woog heel weinig, zelfs voor mijn leeftijd, en ze tilde me gemakkelijk op. 'Gaat het? Kun je iets zeggen?'

Haar ogen stonden bezorgd. Zo keek mijn moeder nooit. Kon deze vrouw me maar mee naar huis nemen. Dan kon ik haar kind zijn. 'Het gaat wel.'

'Wat moet dat daar?' De stem van mijn moeder schalde over de parkeerplaats. 'Wat doe je met mijn kind?'

Mijn moeder en de vrouw begonnen tegen elkaar te schreeuwen. De vrouw zei dat ik dood had kunnen gaan. Mijn moeder zei dat ze zich met haar eigen zaken moest bemoeien. De vrouw zei dat ze mijn moeder zou aangeven. Uiteindelijk duwde mijn moeder me terug in de Dodge en vertrokken we voordat ik de kans had om mijn gordel weer om te doen.

'Waarom deed je de deur van het slot?' snauwde ze me toe.

'Het was zo warm.'

'Nou, ik hoop dat het het waard was. Nu gaat ze me aangeven omdat ik een vreselijke ouder ben en dan word je bij ons weggehaald. Ze stoppen je in een pleeggezin. Dan zul je mij en je vader nooit meer zien.'

De gedachte om mijn moeder nooit meer te zien? Niet zo erg. Maar de gedachte om mijn vader nooit meer te zien maakte me ziek. Zo ziek dat ik haar de auto aan de kant moest laten zetten zodat ik kon overgeven.

Hoofdstuk 6

CLAIRE

Dit is mijn dilemma.

Ik moet plassen. Dringend. Maar we zijn nog geen uur onderweg. Voordat we het huis verlieten, maakte Noah er een punt van dat ik naar de wc moest en ik zei dat ik geen kind was die er voor vertrek aan herinnerd moest worden om naar de wc te gaan. Ik hield voet bij stuk, maar nu lijkt het erop dat ik er een vreselijke prijs voor moet betalen. Ik ben bang dat één heftige niesbui kan resulteren in een drama.

Maar hoe kan ik hem vragen om te stoppen om naar de wc te gaan? 'Ik zei het toch.' Ik hoor het hem al zeggen. En niet op een plagerige manier. Hij gaat het op een gemene, neerbuigende manier zeggen in het bijzijn van vier van mijn vrienden. En hij zal het de komende uren tegen me gebruiken, misschien wel voor de rest van ons leven.

Ik kijk naar de benzinemeter. Hij schommelt iets onder de helft. Misschien kan ik dit in mijn voordeel gebruiken. 'Ik denk dat we moeten tanken,' kondig ik aan.

Noah kijkt verbaasd naar de benzinemeter. 'Waar heb je het over? We hebben genoeg benzine. De tank is halfvol.'

'Nou, hij is halfléég.' Ik kuch. 'En het busje vreet benzine. Dat weet je niet, Noah. Dit is míjn auto.'

Hij kijkt me met samengeknepen ogen aan. 'Je moet naar de wc, hè?'

Ik zucht. 'Ik weet niet waar je het over hebt. Waarom ben je er zo door geobsedeerd dat ik een toilet nodig heb?'

'Omdat...' Zijn knokkels worden wit op het stuur. 'We zijn nog maar net op de snelweg en we moeten nu al stoppen. Ik zei toch dat je naar de wc moest voordat we vertrokken. Dit doe je nou altijd.'

'Maar ik hoef niet naar het toilet. Ik denk dat we moeten tanken, dat is alles.'

'We kunnen over een uur of twee tanken als we stoppen om te lunchen.'

Een uur of twee? Dan is mijn blaas al ontploft. Waarom heb ik zoveel water gedronken bij het ontbijt? 'We willen niet zonder benzine komen te staan op de snelweg.' Ik wijs naar een bord op de weg. 'Er komt een rustplaats aan. Laten we even tanken.'

'Dus als ik stop om te tanken,' zegt hij, 'dan blijf jij bij de auto en ga je niet naar de wc? Is dat wat je zegt?'

'Nou...' Ik kan niet liegen en doen alsof ik niet naar het toilet ga. Want hij gaat me absoluut in de gaten houden en ervoor zorgen dat ik niet ga. Hij blijft bij zijn punt, gewoon uit wrok. 'Als we toch stoppen, dan kan ik misschien net zo goed gaan...'

'Je lult uit je nek, Claire.'

Ook al zingt Rihanna op de radio, de rest van de auto is stil. Iedereen luistert naar deze gênante ruzie. Als we niet dik 100 kilometer per uur reden, zou ik nu de deur opengooien en uit deze auto springen.

'Eigenlijk,' zegt Lindsay zachtjes, 'moet ik wel naar het toilet. Kunnen we stoppen?'

Lindsay steunt me tenminste. Noah kijkt even achter zijn schouder en moppert dan: 'Prima.' Dan snijdt hij in een keer drie rijstroken van de snelweg af, wat resulteert in een bijna-botsing en een hoop boze claxons. Blijkbaar probeert Noah ons allemaal de dood in te jagen tijdens deze reis.

Ik laat Lindsay eerst naar het toilet gaan om te doen alsof ik niet naar het toilet hoef, ook al heb ik mijn benen gekruist terwijl ik buiten bij de dixie achter het benzinestation sta te wachten. De hele tijd ben ik woedend op Noah. We zijn amper een uur onderweg en hij maakt het iedereen al moeilijk. Dit was een vergissing. Ik had nooit moeten instemmen met deze reis. Maar godzijdank hebben we aparte kamers. Ook al lijkt hij er boos over, ik ben nog nooit zo blij geweest met die beslissing.

Als ik uit het toilet kom, staat Jack buiten te wachten. Hij typt iets op zijn telefoon en veegt een lok van zijn ruige donkere haar uit zijn ogen. Hij heeft een beetje een stoppelbaardje, en dat staat hem goed. Ik vond hem er altijd leuk uitzien met een beetje baard. Als hij me ziet, slaat hij zijn bruine puppyogen op.

'Hé,' zegt hij.

'Hé,' zeg ik.

Hij stopt zijn telefoon in de zak van zijn spijkerbroek. 'Gaat het, Claire?'

Ik sla mijn ogen neer. 'Ja.'

Hij kijkt om zich heen. De dixie staat achter het benzinestation, aan het zicht van de benzinepompen onttrokken. Mijn busje is nergens te zien. Iedereen zit waarschijnlijk al in de auto. Of misschien zijn ze snacks aan het kopen voor onderweg.

'Hij was echt een eikel net,' zegt Jack.

'Ja,' beaam ik. Hoewel Lindsay me een sympathieke blik toewierp, is het goed om het iemand anders hardop te horen zeggen. Soms vraag ik me af of ik deels schuldig ben aan de manier waarop Noah zich gedraagt. Maar nee. Ik heb het niet uitgelokt wat hij in de auto deed. Hij deed zonder reden vervelend tegen me.

'Sorry dat je daar mee moet dealen,' zegt hij. 'Noah was vroeger niet zo. Hij is veranderd.'

Ik knik. Jack kent mijn man bijna net zo goed als ik. Ze woonden tenslotte al samen voordat ik bij hem woonde. Toen we in de twintig waren, had Noah geen vriend waarmee hij zo close was als Jack. Maar de afgelopen jaren zijn ze uit elkaar gegroeid. Sinds de geboorte van Emma hebben we maar een tiental keer met Jack en Michelle gegeten.

'Je verdient het niet om zo behandeld te worden,' zegt hij.

Mijn adem stokt in mijn keel als hij een stap in mijn richting zet. 'Ik kan er niet zoveel aan doen.'

Hij schudt zijn hoofd. 'Ik wou dat het anders kon.'

'Ik ook.' Mijn stem trilt. 'Je hebt geen idee.'

Hij doet nog een stap naar me toe en deze keer drukt hij zijn lippen op de mijne. Ik werp me in zijn armen en laat me tegen de scherpe stenen muur van de supermarkt drukken.

'Heb je de aparte kamer geregeld' ademt hij in mijn oor.

'Zeker weten.'

'Perfect.' Hij grijnst naar me, zijn ogen fonkelen. 'Dit wordt een fantastische week.

Ik zal je hem helemaal laten vergeten.'

En ook al wacht iedereen op ons bij de auto, ik laat hem me nog een keer zoenen.

Hoofdstuk 7

CLAIRE

Nu vind je vast dat ik een vreselijk persoon ben.

Ik vind mezelf óók een vreselijk mens. Een fatsoenlijk iemand doet zoiets toch niet? Ik bedrieg niet alleen mijn man, maar ik doe het ook nog eens met zijn beste vriend. Het is niet alleen vreselijk, het is nog een cliché ook. Alsof ik de slechterik in een stripverhaal ben.

Het enige wat ik kan zeggen is dat het niet onze bedoeling was dat het zou gebeuren. Het was gewoon een van die dingen.

Het begon allemaal in februari. Jack heeft zijn eigen aannemersbedrijf en we wilden onze keuken laten verbouwen. Jack, een van onze oudste vrienden, gaf ons de vrienden-en-familieprijs. Hij zou klaar zijn tegen de tijd dat de winterstop van mijn school begon, maar toen was hij nog aan het werk. De kinderen waren allebei op winterkamp en ik zat thuis terwijl de verbouwing doorging.

Ik deed gewoon aardig, ik zweer het. Ik bood hem water of koffie aan. En dan praatten we terwijl hij werkte. Op een gegeven moment hadden we het over mij en Noah, en over hoe slecht het de laatste tijd ging. Ik dacht altijd dat Jack en Michelle een sprookjeshuwelijk hadden, maar hij onthulde dat dat niet de realiteit was. Hij zei dat ze de laatste tijd kil en afstandelijk was geworden en dat ze bijna altijd werkte. Ze maakte hem heel duidelijk dat haar werk haar eerste prioriteit was. Hij stond op een verre tweede plaats.

Op de laatste dag van de wintervakantie kuste Jack me.

Behalve Noah had niemand me zo aangeraakt sinds ik twintig was. En Noah zelf had me al lang niet meer zo aangeraakt. Ik begon te denken dat ik dood was vanbinnen, maar die kus liet me zien dat ik het mis had.

Ik was niet dood. Maar Noah vermoordde me.

Dus de afgelopen vier maanden komen we stiekem bij elkaar. Jack heeft flexibele werktijden, dus hij kan langskomen aan het einde van de schooldag, als de kinderen naar hun naschoolse activiteiten zijn. Zijn huis is altijd leeg omdat Michelle nauwelijks het kantoor verlaat. Ze hebben het ons bijna te gemakkelijk gemaakt.

Ik ben verliefd op Jack aan het worden. En ik denk dat hij hetzelfde voor mij voelt. Maar we kunnen er niets mee. Als ik Noah onder deze omstandigheden zou verlaten, zou het een vreselijke vechtscheiding worden. Dat wil ik de kinderen niet aandoen. En als Jack zijn vrouw de echtscheidingsadvocaat onder welke omstandigheid dan ook zou verlaten, zou ze hem vernietigen.

Dus we leven voor deze kleine momenten die we samen hebben. En we weten dat het niet eeuwig kan duren, dus we proberen er gewoon van te genieten zolang het duurt.

Ik laat Jack me nog zo'n vijftien seconden kussen en duw hem dan zachtjes van me af. 'We moeten terug naar de auto.'

'Ja.' Hij trekt suggestief een wenkbrauw op. 'Ik kan niet wachten om je voor mezelf te hebben.'

'Ik ook.' Een fantasie vult mijn hoofd. Wat als Jack en ik een Uber zouden nemen en er samen vandoor zouden gaan en niet meer zouden omkijken? Ik zou natuurlijk terugkomen om mijn kinderen op te halen, maar we zouden op z'n minst een week kunnen verdwijnen. Ik zou er alles voor overhebben om aan deze helse autorit te ontsnappen. Maar dat is duidelijk niet mogelijk. 'We kunnen maar beter gaan.'

Ik ga als eerste naar buiten, zodat het er niet verdacht uitziet. Noah staat voor het busje en kijkt scherp op als hij me ziet. Hij heeft een onleesbare uitdrukking op zijn gezicht en even krijg ik een knoop in mijn maag. Vermoedt hij iets?

Ik wil niet dat Noah het weet. Het is heel goed mogelijk dat hij mij ook bedriegt en dat idee stoort me niet eens. Maar het feit dat dit met Jack gebeurt... Dat is het deel waarvan ik denk dat het hem de das omdoet. Zijn beste vriend. Een van zijn énige vrienden. Mannen zijn om minder gek geworden.

'Ben je klaar met naar de wc gaan?' vraagt hij.

'Ben je klaar met tanken?' antwoord ik.

'Yep.'

Jack verschijnt van achter uit de supermarkt en fluit een deuntje in zichzelf. Het is tijd om weer op weg te gaan. Ik zet me schrap en stap in.

Het is benauwd in de auto. Ik schuif het raampje open en wil mijn gezicht naar buiten steken. Het is pas eind juni, maar het is echt warm vandaag. Als het niet afkoelt, zullen we tijdens deze reis niet veel buiten kunnen doen.

'Doe het raam dicht,' zegt Noah.

'Het is hier benauwd.'

'Ik heb de airco aangezet.'

'Nou, ik voel er nog niks van. Ik doe het raam dicht als het koeler wordt.'

'De auto wordt nooit koel met het raam wagenwijd open. Waarom moet ik je dat nog uitleggen?'

Ik voel een brok in mijn keel. Ik denk niet dat ik besefte hoe slecht het was tussen Noah en mij, tot deze reis. Ik wil hem nu met mijn blote handen wurgen.

'Hé, luister.' Warners bariton onderbreekt mijn moorddadige gedachten. 'Ik wilde je even laten weten dat ik wat papieren kaarten heb uitgeprint zodat we makkelijker kunnen navigeren.'

Lindsay straalt naar hem. 'Je bent altijd zo goed voorbereid!'

Noah kijkt even over zijn schouder en tikt dan op het navigatiescherm op het dashboard van de minibus. 'Niet nodig. Ik heb de gps aangezet.'

'Ja, maar we kunnen zonder bereik komen te zitten als we dichterbij komen. Het is een beetje in niemandsland.'

Voor het eerst tijdens deze reis ziet Noah er ongemakkelijk uit. Ik weet nog van onze studententijd, voordat we gps-navigatie hadden, hoe gefrustreerd hij was als we verdwaalden. 'Denk je dat we zonder bereik komen te zitten?' vraagt hij.

'Ik moet toegang hebben tot het internet!' onderbreekt Michelle. Ze klinkt licht hysterisch. 'Ik heb heel veel werk! Ik kan niet van de wereld afgesloten zijn.'

'De herberg heeft wifi,' verzekert Warner haar, terwijl zijn perfecte gelaatstrekken hun kalmte behouden. 'Maar de ontvangst in dat gebied is niet optimaal. Het leek me veiliger om wat kaarten uit te printen.'

'Het komt wel goed, Noah,' zegt Jack. 'Ik ben goed in kaartlezen. Ik heb zelfs een kompas in mijn tas. Dat is een van de dingen die ik heb geleerd toen ik...'

'Op scouting zat,' maakt Noah af. 'Klopt. Dat weet ik nog.'

Warners voorspelling over het slechte bereik maakt me wel ongerust. Ik moet bereikbaar zijn. Wat als Penny belt over de kinderen? Emma kan het al niet goed aan en ik vind het een vreselijk idee dat ze ons niet kan bereiken. Ik stuur snel een bericht naar Penny:

Even dat je het weet: het kan zijn dat mijn telefoon geen bereik heeft als we in de buurt van het hotel komen. Ik bel je vanavond.

Ik haal diep adem en probeer te ontspannen. We kunnen niets doen. Het duurt niet lang meer voordat we bij de herberg zijn. Ik moet gewoon nog even volhouden.

Hoofdstuk 8

CLAIRE

Na ongeveer twee uur zien we een bord van een stopplek met een McDonald's en een klein eetcafé. Ik heb zin in vette friet, maar de meeste stemmen gelden en we belanden bij het eetcafé. Ik ga nog steeds vette friet halen. Het is de enige manier om de rest van deze rit door te komen.

Het restaurant is verrassend druk voor een stopplek. Langs de muren zijn zitjes, de grotere tafels staan in het midden, en muren zijn bezaaid met ironische straatnaambordjes. De hele zaak ruikt naar vet en hamburgers. Ik inhaleer diep en heb al besloten dat ik een grote, sappige hamburger ga bestellen.

Terwijl de anderen naar een tafel worden geleid, gaan Lindsay en ik samen naar de toiletten om onze handen te wassen. Dat is in ieder geval wat we zeggen, en ik was ook echt mijn handen, want het laatste dat ik heb aangeraakt was die dixie. Maar Lindsay lijkt meer geïnteresseerd in het bijwerken van haar make-up. Ze staart kritisch in de spiegel naar haar gezicht, dat minstens twee keer zo mooi is als het mijne, veel meer als je rekening houdt met de kringen onder mijn ogen omdat Emma de hele week in ons bed heeft liggen woelen. Ik kan me niet voorstellen dat Lindsay iets in de spiegel ziet wat ze niet mooi vindt.

Ze haalt een roze lippenstift tevoorschijn en brengt een vers laagje aan op haar lippen. Ze glimlacht naar me in de spiegel. 'Wat vind je van Warner?'

'Ik ken hem pas een paar uur,' zeg ik. We hebben nauwelijks een paar woorden met elkaar gewisseld en het is veel te vroeg om een mening te vormen. 'Maar hij lijkt me... aardig.'

'Hij is leuk, hè?' zegt ze.

'Zeker weten.' Warner is veel meer dan 'leuk'. Noah is leuk. Warner is bloedmooi. Zelfs als ik single zou zijn, zou ik nooit een jongen kunnen krijgen die op hem lijkt. Ik zou het niet eens willen. Iedereen zou naar ons kijken en zich afvragen wat hij in godsnaam met míj aan het doen was.

'Luister...' Lindsay doet de dop weer op haar lippenstift en draait zich naar me toe. Ze dempt haar stem. 'Er is iets wat ik je moet vertellen...'

Ik trek mijn wenkbrauwen op. 'Ja?'

Lindsay doet haar mond open, maar voordat ze iets kan zeggen zwaait de deur van het damestoilet open. Het is Michelle.

Michelle doet een stap achteruit, haar vingers blijven de deur vasthouden, alsof ze niet zeker weet of ze zich moet omdraaien en weggaan. Ik wou dat ze dat deed, want ik wil dolgraag weten wat Lindsay me te vertellen heeft. Maar we kunnen niet praten waar Michelle bij is.

Toen Jack en Michelle net verkering hadden, probeerden Lindsay en ik aardig tegen haar te doen. We gingen een paar keer met z'n drieën uit eten, maar het was duidelijk dat het niet klikte. Ik vond het ook niet leuk dat Michelle áltijd iets op haar eten aan te merken had en het terugstuurde. Weet ze dan niet dat mensen in je eten spugen als je dat doet?

Maar toch, omdat Jack en Noah zulke goede vrienden waren, bleef ik proberen haar uit te nodigen. Ik dacht dat als we genoeg tijd samen doorbrachten, we wel vrienden zouden worden. Jack vond haar tenslotte leuk. Maar nadat we twee keer uit waren geweest, leek ze altijd een excuus te hebben om niet te kunnen gaan. Toen ik Jack er een keer zachtjes naar vroeg, mompelde hij iets over dat ze het druk had met werk. Ik begreep de hint.

En nu ik met haar man naar bed ga, is het natuurlijk niet het moment om een band op te bouwen.

Michelles scherpe ogen kijken naar ons. Zelfs in haar blauwe spijkerbroek en getailleerde witte T-shirt ziet ze eruit alsof ze op weg naar kantoor zou kunnen zijn. Ik snap niet hoe ze het voor elkaar krijgt om er altijd zo uit te zien. Ze is ongeveer vijf jaar ouder dan wij – ze had haar rechtenstudie al afgerond en werkte al toen zij en Jack begonnen te daten – maar ze heeft het soort klassieke uiterlijk waar je haar leeftijd niet aan af kunt lezen. Ze zal op haar vijftigste nog net zo aantrekkelijk zijn als op haar vijfentwintigste.

'Pardon,' zegt ze tegen ons terwijl ze naar de vrije wasbak loopt.

We staan met z'n drieën in een ongemakkelijke stilte terwijl Michelle haar handen inzeept en daarna afspoelt. Ze maakt ze grondig schoon. Ik vraag me af of ze 'Happy Birthday' in haar hoofd zingt terwijl ze het doet, zoals we de kinderen op school leren. Waarschijnlijk niet.

'Fijn om even uit de auto te zijn, hè?' zeg ik, gewoon om de stilte te doorbreken.

Michelle kijkt me aan, maar zegt niets. Een fractie van een seconde vraag ik me af of ze misschien de waarheid weet.

Maar nee. Ze weet het niet. Jack en ik zijn altijd voorzichtig geweest.

'Mooie oorbellen,' zegt Lindsay.

Michelles vingers gaan naar haar rechteroor. Haar wangen worden roze van trots. Lindsay weet precies hoe ze iemand moet complimenteren. 'Dank je wel. Ze zijn van mijn moeder geweest.'

We wachten even om te zien of Michelle een van ons een compliment teruggeeft.

Dat doet ze niet. Maar goed ook, want het zou niet oprecht zijn.

Als we terugkomen in het restaurant zitten de jongens aan een rechthoekige tafel voor zes personen. Noah en Warner zitten aan de ene kant, met een lege stoel tussen hen in, die Lindsay snel pakt.

Jack zit aan de andere kant, in het midden. Michelle gaat aan de ene kant zitten en ik aan de andere. Van de drie koppels zijn Noah en ik de enigen die niet naast elkaar zitten. En dat vind ik prima, want ik wil nu helemaal niet bij hem in de buurt zijn.

'Alles op de kaart ziet er geweldig uit,' zegt Jack. Zijn gymp schuurt tegen de mijne terwijl hij me een snelle, veelbetekenende blik toewerpt. Gaan we echt het risico nemen om voetje te vrijen onder de tafel? Het lijkt er wel op.

Terwijl ze het menu bekijkt, speelt Lindsay met een lok van haar blonde haar die uit haar knotje is losgekomen. Lindsay heeft het mooiste haar van iedereen die ik ken. Dat heeft ze altijd gehad. Het is asblond, met perfecte highlights en zijdezacht. Na haar studie werkte ze in de reclame en financiën, maar uiteindelijk besloot ze kapster te worden. Ze is fantastisch in haar vak.

'Ik ben dol op de hamburgers in dit soort tentjes.' Lindsay inhaleert diep. 'Je ruikt ze gewoon nu al.'

'Echt, hè!' zeg ik. 'Ze zijn altijd zo sappig en vers.'

Warner fronst. 'Ga je echt een hamburger nemen, Lindsay? Die dingen hebben wel duizend calorieën.'

Voor het eerst sinds ik Lindsays Adonis heb ontmoet, voel ik een beetje twijfel. Probeert hij echt te bepalen wat ze eet? Ik probeer Lindsays blik te vangen, maar ze kijkt naar het menu.

'Lindsay en zijn aan het trainen voor een marathon volgende maand,' legt Warner uit. 'We moeten wel in vorm blijven.'

'Een marathon?' Mijn mond valt open. 'Lindsay, ga jíj een marathon lopen?'

Ze glimlacht, maar het ziet er geforceerd uit. 'O, ja! We hebben er zoveel zin in!'

Warner slaat zijn arm om haar smalle schouders. 'Lindsay is zo goed bezig met haar training. Ze is echt een krachtpatser!'

Dit lijkt helemaal niet op mijn beste vriendin. Lindsay doet aan pilates, niet aan marathons. Ze haat het om zich in het zweet te werken. En trouwens, ze hoeft niet te letten op wat ze eet. Ze is in topvorm.

Ik neem de vette hamburger met frietjes en het beste dat ik kan zeggen is dat Noah geen negatief commentaar levert. Hij bestelt ook een hamburger: 'Rauw. Bloederig. Misschien nog aan het loeien.' Warner bestelt een broodje kalkoen, zonder mayo (hij is tenminste niet hypocriet). En Lindsay neemt een salade, zonder dressing.

Meteen nadat we besteld hebben, kijkt Michelle op haar horloge. Elke keer als ik haar zie, lijkt ze haast te hebben. Ik zweer dat ze al drie keer op haar horloge heeft gekeken sinds we hier zijn.

'Is het druk op je werk, Michelle?' vraag ik beleefd.

Ze glimlacht geforceerd. 'Altijd. Maar ja, het is erg druk de laatste tijd.' Ze lacht. 'Mensen hebben echt een hekel aan hun echtgenoten.'

'Wat doe je voor werk, Michelle?' vraagt Warner.

Ze speelt met het servet dat voor haar op tafel ligt. 'Ik ben echtscheidingsadvocaat.'

'O?' Er trilt een spiertje in Warners lip. 'Dan maak je vast heftige dingen mee.'

Een glimlach speelt om haar lippen. 'Ben je gescheiden?'

Het is een beetje een persoonlijke vraag voor iemand die ze net een uur geleden heeft ontmoet, maar Michelle is gewend om bot te zijn. Hoe dan ook, Warner lijkt er niet mee te zitten. 'Nee,' zegt hij. 'Als ik ga trouwen, is het voor altijd.'

En Lindsay straalt. God, ze is echt helemaal smoorverliefd op deze jongen.

'Een mooie gedachte, ik hoop voor jou dat je gelijk hebt.' Ze schudt haar hoofd. 'Helaas hebben de meeste mensen niet zoveel geluk.'

Ik probeer Noah niet aan te kijken. Ik wil niet toegeven dat Michelles uitspraak een gevoelige snaar heeft geraakt.

'Ik heb een klant...' Ze pauzeert, twijfelt of ze door zal gaan. 'Het is een beetje een lang verhaal.'

'Vertel!' eist Lindsay. Ze legt haar hand op Warners goudharige onderarm. 'Michelle vertelt de béste verhalen.'

Michelle glimlacht om nog een goedgeplaatst compliment van Lindsay, hoewel ze weet dat het waar is. 'Dit is een goeie. Mijn cliënt was getrouwd met een rijke vent die haar als een gek bedroog, en we hebben hem helemaal kaalgeplukt. De man moest in zijn auto wonen toen we eenmaal met hem klaar waren.'

Jack en ik wisselen een snelle blik. Hij twijfelt er niet aan dat als hij ooit zou besluiten Michelle te verlaten, hij blij mag zijn als hij zijn auto mag houden. Hij zou in een kartonnen doos moeten wonen. En geen mooie kartonnen doos ook.

'Hoe dan ook,' zegt Michelle, 'de man was wanhopig. Dus...'

Ik adem in. 'Dus...?'

'Hij heeft een huurmoordenaar ingehuurd om haar om te leggen.'

We hebben allemaal dezelfde geschokte uitdrukking. Zoiets gebeurt nooit op de school waar ik werk. Het is een spannende dag als iemand heel hard geknepen wordt.

'Jammer genoeg,' zegt Michelle, 'heeft een buurman het kenteken van de auto van de huurmoordenaar achterhaald. De politie kwam hem op het spoor en in ruil voor immuniteit gaf hij de man aan. In plaats van in zijn auto te wonen, mag de man nu de rest van zijn leven in de cel doorbrengen.'

Jack is twee tinten bleker geworden. De waarheid is dat hij Michelle al jaren wil verlaten. Hij besefte al lang geleden dat ze niet bij elkaar pasten. En hij heeft altijd gehoopt dat ze van gedachten zou veranderen over het feit dat ze geen kinderen wil, maar ze heeft duidelijk gemaakt dat dat niet gaat gebeuren.

Maar wat kan hij doen? In het beste geval zou Michelle hem vernietigen.

En wat als ze erachter komt dat wij een affaire hebben? Wat doet ze dan?

'Wat voor werk doe jij, Warner?' vraagt Michelle.

'Plastisch chirurg,' zegt hij.

Michelle knipt met haar vingers. 'Dat is wat de man van mijn cliënt deed. Hij was ook plastisch chirurg.'

Warner trekt aan de kraag van zijn overhemd. 'Interessant toeval. Hoe heet hij?'

Ze knipoogt naar hem. 'Die informatie kan ik helaas niet delen. Waar werk je?'

'St. Mary's.'

Jack leunt naar voren en zijn knie raakt die van mij.

'St. Mary's... Hé, mijn vriend, Buddy Levine, is daar medisch directeur. Je kent Buddy vast wel.'

Warner knikt instemmend. 'Natuurlijk. Aardige man.'

'Doe hem de groeten als je weer aan het werk bent.'

Warner glimlacht. 'Doe ik, Jack.'

Als hij lacht, is hij zo knap dat je gewoon weg moet kijken. Lindsay kwijlt bijna over hem heen, wat me verontrust. Ik heb haar nog nooit zo smoorverliefd gezien – ze is meestal vrij koel in de buurt van het andere geslacht – en ik weet niet of dit een goede zaak is.

Warner draait zijn levendige blauwe ogen in mijn richting. 'Lindsay zei dat je lerares bent, Claire.'

Ondanks mijn bedenkingen moet ik glimlachen. Ik ben blij dat Lindsay met haar nieuwe vriend over mijn werk heeft gepraat en ik ben nog blijer dat hij attent genoeg is om details over haar vrienden te onthouden. Dit is een duidelijk punt in het voordeel van Warner.

'Dat klopt,' zeg ik. 'Ik geef les in het speciaal onderwijs.'

Warner neemt een slok uit zijn waterglas. 'Ik bewonder mensen zoals jij. Eerlijk waar. Ik zou nooit leraar kunnen zijn.'

'O?' zeg ik.

'Het salaris is...' Hij schudt zijn hoofd. 'Voor zo'n belangrijke baan is het een misdaad hoe slecht ze jullie betalen.'

'Nou...' Ik voel mijn glimlach haperen, want hij heeft geen ongelijk. 'Het zou fijn zijn als ze ons zouden betalen wat we verdienen.'

'En het is zó repetitief.' Hij huivert. 'Ik denk dat jullie leraren een prijs verdienen voor wat ze jullie hebben laten doorstaan. Echt. Bravo, Claire.'

Ik neem even de tijd om zijn woorden in me op te nemen. Hij geeft me een compliment, dus ik denk dat ik me gevleid moet voelen. Maar ik vind het niet leuk dat ik te horen krijg hoe vreselijk mijn werk is. Vooral omdat ik er zoveel van hou. 'Het kan soms een beetje repetitief zijn,' geef ik toe. 'Maar het is echt de moeite waard. En elke baan wordt uiteindelijk na een aantal jaren repetitief.'

Hij knikt bedachtzaam. 'Ja, dat is waar. Ik prijs me gelukkig dat ik in een vakgebied zit dat nooit saai wordt.'

Ik trek een wenkbrauw op. 'Bedoel je dat je na een tijdje niet doodmoe wordt van borstcorrecties?'

Hij glimlacht en laat me zijn perfect rechte en witte tanden zien. Ik hoop dat hij als kind een beugel heeft gehad, anders is het leven echt niet eerlijk.

'Ik word zeker niet moe van borstvergrotingen. Ik zou ze elke dag wel kunnen doen.' Hij verstevigt zijn greep om Lindsays schouders. 'Hoor je dat, Lindsay?'

Ik knipper met mijn ogen. Suggereert hij dat Lindsay een borstvergroting nodig heeft? Dat heeft ze absoluut niet. Ik wacht tot Lindsay met haar ogen naar hem rolt of hem een duw geeft, maar dat doet ze niet. Haar wangen worden roze en ze vouwt haar armen zelfbewust over haar borst.

Deze man mag er dan geweldig uitzien, maar ik begin me af te vragen of Lindsay iemand probeert te zijn die ze niet is, alleen maar om indruk op hem te maken.

Als het eten arriveert, pak ik mijn hamburger en begin al te eten voordat mijn bord de tafel raakt. Er is iets met lange autoritten dat je wanhopig hongerig maakt. Ik werp een blik op Lindsay met haar trieste kleine salade. We moeten later écht even praten. Ik weet dat ze zegt dat ze Warner leuk vindt, maar ik moet doorvragen. We kunnen samen gaan wandelen en dan vertelt ze me vast het hele verhaal.

Ik vraag me af wat ze me in de badkamer wilde vertellen voordat Michelle ons onderbrak.

'Mevrouw,' zegt Michelle terwijl de serveerster aanstalten maakt om weg te lopen.

De serveerster veegt een lok haar uit haar gezicht en werpt Michelle een vermoeide glimlach toe. 'Ja, liefje?'

Michelle duwt haar bord van zich af met het topje van haar wijsvinger. 'Ik had gevraagd om een medium well burger, maar dit is meer medium. En de frietjes zijn aangebrand.'

Ik kijk naar Michelles frietjes. Ze zien er niet verbrand uit. Misschien een beetje knapperig, maar nog steeds heerlijk.

'Mijn excuses,' zegt de serveerster snel. Ze pakt Michelles bord. 'Ik haal meteen een nieuwe voor je.'

Jack rolt zo snel met zijn ogen naar me dat ik zeker weet dat niemand anders aan tafel het ziet. Hij kan er niet tegen als Michelle haar eten terugstuurt. *Kunnen we verdomme niet één keer eten zonder dat ze haar maaltijd terugstuurt?*

Mijn telefoon zoemt door een appje. Ik haal hem uit mijn tas en zie een bericht van Penny:

Emma is gekalmeerd. Iedereen kijkt tekenfilms en ik maak macaroni met kaas voor de lunch.

Ik glimlach om het berichtje. Emma's lievelingseten is macaroni met kaas. Ze zou het waarschijnlijk bij elke maaltijd eten, inclusief ontbijt, als ik het haar toestond.

'Emma is oké,' zeg ik tegen Noah.

Hij gromt met een mond vol hamburger.

'Wat is er mis met Emma?' vraagt Lindsay. Ze is Emma's peettante en de kinderen zien haar als familie.

'Ze droomde dat een monster ons zou opeten,' zeg ik.

Lindsay slaat een hand voor haar mond. 'O nee! Arm ding...'

'Het is de schuld van Claire,' laat Noah de tafel weten. 'Ze vult haar hoofd met onzin en dit is wat er dan gebeurt.'

Mijn mond valt open. 'Het is *míjn* schuld? Ik heb haar hoofd gevuld met onzin?'

Noah legt zijn half opgegeten hamburger neer en kijkt me vanaf de andere kant van de tafel aan. 'Je bent niet eerlijk tegen ze. Ik bedoel, als je ze wijsmaakt dat de tandenfee echt is, waarom zouden ze dan niet in monsters geloven?'

Dit is een discussie die Noah en ik al vaak hebben gehad. Hij is ervan overtuigd dat de tandenfee, de paashaas en zelfs de Kerstman geen dingen zijn waarover ouders ooit tegen hun kinderen zouden moeten liegen. Maar ik vind het een vreselijk idee dat mijn kinderen de enigen op school zijn die nooit in de magie van de Kerstman hebben geloofd. Ik herinner me de eerste keer dat Aidan een melktand verloor en ik hem vertelde dat de tandenfee iets speciaals onder zijn kussen zou leggen, en hij zei: 'Ik weet dat jij het bent.' Het was een steek in mijn hart.

Aidan is altijd nuchter geweest, net als zijn vader, maar Emma is anders. Ook al heeft Noah haar verzekerd dat al deze dingen niet echt zijn, toch gelooft ze stiekem dat de Kerstman op kerstavond door de schoorsteen komt. Dat vind ik zo leuk aan haar.

'Er is niks mis mee om te doen alsof de tandenfee echt is,' zeg ik. 'Het doet ze geen pijn.'

'Natuurlijk wel.' Ik zie Noahs hazelnootkleurige ogen knipperen door zijn bril. 'Want nu denkt ze dat een monster ons gaat opeten.'

Ik doe een beroep op de rest van de tafel. 'Ik denk niet dat er iets ergs is aan een kind dat in de Kerstman gelooft. Toch?'

'Als kind vond ik het heerlijk om op kerstavond op de Kerstman te wachten,' zucht Lindsay. Ik kan er altijd op rekenen dat ze het voor me opneemt. 'Ik keek er het hele jaar naar uit.'

'Maar het is allemaal een leugen.' Noah fronst. 'Het spijt me, maar ik kan niet liegen tegen mijn kinderen. Ze hebben recht op de waarheid.'

'Het is allemaal niet zo serieus,' zegt Warner. 'Ik zie er niets verkeerds in.'

Noah knippert met zijn ogen naar ons. 'Dus niemand heeft er problemen mee om kinderen te laten geloven dat een man met morbide obesitas door de schoorsteen komt met een gigantische zak cadeautjes? Niemand anders vindt dat niet oké?'

'Jeetje, Noah,' zegt Jack. 'Sinds wanneer ben jij zo'n chagrijn?'

Ik had gedacht dat Noah hier het komende uur zou zitten debatteren over het kwaad van de Kerstman, maar als Jack dat zegt, draait hij zijn hoofd weg alsof hij een klap heeft gekregen. Hij staat abrupt op van tafel en laat zijn half opgegeten bord eten staan. Hij graait in zijn portemonnee, haalt er een paar briefjes van twintig uit en gooit ze op tafel.

'Ik ben klaar met eten. Ik wacht in de auto,' zegt hij.

Terwijl Noah het restaurant uit stormt, voel ik Jacks hand onder de tafel die van mij pakken. Hij knijpt in mijn hand met zijn grote, warme handpalm. Maar ik voel me er niet beter door.

'Ik denk dat ik even een luchtje ga scheppen,' zeg ik met een brok in mijn keel.

Ik sta wankel op en strompel het restaurant uit. Ik zie Noah bij het busje staan, dus ik ga de andere kant op. Er is een klein hoekje achter het restaurant dat stil en verlaten is. En het ruikt maar een klein beetje naar vuilnis.

Ik haal trillerig adem. Mijn ogen zijn waterig en ik veeg ze af met de achterkant mijn hand. Ik wil nu niet huilen, want dan worden mijn ogen helemaal rood en gezwollen en als ik dan terugkom bij de auto, kan iedereen het zien. Ik moet me groot houden.

Wees sterk, Claire. Nog een paar uur en je hoeft hem de rest van de reis niet meer te zien.

Ik weet niet meer wat ik moet doen. Ik had gedacht dat ik lang genoeg bij Noah kon blijven om het te redden tot de kinderen op de middelbare school zouden zitten, maar ik weet niet of dat nog mogelijk is. Deze reis heeft mijn ogen geopend. We haten elkaar.

God, ik weet niet wat ik moet doen.

'Claire?'

Lindsay staat achter me, met samengetrokken roze lippen. Ik had gedacht dat Jack me achterna zou komen, maar dat kon hij natuurlijk niet. Niet als Michelle daar zit.

'Hé,' zeg ik.

Ze kauwt op haar lip. 'Gaat het?'

Ik knik, ook al gaat het niet echt goed. 'Ja. Ik had gewoon wat frisse lucht nodig.'

Lindsay doet haar mond open, maar lijkt niet helemaal zeker te weten wat ze wil zeggen. Ze is er al sinds Noah en ik begonnen te daten. Ze deed altijd mijn haar met de krultang als hij en ik hadden afgesproken. Ik heb haar een paar van mijn problemen met Noah toevertrouwd, maar ik heb het wat afgezwakt. Ik wil haar niet vervelen met al mijn huwelijksproblemen. Ze wil niets horen over onze miljoenste ruzie over toiletpapier.

Maar als ze eindelijk begint te praten, verrast het me wat ze zegt: 'Ik heb jou en Jack bij het tankstation gezien.'

Mijn hart slaat over in mijn borstkas. Zegt ze wat ik denk dat ze zegt? Misschien niet. Ik hou me van de domme. 'Wat... Wat bedoel je?'

Haar gezicht betrekt. 'Je weet wat ik bedoel. Ik zag jullie twee... je weet wel, zoenen. Ik wilde het je vertellen in de wc's, maar toen kwam Michelle binnen en...'

'O.' Ik sla mijn ogen neer en schop met mijn sneaker tegen de grond. 'Ik snap het.'

'Claire...'

'Niet zeggen.' Mijn ogen vullen zich met verse tranen. 'Je ziet hoe hij me behandelt.'

'Ik weet het.' Ze stapt dichter naar me toe en ik voel haar zachte hand op mijn schouder rusten.

'Ik neem het je niet kwalijk, echt niet. Hij doet vreselijk tegen je. Maar om het met Jáck te doen... Ik bedoel, hij is...'

'Hij is Noahs beste vriend. Ik wéét het.'

Lindsay slaat haar armen om me heen en houdt me stevig vast. En dat geeft me dat laatste zetje, ik begin te snikken. Ik besmeur Lindsays topje met tranen en snot, maar ze lijkt het niet erg te vinden. Het doet me beseffen hoelang het geleden is dat ik eens echt goed geknuffeld ben.

We staan daar veel te lang voordat ik me eindelijk terugtrek. Zelfs zonder spiegel weet ik dat mijn ogen opgezwollen zijn. 'Het spijt me,' zeg ik.

'Waarvoor?'

Ik schud mijn hoofd. 'Ik ben een verschrikkelijk mens.'

'Je bent geen verschrikkelijk mens.' Lindsay strijkt een natte haarlok uit mijn gezicht. 'Maar als je Noah wilt verlaten, moet je dat doen. Niet achter zijn rug om rotzooien.'

'Je hebt gelijk.' Ik neem de verfrommelde tissue aan die Lindsay me aanreikt. 'Ik wil echt niet dat hij erachter komt van mij en Jack.'

Ze houdt haar hoofd schuin. 'Denk je niet dat hij het al weet?'

Ik voel een steen in mijn maag. 'Je... Je denkt dat hij het weet?'

'Nou...' Ze schuifelt een beetje. 'Ja. Ik denk het wel. Ik denk dat hij het weet.'

'Waarom?'

'Ik heb gewoon zo'n gevoel.' Ze rekt haar nek om naar het busje te kijken. Noah zit erin, op de bestuurdersstoel. Hij staart door de voorruit, onbeweeglijk. 'Ik bedoel, ik ken Noah al vijftien jaar en ik heb hem nog nooit zo zien doen. Hij is over het algemeen vrij gelijkmoedig.'

'Ja...'

Ze heeft gelijk. Noah doet de laatste tijd veel meer zijn best om onaangenaam tegen me te doen. Het ging al zo lang steeds slechter, dat ik dacht dat het erbij hoorde. Maar misschien is er een reden waarom het de laatste tijd zoveel erger is geworden. Misschien weet hij het wél.

Opnieuw bekruipt me dat sterke gevoel dat ik nu naar huis moet gaan, nu ik nog een kans heb. Hoezeer ik me ook verheug op een kamer alleen met Jack, het is het risico niet waard. Michelle kan erachter komen. Noah kan erachter komen, als hij het niet al weet. En deze reis lijkt de laatste druppel te zijn als het gaat om ons huwelijk.

Maar ik weet niet hoe ik nu thuis moet komen. We rijden al twee uur, dus het gaat geen snel ritje zijn. Het zou een fortuin kosten.

Het lijkt erop dat ik vastzit. Deze reis gaat door. Maar ik ga Lindsays advies opvolgen. Zodra we terug zijn in Castle Pines, vertel ik Noah dat het voorbij is.

Hoofdstuk 9

CLAIRE

Het kost me al mijn wilskracht om terug te lopen naar mijn busje en naast Noah op de passagiersstoel te gaan zitten. De anderen hebben hun plaats achterin al ingenomen en ik kom in de verleiding om een van hen te vragen of ze willen ruilen. Ik wil niet naast Noah zitten. Maar het is ongemakkelijk om dat te zeggen, dus ga ik zitten. En hij werpt me een blik toe alsof hij wilde dat hij zonder mij was vertrokken.

Soms kijk ik terug op mijn huwelijk en probeer ik het exacte moment te achterhalen waarop Noah en ik elkaar begonnen te haten.

Zoals ik al zei, we hielden van elkaar toen we trouwden. We waren zo'n stel dat nooit ruziemaakte. We hadden kleine, suffe onenigheden over... Ik weet het niet, misschien zette ik de verwarming te hoog in de winter. Of betrapte ik hem erop dat hij uit het melkpak dronk. (Waarom doen mannen dat?) Maar meestal waren het dingen waar we om moesten lachen, en was het meer plagen dan vechten. We waren allebei makkelijke mensen die ruzie haatten, en soms mompelde Noah iets over 'niet willen eindigen zoals mijn ouders'.

Nadat Aidan was geboren, werd het leven moeilijker. We verheugden ons erop om ouders te worden, maar we waren ook bang. Noah zat soms midden in de nacht rechtovereind in bed en kon pas weer in slaap komen als hij naar Aidans wieg was gegaan om te kijken of hij er nog was en ademde. Andere keren hadden we ernstige ruzies over wiens beurt het was om zijn luier te verschonen. Noah maakte een overzichtslijst op de koelkast om het bij te houden, maar hij haalde die weg toen hij besefte hoever hij achterliep.

Maar toch dacht ik altijd dat we een gelukkig gezinnetje hadden. Toen kwam Emma.

Emma is geweldig. Begrijp me niet verkeerd, ik hou meer van mijn dochter dan van het leven zelf en ik zou alles voor haar doen. Maar ze was geen gemakkelijke baby. Ze had darmkrampjes en het enige wat ze deed was schreeuwen. Ik bedoel, af en toe sliep en dronk ze ook wel, maar het voelde alsof ze 99 procent van de tijd aan het schreeuwen was. Als ik terugkijk op die tijd, herinner ik me alleen die kleine roze baby met haar ogen dichtgeknepen, haar handen tot vuisten gebald en haar tandeloze mond wijdopen terwijl ze de longen uit haar lijf schreeuwde. En we hadden ook nog een peuter. De eerste paar maanden van Emma's leven voelden aan als een waas waarin we haar om de beurt vasthielden en een uurtje of twee slaap stalen wanneer we maar konden.

Het was te doen toen ik met zwangerschapsverlof was. Maar toen eindigde de zomer en moest ik weer aan het werk. Emma sliep toen al iets beter, maar niet veel. Noah en ik sliepen om de beurt. Het was verschrikkelijk.

Op een zekere nacht was ik vastbesloten om een beetje te slapen omdat ik de volgende ochtend een grote vergadering op mijn werk had en ik met het schoolbestuur moest praten over het programma voor speciaal onderwijs op onze school. Het was echt een heel belangrijke vergadering en ik dacht niet dat ik daar doorheen zou komen met maar een uurtje slaap. Ik stopte Emma vol met twee flessen melk, in de hoop dat ze daarvan wel in slaap zou vallen, maar ik wist dat het kansloos was.

Ik vertelde Noah over de vergadering en benadrukte hoe belangrijk het was. Ik moest fatsoenlijk slapen. Hij bezwoer me dat hij het begreep. Dus toen Emma om twee uur 's nachts gillend wakker werd, verwachtte ik dat hij naar haar toe zou gaan.

'Ik heb hoofdpijn, Claire,' mompelde hij in zijn kussen. 'Kun jij haar niet halen?'

Ik had ook hoofdpijn. Ik had de laatste tijd bijna altijd hoofdpijn, net als grote paarse kringen onder mijn ogen. Mijn ouderlijke plichten overslaan was nooit een optie. 'Je weet dat ik morgen een belangrijke vergadering heb.'

Noah kneep zijn ogen dicht. Na een lange minuut waarin Emma's gehuil in volume toenam, stapte hij uit bed. En sloeg de deur achter zich dicht toen hij de slaapkamer verliet.

Net toen het geschreeuw afnam en ik weer in slaap begon te vallen, begon het geschreeuw abrupt opnieuw. Een paar seconden later kwam Noah de slaapkamer weer binnen. Hij plofte neer op het bed en bedekte zijn hoofd met het kussen.

'Ik kan niet met haar dealen,' zei hij. 'Jij moet het doen.'

'Maar ik zei toch dat ik morgen een vergadering heb!'

'Nou, en ik heb hoofdpijn. Ik ga er niet meer uit.'

En dat was het dan, wat hem betrof. Hij deed alsof Emma mijn baby was, en dat hij me een plezíér deed door te proberen te helpen, maar als hij het niet wilde doen, vond hij dat hij het ook niet hoefde te doen. Ik herinner me dat ik naar hem staarde in de donkere slaapkamer en wachtte om te zien of hij van gedachten zou veranderen. Hij gaf geen krimp. Ik moest opstaan en de rest van de nacht Emma troosten.

Daar heeft hij zich nooit voor verontschuldigd. Ook al was ik de volgende dag een wrak op die vergadering en bleef hij uitslapen nadat ik Emma en Aidan naar de crèche had gebracht. Het was zo ongelooflijk oneerlijk.

Daarna leek het alsof we steeds vaker oorlog voerden. Hij droeg nooit zijn steentje bij als het op de kinderen en het huishouden aankwam, en wat nog erger was, het kon hem niets schelen. Hij zei dat ik alleen maar tegen hem zeurde. We deden geen dingen meer samen als gezin. Ik ging liever zelf uit met de kinderen zodat ik niet hoefde te zien hoe hij met zijn telefoon speelde in plaats van met mij te praten. En we deden nooit meer iets samen als stel. Ik kan me onze laatste avond uit samen niet herinneren. We zouden een oppas regelen en uitgaan, maar ik kan me de laatste keer dat een van ons dat heeft voorgesteld niet herinneren.

Ik hield mezelf voor dat alles beter zou worden naarmate de kinderen ouder werden. Maar nu zijn ze ouder. En het bleek dat ons huwelijk te kapot was om te repareren.

En nu zitten we samen vast in deze auto. Urenlang. Het is de meest ongemakkelijke autorit in de geschiedenis van de wereld geworden. Ik zou er alles voor overhebben om weg te kunnen. Af en toe hoor ik achterin wat gepraat, maar verder zijn we allemaal doodstil. Ik kan me maar moeilijk voorstellen wat ik zou kunnen zeggen dat niet zou leiden tot een ruzie tussen Noah en mij, en ik wil niet nog een ruzie met hem waar iedereen bij is.

Op dit moment wil ik gewoon dat de week voorbij is, zodat ik hem kan vertellen dat het voorbij is. Hopelijk huurt hij geen huurmoordenaar in om me om zeep te helpen, maar dat zou me niet helemaal verbazen.

Het laatste halfuur is de weg waarop we ons bevinden steeds smaller en verlatener geworden. Ik denk dat we al twintig minuten geen andere auto hebben gezien. De bestrating is hier gebarsten en slecht onderhouden. De banden van mijn busje rijden over afgevallen takken en slingeren over de oneffen ondergrond.

'Sla linksaf naar Appleton Road,' instrueert de gps-stem ons.

Noah trapt op de rem op het moment dat we het bord voor Appleton Road tegenkomen. Het is een klein, heel smal weggetje dat maar één kant op gaat. De bestrating was tot nu toe rommelig, maar deze weg is helemaal onverhard. Noah aarzelt, zijn voet nog steeds op de rem.

'Dit is de afslag,' zegt Warner.

'Juist.' Noah tikt met zijn vingers tegen het stuur. Hij is bang om deze weg in te rijden. In tegenstelling tot Jack is hij geen voormalig padvinder. In al onze huwelijksjaren hebben we nog nooit samen gekampeerd. 'Oké.'

Noah slaat Appleton Road in en meteen wordt de rit een stuk ruiger. Er zijn geen andere auto's in de buurt, alleen wij en de wildernis. Ik hou me aan mijn stoel vast terwijl we ons een weg banen over dit oneffen pad. Maar we zijn er nu dichtbij. Het is niet ver meer naar de herberg.

En dan bevriest het beeld op de gps.

Noah houdt zijn ogen op de weg gericht terwijl hij op het scherm tikt. Bovenaan verschijnen de woorden: *Zoek signaal...*

'Verdomme,' mompelt hij zacht.

'Ik heb de kaart,' zegt Warner.

Ik hoor hem in zijn tas rommelen. Ik haal mijn telefoon uit mijn tas, ook daar is geen bereik. Ik voel me ongeveer net zo ongemakkelijk als Noah eruitziet. Ik ben net zomin op mijn gemak in de wildernis als hij. Ik kan niet wachten tot ik in de herberg ben en wifi heb.

Ik wou dat ik de kinderen had gebeld toen we op de hoofdweg waren. Ik had gepland om ze te bellen als we bij de herberg waren, maar nu wou ik maar dat ik niet had gewacht. Ook al heb ik Penny ingelicht, ik kan me voorstellen dat Emma zich zorgen maakt.

'Oké,' zegt Warner, 'er komt een splitsing en dan moet je naar links.'

'Check,' zegt Noah.

'Nee, links,' zeg ik.

'Ik zei chéck,' snauwt Noah me toe. 'Niet rechts.'

Ik slik. 'Oké. Ik wilde het alleen zeker weten. Ik wilde niet –'

'Kun je... Stop alsjeblieft met praten, Claire. Ik moet me concentreren.'

Noah drukt zijn vingers onder zijn bril tegen zijn oogballen en richt zijn aandacht dan weer op de weg. We komen bij de splitsing en hij komt helemaal tot stilstand. De weg loopt in twee richtingen uiteen, maar naar rechts lijkt de weg veel beter geplaveid. Het pad naar links is smaller en er hangen overal takken. De zon staat nog aan de hemel, maar het pad ziet er donker en onheilspellend uit. Als er hier in het bos een monster is, dan is het zeker aan de linkerkant.

'Weet je zeker dat we naar links moeten?' zegt Noah.

Warner kijkt op van de kaart. 'Twee wegen scheidden in een geel woud,' zegt hij met die rijke bariton. 'En ik… Ik nam de weg die het minst bewandeld werd, en dat maakte een wereld van verschil.'

Noah fronst. 'Wat de…' mompelt hij zacht.

Ik sla mijn hand voor mijn mond om een giechel te onderdrukken, en een fractie van een seconde kijkt Noah trots naar zichzelf omdat hij me aan het lachen heeft gemaakt. Voor die halve seconde is het bijna weer zoals vroeger, voordat we elkaar haatten. Toen we een emotie konden delen zonder zelfs maar woorden uit te wisselen.

'Warner citeert dat gedicht,' zegt Lindsay. 'Je weet wel. Van Robert Frost?' Ze werpt haar vriend een liefdevolle blik toe. 'Hij is heel erg belezen.'

'Ja, ik ken het,' zegt Noah strak. 'Maar wat heeft dat in godsnaam te maken met hoe we bij de herberg komen?'

'Je neemt het pad aan de linkerkant,' verklaart Warner. 'Het is misschien minder bewandeld, maar het is het juiste pad.'

Noah ziet er niet uit alsof hij er veel vertrouwen in heeft, maar hij volgt het advies van Robert Frost op en gaat bij de splitsing linksaf. Het is niet eens meer een weg. Het is een zandpad. Het is moeilijk voor te stellen dat een gerenommeerd etablissement geen fatsoenlijke weg heeft om er te komen. Ik bedoel, komt er nog meer? Moeten we over een gammele ophaalbrug rijden?

Na nog eens twintig minuten heel langzaam rijden, komt Noah helemaal tot stilstand. Hij kijkt over zijn schouder naar Warner. 'Dit kan echt niet kloppen.'

Warner rommelt met de kaart in zijn hand. 'Nee, we zitten op koers. Nog geen vijf kilometer en we zijn er.'

Noah zet de auto in de parkeerstand. 'Geef me die kaart.'

Warner overhandigt hem. Ik kijk over Noahs schouder. De kaart is niet zo makkelijk te lezen. Het is afgedrukt op een A4'tje en alles is piepklein. Noah draait het papier negentig graden en knijpt zijn ogen samen terwijl hij naar de minuscule lettertjes kijkt.

'Moet ik er even naar kijken, Noah?' roept Jack vanaf de achterste rij.

'Ik ben degene die rijdt, dus nee.' Noah schraapt zijn keel. 'Oké. Ik denk dat ik weet waar ik heen moet.'

Hij zet de auto weer in de versnelling, maar de motor is vreemd stil. Noah fronst terwijl hij zijn voet op het gaspedaal drukt. Wat nu weer?

'De auto sloeg af.' Hij kijkt me aan. 'Doet-ie dat vaak?'

Ik bijt op mijn lip. 'Nee. Nooit.'

'Wanneer was de laatste onderhoudsbeurt?'

'Ik weet het niet. Zes maanden geleden?'

'Je wéét het niet?' herhaalt hij.

'Ik zei ongeveer zes maanden geleden.' Ik denk dat het zes maanden geleden was. Ik weet nog dat ik hem naar de garage bracht vlak na een bijzonder heftige ruzie over waarom er geen verse melk in huis was. Er lag sneeuw op de grond, dus het was ergens in de winter.

Noah zet de motor af en probeert de auto opnieuw te starten. Ik hoor een klikkend geluid, maar de motor slaat niet aan. Hij probeert het opnieuw met hetzelfde resultaat.

'De accu is leeg.' Hij werpt een blik op het dashboard. 'De auto start niet.'

'Ik heb startkabels achterin,' zeg ik.

Hij snuift. 'Geweldig. Heb je achterin ook een accu die we kunnen gebruiken?'

O. Hij heeft een punt.

Hij maakt zijn gordel los. 'Ik ga even onder de motorkap kijken.'

'Even onder de motorkap kijken?' herhaal ik. Noah mag dan een natuurkundige zijn, maar hij weet niets van auto's. 'Wat denk je daaronder te zien? Een aan/uit-schakelaar op de accu die op uit staat?'

Dat had ik misschien niet moeten zeggen. Het was een beetje gemeen. Aan de andere kant lijkt het idee dat Noah onder de motorkap kijkt en ontdekt dat er iets mis is met de auto dat hier en nu kan worden gerepareerd, bijna onmogelijk.

Noah werpt me een vuile blik toe terwijl hij de motorkap opent en uit de auto klimt. Jack en Warner stappen ook uit en de drie mannen kruipen bij elkaar onder de motorkap, discussiërend over de oorzaak van het plotseling stoppen van mijn relatief nieuwe busje, ergens in niemandsland. Ik kijk naar Noahs gezicht terwijl hij met Jack praat. De twee zijn al bijna twintig jaar vrienden. Weet Noah van mij en Jack?

Ik zie het niet.

'Ze lossen het vast wel op,' zegt Lindsay zelfverzekerd.

'Ik weet het niet,' mompel ik. Ik wou dat ik haar optimisme had. Noah en Jack hebben geen verstand van auto's. Het is mogelijk dat Warner een auto-expert is, maar zo ziet hij er eerlijk gezegd niet uit.

Wat gaan we doen als we de auto niet aan de praat krijgen? We zijn niet eens in de buurt van de hoofdweg. En niemand van ons heeft mobiele ontvangst.

Noah slaat de motorkap weer dicht en gaat weer op de bestuurdersstoel zitten. Ik zie aan zijn gezicht dat hij niet optimistisch is. Hij draait de autosleutel om en er klinkt alleen weer dat klikkende geluid. Hij laat zijn hoofd tegen de hoofdsteun vallen. 'Super.' Hij draait zijn hoofd om iedereen achterin aan te kijken. 'Heeft iemand bereik op zijn telefoon?'

Ik voel de paniek opkomen in mijn borstkas. Met trillende handen haal ik mijn telefoon weer uit mijn tas, geen ontvangst. De negatieve reacties echoën vanaf de achterkant van het voertuig. Niemand van ons heeft bereik. We zitten hier vast en we kunnen op geen enkele manier om hulp bellen.

'Luister, geen paniek.' Warner schudt met de kaart in zijn hand. 'Zoals ik al zei, we zijn nog geen vijf kilometer bij de herberg vandaan. We kunnen erheen lopen en dan sturen we iemand om de auto te halen.'

'Lopen?' Lindsay klinkt niet enthousiast over dat idee. Ze is óók niet echt een buitenmens. 'Ik dacht dat als je verdwaalt bent in het bos, je moet blijven waar je bent.'

'Onder bepaalde omstandigheden.' Warner knikt. 'Maar de komende tijd gaat niemand naar ons op zoek. We worden pas over een week thuis verwacht. En we hebben een kaart waarop precies staat waar we heen moeten. Het zou stom zijn om niet te proberen deze plek te vinden.'

Lindsay fronst. 'Ja, maar...'

'Vertrouw me, Lindsay.' Warner klopt op haar schouder. 'Je weet gewoon niet beter.'

De neerbuigende manier waarop Warner tegen haar praat bevalt me niks. Sinds hij haar in het restaurant ervan weerhield de hamburger die ze wilde te bestellen, werkt hij op mijn zenuwen. Zodra ik alleen met haar ben, ga ik met haar over hem praten.

'Ik kan niet dagenlang in deze auto zitten wachten tot iemand ons komt redden,' zegt Michelle resoluut. 'Ik heb heel veel werk te doen, mensen.'

Ja, dat weten we.

'Trouwens,' voegt Warner eraan toe, 'we hebben ook niet veel proviand. Of water.'

Bij die laatste opmerking slaat mijn hart een slag over. Hij heeft gelijk. Behalve misschien een zak chips of wat droge worstjes uit de supermarkt, hebben we geen eten. Noah heeft een halfvolle waterfles in de bekerhouder, maar dat is alles. We kunnen hier met z'n zessen niet een paar dagen overleven als we hier blijven.

Mijn maag rommelt. Ik heb maar een derde van de hamburger gegeten in het restaurant. Ik had geen trek meer nadat Noah wegstormde. Nu wou ik dat ik alles had opgegeten.

'Ik heb mijn kompas,' oppert Jack. 'Het moet niet moeilijk zijn om daarheen te navigeren.'

Lindsey schudt haar hoofd en slaat haar armen om haar borst. 'Ik weet het niet. Ik denk echt dat we hier moeten blijven.'

'Jíj kunt in de auto blijven als je wilt,' zegt Warner tegen haar. Er zit een scherp randje aan zijn stem dat ik nog niet eerder had gehoord.

Haar blauwe ogen kijken de auto rond. Ze leunt naar voren in mijn richting. 'Claire, ga jij?'

'Ik weet het niet...'

Ze pakt mijn pols vast met haar lange, slanke vingers. 'Laten we in de auto blijven. Het is hier veiliger.'

Ik kijk uit het raampje van de bus. Het pad voor ons ligt bezaaid met takken en stenen en God weet wat nog meer. Waarom o waarom moesten we de minst bereisde weg nemen? Wat een vergissing. Stomme Robert Frost.

Maar ik wil niet in de auto achterblijven. Wat als iedereen de herberg bereikt en de auto niet meer kan vinden? Ik wil hier niet vastzitten. Als Lindsay en ik achterblijven, hebben we geen enkele kans om de weg terug te vinden. Geen van ons heeft enig idee hoe we door de wildernis moeten navigeren. Warner heeft de enige kaart, maar zelfs als ik een kopie had van die verwarrende route naar de herberg, betwijfel ik of ik die zou kunnen volgen.

En we hebben vrijwel geen voedsel of water.

'Ik denk dat we bij elkaar moeten blijven,' besluit ik.

Lindsay fronst. 'Weet je het zeker?'

Ik knik, hoewel ik er verre van zeker van ben. Maar het lijkt de beste van twee slechte opties. Jack zal ervoor zorgen dat ons niets overkomt.

'Oké,' zegt Lindsay, maar ze klinkt niet enthousiast.

Warner slaat zijn arm om haar schouders. 'Maak je geen zorgen, schat. We weten wat we doen. Het is maar vijf kilometer.'

Vijf kilometer. Het is vijf kilometer van ons huis naar de school van de kinderen. Als ik het loop, doe ik er een uur over. Maar het duurt langer om door het bos te lopen. Waarschijnlijk duurt het twee uur. Dus over twee uur zijn we in de herberg. Dan kan ik mijn schoenen uittrekken en een lang, heet bad nemen in mijn eigen badkamer. Ik kan niet wachten.

Het grootste deel van onze bagage laten we in de bus. Het is al moeilijk genoeg om door het bos te lopen zonder een hoop troep. Ik neem mijn tas mee en Noah geeft me zijn waterfles om erin te doen, die ik naast mijn telefoon stop. In het zeldzame geval dat we ergens bereik krijgen, wil ik voorbereid zijn. Ook wil ik Penny een bericht sturen zodra we aankomen, zodat de kinderen weten dat we in orde zijn, vooral Emma. Jack heeft een rugzak met wandelspullen bij zich, waaronder een grote waterfles die bijna vol is. Hij stopt zijn kompas in de zak van zijn spijkerbroek.

Het is heet buiten de auto. Snikheet. Voordat de accu het begaf, gaf de temperatuurmeter buiten de auto eenendertig graden aan. We zijn nog niet eens begonnen met lopen en ik voel me al heet en plakkerig. Even prijs ik me gelukkig dat ik de enige met een korte broek ben, maar mijn benen worden aan te veel blootgesteld. Wat als ik in brandnetels stap? Wat als een slang in mijn enkel bijt? Ik wou dat ik een spijkerbroek droeg, maar mijn bagage ligt onderop de stapel en ik wil me niet verkleden in het busje. De korte broek is prima voor een snelle wandeling.

De onverharde weg verdwijnt snel en is nauwelijks nog een weg. Ik kan me niet voorstellen hoe het busje verder zou zijn gekomen, zelfs als de accu niet leeg was. Maar de mannen lijken zelfverzekerd terwijl ze voorop lopen. Jack heeft zijn kompas en zijn padvinderservaring en Warner heeft de kaart en is de enige die hier eerder is geweest. Wij drie vrouwen lopen achteraan.

'Het is vast niet ver,' zeg ik. Daar ben ik absoluut niet zeker van, maar ik probeer optimistisch te zijn voor Lindsay.

Michelle kijkt me aan. 'Breng jij je auto nooit naar de garage, Claire?'

Ik knipper met mijn ogen. 'Ja. Met enige regelmaat.'

'Nou, je zou denken,' zegt ze, 'dat als je met je auto de wildernis in trekt, je hem eerst naar de garage brengt om er zeker van te zijn dat hij niet kapotgaat in niemandsland.'

Noah heeft al tegen me geschreeuwd. Ik ben niet in de stemming om Michelle ook nog over me heen te krijgen. Maar tegelijkertijd wil ik geen ruzie met haar. Ik ben bang voor wat er uit kan voortkomen. 'Het busje is nieuw. Er was geen reden om te denken dat hij kapot zou gaan.'

'Maar toch gebeurde het.'

Ik haal diep adem en probeert mezelf zo tot rust te brengen. 'Luister, we zijn er zo. Laten we er geen ding van maken.'

Michelle schudt haar hoofd naar me en voert dan zonder nog een woord te zeggen haar snelheid op tot ze de mannen inhaalt, Lindsay en mij achterlatend.

'Dat was onbeleefd,' mompel ik.

Lindsay kijkt naar Michelle in de verte. 'Misschien weet ze het...'

'Ze weet het niet.'

'Ik weet het niet... Ze lijkt nog norser dan normaal...'

'Ja.' Ik tuur naar Michelles achterkant. Ze is behoorlijk in vorm, als je bedenkt dat ze alleen maar achter een bureau zit. Ik vraag me af of ze sport. 'Maar ik denk dat als ze het wist, ze het wel zou zeggen. Ze zou het niet voor zichzelf houden. Dat is niet haar stijl.'

'Misschien.' Lindsay houdt haar hoofd schuin. 'Maar misschien zou ze niets zeggen. Ik bedoel, het is niet alsof een van ons Michelle nou zo goed kent.'

Ze heeft een punt. Ondanks de moeite die we hebben gedaan, kent geen van ons Michelle.

Die gedachte blijft in mijn hoofd hangen terwijl we door het vuil sjokken. We blijven achter lopen, net buiten gehoorsafstand van de anderen, wat niet helemaal toevallig is. Ik hoop dat we er bijna zijn.

'Dit is waardeloos,' zegt Lindsay terwijl haar rechterlaars wegzakt in een modderpoel. 'Dit is níét wat ik in gedachten had voor deze reis.'

'Nou,' zeg ik, 'je wilde weg uit de bewoonde wereld, toch?'

'Nee!' Ze lijkt beledigd door deze suggestie. 'Ik wilde Warner gewoon een week uit het ziekenhuis hebben. Ik wilde hem helemaal voor mezelf alleen.'

Ik kijk naar de drie mannen voor me. Warners blonde haar glanst. Hij heeft absoluut de beste kont van de drie. En ook al zijn we in the middle of nowhere, hij loopt zonder enige aarzeling naar voren. Ik kan niet anders dan zijn zelfvertrouwen bewonderen.

'Je vindt hem echt leuk, hè?' zeg ik voorzichtig.

Lindsay krijgt een glimlach op haar gezicht. 'Ja, echt. Ik denk niet dat ik dit ooit eerder voor iemand heb gevoeld. Hij is... perfect.'

'Ja, maar...' Ik stap voorzichtig over een tak op de grond. 'Wat gebeurde er nou met de lunch? Waarom mocht je geen hamburger van hem?'

Ze knijpt haar ogen samen. 'Wat bedoel je?'

'Ik bedoel...' Ik wil Lindsays gevoelens niet kwetsen, maar tegelijkertijd wil ik er zeker van zijn dat ze niet met een jongen is die haar hart zal breken. Of die haar manipuleert. Dat ben ik haar verschuldigd. 'Je wilde een hamburger en hij zei dat je dat niet mocht. Toen nam je in plaats daarvan die piepkleine salade.'

'O.' Ze wuift met haar hand. 'Dat heeft niets met hem te maken. Ik probeer wat af te vallen, dat is alles.'

'Je hoeft niet af te vallen!' Ik wijs haar niet op het overduidelijke, namelijk dat ze minstens tien kilo lichter is dan ik. Als zij moet afvallen, heb ik een groot probleem.

'Bullshit.' Lindsay steekt haar blote bovenarm uit en pakt een handvol vlees. 'Moet je dit zien! Warner heeft geen grammetje vet. Het is... gênant.'

'En waarom keek hij je zo aan toen hij het over borstvergrotingen had?' vraag ik door.

'Nou...' Lindsay werpt een blik omlaag naar haar borst. 'Je moet toegeven, ik ben niet bepaald gezegend op dit vlak.'

Ik ben zo van streek dat ik bijna struikel over een tak op de grond. 'Heeft hij dat tegen je gezegd?'

'Dat hoeft hij niet te zeggen, dat weet ik zelf ook wel.' Ze wrijft over haar nek en veegt bezwete lokken blond haar weg. 'Ik bedoel, het is een feit. En ik zou dankbaar moeten zijn dat hij zo aardig is om me een gratis operatie aan te bieden. Hoeveel mannen zouden dat doen?'

Ik trek een gezicht. 'Geen.'

'Claire...'

Alles wat ze zegt maakt me ongemakkelijk. Het is niet zo dat ik met zo'n geweldige man getrouwd ben, maar ik moet Noah nageven dat hij nooit over mijn uiterlijk oordeelde. Hij deed altijd alsof ik de mooiste vrouw ter wereld was. Hij heeft zeker nooit gesuggereerd dat ik moest afvallen of plastische chirurgie moest ondergaan. En nu... nou, hij doet duidelijk niet meer alsof hij me zo aantrekkelijk vindt. Maar hij zegt in ieder geval niets negatiefs over mijn uiterlijk.

Maar ik kan moeilijk kritiek hebben als ik niet het hele verhaal ken.

'Als jij maar denkt dat hij een goede vent is,' zeg ik uiteindelijk. Als we in het hotel zijn, moeten we hier verder over praten. Ik moet ervoor zorgen dat ze niet overgaat tot een impulsieve borstvergroting.

'Dat is hij, Claire.' Ze haalt diep adem. 'En weet je...'

'Wat?'

Ze duikt onder een laaghangende boomtak door en er belandt een blaadje in haar haren. 'Ik denk dat hij me deze week ten huwelijk gaat vragen!'

'O.' Ik krijg een knoop in mijn maag bij deze openbaring. 'Dat is... geweldig! En jij... Jij wilt met hem trouwen?'

'Natuurlijk!'

'Ik dacht dat je het fijn vond om vrijgezel te zijn.' Hoewel Lindsay mijn getuige was, waren bruiloften nooit echt haar ding en het idee om te trouwen vond ze maar niks. Ze hield van haar werk en haar vrijheid. Soms had ze wat dates, en een paar van haar vriendjes leken smoorverliefd op haar, maar ze leek nooit geïnteresseerd in een vaste relatie. En mijn eigen huwelijk was voor haar niet bepaald een lichtend voorbeeld van hoe geweldig het is om aan een ander gebonden te zijn.

'Dat was ook wel zo,' zegt ze bedachtzaam. 'Maar dat was omdat alle jongens waarmee ik uitging zulke losers waren. Warner is perfect. Ik ben zo blij dat ik heb gewacht.'

Ik plak mijn beste glimlach op mijn gezicht, in de hoop dat ze niet merkt dat die nep is. Het is duidelijk dat Lindsay ja gaat zeggen als Warner op zijn knieën gaat. Er is niets dat ik eraan kan doen.

Hoofdstuk 10

CLAIRE

Ik moet alweer naar de wc.

Het was al erg genoeg toen ik in de auto zat en ik wist dat Noah tegen me zou gaan schreeuwen. Maar dit is zoveel erger. Waar moet ik dat hier doen? Ik voorzie niet dat we in de nabije toekomst een dixie tegenkomen.

'Lindsay,' mompel ik. 'Moet je... Moet je naar de wc?'

'Ja!' roept ze. 'O mijn god, zó nodig! Wat moeten we nu?'

'Ik denk...' Ik haal diep adem. 'Ik denk dat we het bos in moeten.'

Lindsay bijt op haar lip. 'Ik weet niet of ik dat kan, Claire.'

Ik weet ook niet of ik dat kan. Maar we hebben op dit moment geen andere keuze. Ik kan het niet eindeloos ophouden.

'We moeten de jongens zeggen dat ze op ons moeten wachten.' Ik kijk naar ze, terwijl ze ver voor ons uit lopen en elke seconde verder en verder weg. 'Jack! Noah!'

'Warner!' roept Lindsay.

Natuurlijk negeert Noah me. Maar na een paar seconden draait Jack zich om en zwaait naar ons. 'Alles oké?' roept hij terug.

Ik wil niet naar ze schreeuwen dat Lindsay en ik naar de wc moeten. Dus ik ren erheen, met Lindsay vlak achter me. 'We moeten naar de wc,' zeg ik zachtjes, zodra ik binnen gehoorsafstand ben.

Noah zegt niks over hoe ik in het restaurant naar de wc had moeten gaan. Hij heeft mazzel dat hij een man is. Die hebben het zoveel makkelijker, ze hoeven niet eens hun broek naar beneden te doen.

Warners ogen kijken naar de bomen. 'Er zijn hier geen toiletten.'

'Dat weet ik,' zeg ik bits. 'Maar we moeten stoppen en... je weet wel...'

'O.' Jack steekt zijn handen in zijn zakken. 'Nou, we wachten hier op jullie.

Geen haast.'

Ik werp een blik in het bos. Ik wil dit echt, echt niet doen. 'Maar hoe...?'

Warner grijnst. 'Gewoon hurken. Zo moeilijk is het niet, dames.'

Ik kan niet geloven dat dit mijn dag is. Aan de ene kant wil ik gewoon zeggen: fuck it, ik hou het wel op. Maar aan de andere kant ben ik bang dat ik na een hevige niesbui met een natte broek zit. En het is niet zo dat ik schone kleren bij me heb.

'Prima,' zeg ik. 'Michelle, moet je ook?'

'Nee,' zegt ze.

Natuurlijk hoeft ze niet. Die vrouw is een robot.

Ik knijp mijn handen samen. 'Oké dan...'

'Je kunt het beste een beetje bergafwaarts staan,' zegt Jack. 'Ik heb gehoord dat je dan minder kans hebt om urine op je kleding te krijgen.'

Noah snuift als hij de blik op mijn gezicht ziet. Hij vindt het hilarisch dat ik dit moet doen. Nou, hij kan me wat. Dan maar hurken.

Gelukkig heb ik een pakje zakdoeken in mijn tas.

Lindsay en ik zoeken een privéplekje om onze behoefte te doen. Ik kies een boom die dik genoeg lijkt om me achter te verbergen en Lindsay doet hetzelfde. Ik trek mijn korte broek naar beneden en ga zo voorzichtig mogelijk te werk. Als je bedenkt dat ik dit nog nooit eerder heb gedaan, vind ik dat het me goed afgaat.

Nadat ik mijn korte broek heb dichtgeritst, grijp ik me vast aan de boom om mijn evenwicht te bewaren, het hout snijdt in mijn handpalm. Als ik mijn hand wegtrek, zie ik vijf diepe groeven in de versplinterde bast.

Klauwsporen.

Alleen zijn deze sporen niet gemaakt door een klein konijntje. De sporen zijn lang en diep. De klauwen die de schors scheurden waren duidelijk extreem scherp. En er is een tweede set klauwsporen boven de eerste. Is er iets in de boom geklommen?

Ik kijk omhoog. Boven me zie ik alleen maar bladeren. Maar achter me hoor ik een ritselend geluid.

'Claire?'

Ik schrik me rot bij het horen van Lindsays stem. Ze staat achter me, met haar armen om zichzelf heen geslagen. 'Is alles oké? Heb je geplast?'

Ik ga met mijn vingers over de diepe groeven in de schors. 'Kijk dit nou.'

Lindsays ogen worden groot terwijl ze naar de opvallende markeringen staart. 'O mijn god. Wat voor dier heeft dit gedaan, denk je?'

Ik heb geen idee. Ik weet alleen dat ik het dier dat dat heeft gedaan niet wil tegenkomen.

Ik heb een allesoverheersende drang om verder te gaan, maar Lindsay staat erop om terug te gaan naar de anderen om ze de klauwsporen te laten zien. Ik volg haar, maar ik wil niet echt naar die sporen blijven kijken. Ik wil zo ver mogelijk weg van het dier dat ze heeft gemaakt.

Jack rolt met zijn ogen totdat hij de markeringen op de boom ziet. Even ziet hij er verward uit. Hij gaat met zijn hand over de diepe groeven. 'Wauw,' zegt hij dan.

'Denk je dat het een beer is?' vraagt Lindsay.

'Misschien.' Jack bestudeert de klauwsporen terwijl hij er met zijn hand overheen gaat. 'Zwarte beren staan erom bekend dat ze bomen markeren. Maar...'

Ik trek mijn wenkbrauwen op. 'Wat?'

'Ik zou denken dat klauwafdrukken van een beer veel hoger op de boom zouden zitten,' zegt hij. 'Misschien was het een kleine beer. Of... iets anders.'

Ik weet niet of ik me er beter of slechter over moet voelen. Beren zijn eng. Maar tegelijkertijd is hun gedrag voorspelbaar. We weten waar beren toe in staat zijn. We weten niet waar een mysterieus dier met lange, scherpe klauwen toe in staat is.

'Hoe dan ook...' Jack zet een stap weg van de boom. 'De meeste dieren die bomen markeren, doen dat om hun territorium af te bakenen. Dus als dit het territorium is van een of ander groot dier, moeten we verder.'

Dat lijkt me een heel goed idee.

Hoofdstuk 11

CLAIRE

Drie uur later zijn we niet in de herberg. We zijn niet eens in de buurt van de herberg. Ondanks Warners kaart en Jacks kompas zijn we volkomen verdwaald.

En het wordt snel donker.

Lindsay smeekt net zolang tot we stoppen om even uit te rusten. Noahs water is allang op en we nemen allemaal een slok uit Jacks waterfles. Ik voel me ziek bij de gedachte dat als deze waterfles leeg is, we niets meer te drinken zullen hebben. Ook al is de zon gezakt, het is nog steeds heet. Mijn shirt is doorweekt van het zweet. Ik zou met gemak de hele fles in mijn eentje leeg kunnen drinken. Mijn mond voelt aan als de Sahara.

Jack maakt van de gelegenheid gebruik om ons gerust te stellen. Hij ziet er moe en bezweet uit, maar lang niet zo uitgeput als Lindsay en ik. Zijn ruige donkere haar is licht vochtig en het is sexy. Ik kan niet wachten om deze man voor mezelf alleen in de herberg te hebben.

Als we er ooit komen.

'Het komt goed,' zegt Jack tegen ons. 'We hebben een verkeerde afslag genomen, dus we moeten terug. Maar we liggen op koers. We zijn er voor het donker.'

'Het voelt echt alsof we verdwaald zijn,' zeg ik.

'We zijn níét verdwaald.' Jacks stem is warm en geruststellend. Hij maakt aanstalten om naar mijn hand te reiken, maar dan houdt hij zich in. 'Luister, we komen zo weer in de bewoonde wereld, of we dat nu leuk vinden of niet. Tegenwoordig is het heel moeilijk om in het bos te verdwalen. En het is nog moeilijker om verdwaald te blijven.'

Ik reik in mijn tas en haal mijn mobiele telefoon tevoorschijn. Ik hoop een streepje ontvangst te zien, of misschien een gemiste oproep van Penny. Maar er is nog steeds geen bereik.

'We hadden in de auto moeten blijven.' Lindsays ogen zijn roodomrand. Haar handen trillen terwijl ze die samenknijpt. 'We hebben geen idee waar we zijn.'

'Nee,' zegt Warner. 'Jíj hebt geen idee waar je bent, Lindsay. Jack en ik weten precies waar we zijn.'

Hij klinkt als een arrogante eikel als hij dat zegt, maar god, ik hoop dat hij gelijk heeft.

Ik kijk op naar Noah. Hij heeft de hele navigatie gevolgd en hij ziet er lang niet zo zelfverzekerd uit als de andere twee jongens. Onze blikken ontmoeten elkaar even en hij schudt bijna onmerkbaar zijn hoofd. Er was een moment dat ik naar hem toe had kunnen gaan en hem had kunnen vragen me te vertellen wat er echt aan de hand is, maar dat gaat nu niet gebeuren. Dat hoofdschudden is het beste wat ik kan krijgen. En hoe dan ook, het vertelt me alles wat ik moet weten:

We zijn de pineut.

Lindsay kijkt op. 'Hoorde je dat?'

'Wat?' vraagt Warner.

Ze houdt zichzelf vast. 'Het was iets van... een grom of een brul of...'

Ik ril ondanks de hitte. We zijn geen wilde dieren tegengekomen, afgezien van een heleboel insecten en een paar konijnen. Maar er zaten klauwafdrukken op de boom. Er lopen duidelijk wilde dieren rond. Grote.

'Ik heb niks gehoord,' zegt Jack.

Lindsays handen balden zich tot vuisten. 'Nou, ik wél!'

Jack lijkt zeker van zichzelf, maar ik weet het zo net nog niet.

Worden mensen die verdwaald zijn in het bos niet vaak aangevallen door dieren? Is dat zo vergezocht?

'Kijk, er lopen hier waarschijnlijk beren rond,' zegt Jack. 'Zwarte beren. Maar weet je, beren zijn meestal bang voor mensen. Tenzij ze zich in het nauw gedreven voelen of hun kinderen bedreigd worden, zullen ze niet aanvallen.'

'Geweldig, dat is echt geruststellend,' mompelt Lindsay.

'Kunnen we nu verder?' onderbreekt Michelle. Ze verplaatst het gewicht van haar tas, die uitpuilt door haar laptop. Ze weigerde hem achter te laten. 'Ik heb vanavond veel werk te doen en ik moet dit ding opladen.'

Ik kijk naar Lindsay, wier schouders hangen. Ik zie dat ze ertegen opziet om dieper het bos in te gaan, maar we hebben niet veel keus, we kunnen niet achterblijven. Ik weet niet hoe ze ons ooit nog zouden kunnen vinden als we niet bij elkaar blijven. De bossen lijken eindeloos.

'Oké,' zegt ze uiteindelijk. 'Laten we gaan.'

Mijn voeten beginnen pijn te doen van al het lopen. Ik had niet beseft hoe uit vorm ik was tot deze wandeling. Wanneer heb ik voor het laatst gewandeld? Heb ik óóit gewandeld? Het lijkt me niet iets wat Noah en ik ooit gedaan zouden hebben. We waren meer het Netflix & Chill-soort koppel. Dat werkte voor ons. We waren een stel bankzitters.

Jack had me verteld dat we tijdens de reis samen zouden gaan wandelen. Op dat moment klonk dat romantisch. Ik vond het een leuk idee om samen met Jack in het bos te verdwalen. Maar nu, nu we écht verdwaald zijn in het bos lijkt het helemaal niet romantisch. Ik denk dat de wandeling officieel is afgelast. Als ik eenmaal in dat hotel ben, zet ik geen voet meer in de wildernis. Misschien ga ik niet eens de kamer uit.

Lindsay loopt nog langzamer dan ik. Ze ziet er niet goed uit, haar teint is duidelijk bleek. Haar stijlvolle knotje van eerder is nu gewoon slordig en er zitten losse lokken in haar nek geplakt. Voor vandaag weet ik niet zeker of ik Lindsay ooit eerder heb zien zweten, maar nu zit er een zweetspoor langs de hals van haar shirt. Maar aan de andere kant, ik geloof niet dat ik er zelf zoveel beter uitzie.

Wij tweeën lopen bijna tien meter achter op de anderen. We zijn zo ver achterop geraakt dat ik geen woord meer kan horen van wat ze zeggen. Maar ik zorg ervoor dat ik ze altijd in het zicht hou. Het laatste wat ik wil is van elkaar gescheiden worden.

'Als we in de herberg zijn,' zegt Lindsay, 'ga ik vijf uur lang in bad. Tot ik een rozijntje ben.'

Ik probeer te glimlachen. 'Ik wil gewoon op een lekker zacht bed liggen.'

'Weet je wat ik nog meer ga doen?' Lindsay likt haar lippen af. 'Ik ga roomservice bestellen. Een lekkere grote bacon cheeseburger.'

Ik lach. 'O jee, wat vindt Warner daarvan?'

'En een grote doos dubbelgevulde Oreo-koekjes als toetje.' Ze haalt diep adem. 'God, ik heb volgens mij al jaren geen Oreo's meer gegeten.'

Toen ik nog studeerde, zou ik gezegd hebben dat Oreo's Lindsays favoriete eten in de hele wereld was. Ze had altijd een doos in haar kamer staan, in verschillende stadia van opeten. Ze haalde ze altijd uit elkaar en maakte een klein stapeltje van de chocoladewafels en daarna een gigantische bal van de smeuïge vulling. Ik weet nog hoe ik kreunde als Lindsay die witte bal in haar mond stopte.

Oké, ik deed het ook weleens. Maar het was ook leuk. Ik kan me niet voorstellen dat Warner het goed zou vinden als Lindsay een gigantische bal Oreo-vulling zou eten.

'Echt hoor...' Lindsay wrijft over een rood plekje in haar nek. Nu de zon onder is, komen de insecten tevoorschijn en dat is niet leuk voor mij, ze moeten mij altijd hebben. 'Ik heb nu zo'n honger. Het voelt alsof ik insecten kan eten.'

'Jack heeft wat droge worst in zijn tas.'

Haar ogen lichten even op, maar dan schudt ze haar hoofd. 'Warner vermoordt me.'

'Warner vermoordt je als je een beetje worst eet als je verdwaald bent in het bos?'

'Je snapt het niet.' Ze slaat in haar nek en kijkt dan naar haar handpalm. 'Godverdomme. Er zijn hier wel een miljoen muggen.'

'Wat snap ik niet?'

'Kijk, ik…' Lindsay lijkt iets te willen zeggen, maar voordat ze het eruit krijgt, wijst ze enthousiast naar een struik op de grond. 'Claire! Het zijn bosbessen!'

Ik kijk naar waar ze naar wijst. Het is een grote, groene struik met bladeren waaruit een tros dikke, donkerblauwe bessen groeit. Hoewel ik een hamburger heb gegeten in plaats van een salade, begint bij de aanblik van wat voor eten dan ook mijn maag te knorren. Het is al na etenstijd.

'Weet je zeker dat dat bosbessen zijn?' vraag ik.

'Natuurlijk! Als kind ging ik altijd bosbessen plukken.' Ze plukt een bes van de struik. 'Dit is absoluut een bosbes.'

'Ik weet het niet…' Ik kijk naar de anderen, die binnen gehoorsafstand zijn, maar alleen als we schreeuwen. 'Misschien moeten we Jack vragen of we ze kunnen eten.'

'Waarom? Omdat hij een miljoen jaar geleden bij de scouting zat ?' Ze gooit haar armen in de lucht. 'Hij heeft geen idee. Als hij dat wel had, hadden we die stomme herberg nu al gevonden.'

Voordat ik haar kan tegenhouden, steekt ze de geplukte bes in haar mond. Ze kauwt er bedachtzaam op. Ik doe een stap naar voren, klaar om haar op te vangen als ze begint te schuimbekken en in elkaar zakt.

'Het is lekker!' zegt ze. 'Het is een bosbes, Claire. Hij is rijp en zoet. Als het giftig was, zou het slecht smaken.'

Is dat waar? Ik weet zeker dat ik gelezen heb dat sommige giftige bessen zoet smaken.

Lindsay plukt bessen van de struik. Ze heeft er minstens een dozijn in haar hand en ze eet ze terwijl ze verder plukt. Ik krijg een naar gevoel in mijn maag. Dit is een slecht idee. Hoewel ik niet enthousiast word van de gedachte aan Jacks droge worst, denk ik niet dat we willekeurige bessen moeten eten die we in het bos vinden. En bosbessen rijpen toch pas in juli? Het is nog maar juni.

'Lindsay,' mompel ik, 'ik denk echt niet dat dit een goed idee is. We hebben geen idee of de bessen veilig zijn of niet. Kunnen we het niet gewoon aan Jack vragen?'

'Kom zeg. Hoe groot is de kans dat een paar willekeurige bessen die we tegenkomen giftig zijn?'

Misschien ben ik iemand voor wie het glas altijd halfleeg is, maar ik heb het gevoel dat de kans veel kleiner is dat een paar willekeurige bessen in het bos níét giftig zijn. 'Lindsay...'

'Oké.' Ze propt nog een paar bessen in haar mond en laat de rest dan op de grond onder ons vallen. 'Ik eet ze niet verder op, ben je nu blij?'

Ik kijk op, alle anderen zijn ons ver voor. Ze lijken helemaal niet bezorgd dat we zo ver achterop zijn geraakt. Zouden ze het merken als we gewoon zouden verdwijnen? 'We moeten ze inhalen.'

'Ja...' Lindsay ziet er plotseling uitgeput uit, alsof ze geen stap meer verder kan. 'We moeten door.'

Ik weet precies hoe ze zich voelt. Maar we hebben niet veel keus. Als we hier vanavond weg willen, moeten we blijven lopen.

Hoofdstuk 12

ANONIEM

Mijn moeder kweekte bessen in onze achtertuin.

Ze kweekte vooral bosbessen en frambozen. De frambozen begonnen als kleine harde groene klontjes, werden dan groter en donkerder van kleur. Dat waren mijn favorieten. Als ze rijp waren, kon je ze zo van de struik plukken.

De bosbessen waren een maand na de frambozen rijp. Ze begonnen bleek, werden dan dik en blauw. De bosbessen waren lekker, maar ik meed ze. Vanwege de nachtschade.

Mijn moeder kweekte dodelijke nachtschade in onze achtertuin.

De naam van de plant is atropa belladonna. *Hij is onderdeel van de nachtschadefamilie en komt over het algemeen voor in Europa, Noord-Afrika en West-Azië. Maar je vindt hem ook in sommige delen van Amerika.*

De bessen van de belladonna lijken erg op bosbessen. Ze zijn glanzend zwart, ongeveer een halve centimeter groot en ze zijn zoet.

De bessen zijn zeer giftig. Ze veroorzaken deliria en hallucinaties en ze verstoren het vermogen van het lichaam om transpiratie, hartslag en ademhaling te reguleren. Uiteindelijk zullen epileptische aanvallen en hartfalen optreden. De eerste mensen maakten giftige pijlen met belladonna. Voor een volwassene zijn vijftien tot twintig bessen genoeg om te sterven. Een kind kan sterven aan twee of drie bessen.

Mijn moeder kweekte de dodelijke nachtschade omdat ze iedereen wilde ontmoedigen om onze achtertuin in te sluipen en bessen te stelen. Stiekem hoopte ze een kind dood in de achtertuin te vinden met een handvol bessen in de hand.

Als ik in de achtertuin was, kon ik het verschil zien. Ik wist hoe de plant eruitzag. Maar in een kom zien belladonna- en bosbessen er bijna identiek uit.

Toen ik een jaar of zeven was, kwam mijn vader in de vroege zondagochtend terug van een zakenreis naar Chicago. Mijn moeder deed er altijd uren over om zich klaar te maken als hij terugkwam van een reis. Ze droeg een roze zomerjurk en haar witblonde haar zat los en was gekruld in plaats van slap en vet. Als ze haar best deed, kon mijn moeder heel mooi zijn.

We waren eeuwen bezig om het huis van boven tot onder schoon te maken. Mijn vingers deden pijn van het schrobben en mijn ogen brandden nog steeds van de schoonmaakmiddeldampen. Ze was zelfs twintig minuten bezig met het borstelen van onze kat Snowball tot haar witte vacht glom. Snowball zag er beter uit dan ik, maar dat was vaak zo.

We stonden met z'n drieën bij de voordeur te wachten toen mijn vader binnenkwam met zijn bagage, lichte kringen onder zijn bruine ogen. 'Wat een begroeting!' riep hij uit. Hij had een grote, luide stem en een brede glimlach. Daardoor vond iedereen hem aardig. Hij was een goede verkoper.

Mijn moeder glimlachte naar hem met haar felrood geverfde lippen. 'En ik heb een enorm ontbijt met eieren en spek voor je gemaakt.'

'Ik kan niet wachten!'

Maar in plaats van mijn moeder naar de keuken te volgen, zoals ze wilde, begon hij in zijn tas te rommelen. Ze fronste en zette haar handen op haar heupen. 'Kom op, John. Het eten wordt koud.'

'Wacht even.' Hij grabbelde nog een paar seconden en haalde toen een baseballpet van de Bulls tevoorschijn. De boze rode stier staarde me aan vanaf de gitzwarte pet. 'Alsjeblieft, kleine.'

Mijn vader reisde veel en uit elke stad waar hij naartoe ging, nam hij een baseballpet voor me mee. Ik had nu een grote verzameling. Ik nam de pet aan en zette hem op mijn hoofd. 'Wauw! Bedankt!'

'En ik heb nog meer voor je,' zei hij.

'John.' Mijn moeders stem was strak. 'Waarom doen we dit niet na het eten?'

'Het duurt maar even, Helen.'

Ik vond het geweldig als hij cadeautjes van zijn reis meebracht. Het maakte niet goed dat ik hem dagen of zelfs een week niet had gezien, maar het was iets om naar uit te kijken. Mijn moeder vond het echter maar niks. Ze stormde weg terwijl hij me mijn cadeautjes gaf.

Het was een paar minuten later toen we aan tafel gingen. Mijn vaders eieren en spek lagen op een wit bord van keramiek met ernaast een groot glas sinaasappelsap. En er stond ook een schaal cornflakes op tafel die er eerder nog niet was.

Mijn moeder straalde naar ons. 'Ik heb ontbijt voor jullie allebei gemaakt.'

Ik ging achter de kom cornflakes zitten. Die at ik altijd als ontbijt, maar meestal maakte ik het zelf. Mijn moeder had nog nooit aangeboden om ontbijt voor me te maken, maar vandaag had ze het ongevraagd gedaan. Ik keek naar de kom. Ze had er te veel melk in geschonken en de cornflakes waren vast al klef. Ze had er ook een handvol bessen in gedaan.

'Ik heb er wat bosbessen uit de tuin in gedaan,' zei ze.

Ik trok de pet van de Bulls laag over mijn voorhoofd terwijl ik naar de kom cornflakes staarde. De bessen waren donkerblauw. Ze léken op bosbessen.

Ik duwde de bessen met mijn lepel door de kom. Mijn moeder keek naar me. 'Wat is er? Waarom eet je niet?'

Mijn vader was al begonnen met eten. 'Eet wat, kleine. Het is goed voor je.'

Ik duwde nog wat meer met mijn lepel totdat een van de bessen uit mijn kom rolde. Hij rolde naar de rand van de tafel en viel uiteindelijk op de grond. Binnen een seconde zat Snowball aan de bes te snuffelen. Ze snuffelde eraan en stak haar roze tongetje al uit om er een likje van te nemen.

'Nee!' snauwde mijn moeder naar de kat. Bliksemsnel pakte ze de bes op voordat Snowball kon proberen hem op te eten. 'Stoute poes. Dat is niet voor jou.'

Mijn moeder was dol op Snowball. Zachtjes aaide ze de witte vacht van de kat. Ze zou Snowball nooit iets laten overkomen.

Snowball mocht de bessen niet eten.

Ik nam een hap cornflakes en at voorzichtig om de bessen heen. Er lekte wat sap in de melk, maar niet veel. Ik nam nog een hap cornflakes.

Ik at het grootste deel van de cornflakes op en liet de bessen liggen. Toen ik mijn bord wegduwde, fronste mijn moeder. 'Waarom heb je de bosbessen niet opgegeten?'

'Ik heb geen honger meer,' mompelde ik.

'Fruit is goed voor je,' zei ze. 'Je moet het eten.'

Mijn vader knikte. Hij had geen idee. 'Je moeder heeft gelijk. Eet de bosbessen.'

Ik keek op naar mijn moeder. Ze had speciaal voor mij een glimlach op haar lippen. Als ze zo naar me keek, werd ik bang. Ze had me ooit verteld dat ze me nooit had willen hebben. Het condoom van mijn vader was gescheurd. Ik was een foutje. Mensen maken fouten ongedaan.

Ik drukte mijn lippen stijf op elkaar, bang dat als ik mijn mond opendeed iemand dodelijke nachtschade naar binnen zou proppen.

'Luister,' zei mijn vader, 'als je niet doet wat je moeder zegt en niet alles opeet, neem ik de baseballpet terug.'

Ik wilde hem de waarheid vertellen, want de bessen waren giftig. Maar hij zou het niet geloven. En ik zou nog meer op mijn donder krijgen.

Dus zette ik de Bulls-pet af en smeet hem op tafel. Toen rende ik naar mijn kamer. Ik kreeg die dag op mijn donder. Maar ik ging niet dood.

Dankzij mijn moeder weet ik alles over giftige bessen.

Hoofdstuk 13

CLAIRE

De zon is onder en we zijn nog steeds niet bij de herberg. Mijn voeten kloppen in mijn gymschoenen en ik weet zeker dat ik een blaar op mijn rechter grote teen heb. Het kost me de grootste moeite om mijn voeten vooruit te krijgen. *Rechts, links, rechts, links.* En het voelt alsof we geen vooruitgang boeken. Waar is deze plek in vredesnaam?

Ik pak voor de honderdste keer mijn telefoon en kijk of er bereik is. Er is geen bereik. Dat 'geen bereik' bericht maakt me kotsmisselijk.

Ik vraag me af wat de kinderen aan het doen zijn. Ik hoop dat het goed met ze gaat. Ik bedoel, ik weet heus wel dat Penny goed voor ze zorgt, maar ze verwachten nu bijna zeker een telefoontje van mij. Ik hoop dat Emma niet te erg in paniek raakt.

Ik droomde dat je werd opgegeten door een monster.

'Gaat het, Claire?

Ik kijk naar Jack, die naast me is komen lopen. Lindsay heeft Warner zo'n twintig minuten geleden ingehaald en hij heeft haar op zijn rug genomen. Haar wandelschoenen zijn mooi, maar niet bepaald comfortabel. Ik wou dat ik een ritje op iemands rug kon maken. Jack kan het niet aanbieden als Michelle in de buurt is. En Noah gaat het zeker niet aanbieden. Ik heb mazzel dat hij me niet van een klif duwt.

'Het is weleens beter gegaan,' geef ik toe. Ik haal diep adem. 'Zijn we er bijna, denk je?'

Jack knikt en laat me zijn kompas zien. 'Volgens de kaart, als we recht naar het westen blijven lopen, is het ongeveer een kilometer.'

Godzijdank. Ik kan bijna niet meer. Ik loop deze laatste kilometer, dan stort ik in bij de ingang van het hotel.

Maar wat als hij het mis heeft? We lopen al uren en elke keer als we het vragen, zeggen de jongens dat we er bijna zijn. Ik ril.

'Heb je het koud?' vraagt hij me.

Ik wil nee zeggen, maar dan dringt het tot me door dat ik het behoorlijk koud heb. Het was zo warm toen de zon aan de hemel stond, maar nu hij onder is, is het ronduit fris geworden. Ik kijk naar beneden en zie kippenvel op mijn armen. En natuurlijk heb ik geen trui of jas aan. Dat leek me ook niet nodig toen het tegen de dertig graden liep.

'Ik ben oké,' zeg ik.

Hij geeft me een por in mijn arm. 'Je hebt kippenvel.'

Ik kijk op, om er zeker van te zijn dat Noah en Michelle op een veilige afstand voor ons lopen. Ik wil niet dat Noah ziet dat Jack me aanraakt of plaagt. 'Misschien een beetje.'

'Hier.' Jack haalt zijn rugzak tevoorschijn en doorzoekt hem. Hij haalt er een grijze hoodie uit. 'Trek dit aan.'

Ik aarzel. 'Zo koud heb ik het niet.'

'Kom op. Doe niet zo stoer.'

Ik weiger bijna de tweede keer, maar dan steekt er een briesje op. Het ís behoorlijk koud geworden. En het wordt alleen maar erger naarmate de nacht valt. Ik zou die hoodie gewoon moeten aannemen. Wat maakt het uit? Dat Jack me een hoodie geeft, wil niet zeggen dat we met elkaar naar bed gaan. Het is gewoon een mooi gebaar tussen vrienden.

Dus ik neem de hoodie aan en trek die over mijn hoofd. Hij is zacht en warm en het ruikt naar houtsnippers. Ik glimlach naar hem. 'Dank je.'

'Alles voor mijn Claire.'

Natuurlijk ben ik niet zíjn Claire. Op dit moment ben ik Noahs Claire, maar dat zal na deze week niet meer zo zijn. Verdwalen in het bos heeft me alleen maar gesterkt in mijn voornemen om bij

Noah weg te gaan. Het leven is te kort om bij elkaar te blijven voor de kinderen. Helaas zal Jack Michelle nooit verlaten. Niet omdat hij zoveel van haar houdt, maar omdat ze een echtscheidingsadvocaat is. Hoe kun je je vrouw die echtscheidingsadvocaat is verlaten? Dat kun je niet. Maar dat kan me niet schelen. Hoe dan ook, ik wil van mijn eigen huwelijk af.

Ik tuur naar voren en zie dat Warner Lindsay op de grond heeft gezet. Ze zit op een omgevallen boom. Noah en Michelle praten tegen haar en ze blijft maar met haar hoofd schudden. Ik ren erheen om te zien wat er de hand is.

'Lindsay,' zeg ik. 'Wat is er de hand? Gaat het?'

Ze kijkt naar me op. Haar blauwe ogen zijn bloeddoorlopen en haar porseleinen teint is nu een beetje groen. 'Ik heb last van mijn maag. Ik denk dat het door al dat geschommel komt.'

'Je ziet er niet goed uit,' zegt Warner.

'Ik voel me prima,' houdt Lindsay vol. 'Ik moet gewoon even een kwartiertje zitten.'

Ik kijk omlaag naar Lindsays stijlvolle wandelschoenen. Haar rechtervoet staat naast een mierenhoop en een paar reuzenmieren kruipen langs haar been omhoog. Ze lijkt het niet eens te merken, zelfs niet wanneer een van die mieren op haar onderarm loopt. Ze moet zich echt beroerd voelen.

Michelle kijkt op haar horloge. 'Christus, de hele avond is naar de knoppen. We komen er nooit meer op een redelijke tijd.'

Noah begint met zijn ogen naar me te rollen, maar als zijn blik de mijne vindt, moet hij nog eens goed kijken. Zijn hazelnootkleurige ogen worden groot en het duurt even voor ik besef dat hij naar mijn sweatshirt kijkt. Of moet ik zeggen, Jácks sweatshirt.

Maar hij kan Jacks sweatshirt onmogelijk herkennen. Het is gewoon een onopvallende grijze trui.

'Jullie hoeven je niet druk te maken om mij,' zegt Lindsay. 'Ik red me wel. Ik moet gewoon rusten.'

'Rusten?' herhaalt Warner. 'Lindsay, ik heb je gedrágen.'

Ik wacht om te zien wat Lindsay tegen haar vriend gaat zeggen, maar dan voel ik Noahs vingers om mijn onderarm en hij trekt me een paar passen achteruit. Zijn lippen zijn dicht bij mijn oor. 'Hé,' zegt hij. 'Waar heb je dat sweatshirt vandaan?'

Verdomme. 'Eh,' zeg ik.

'Is dat Jácks sweatshirt?' vraagt hij.

Ik zou kunnen liegen, maar dat zou het alleen maar erger maken. Als ik niets te verbergen heb, waarom zou ik dan liegen? 'Ja. Ik had het koud en hij had een extra trui, dus...'

Noah knippert een paar keer met zijn ogen en trekt aan het sweatshirt dat hij draagt. 'Als je het koud had, dan had ik...'

'Wat?'

Hij doet zijn mond open, maar voordat hij iets kan zeggen, horen we een bloedstollende kreet.

Hoofdstuk 14

CLAIRE

De schreeuw kwam van Lindsay. Ze staat op en wijst in de verte.

'Lindsay!' Warner doet zijn best om haar te kalmeren. 'Hou op met schreeuwen. Wat is er?'

'Het was een beer!' Haar blauwe ogen knipperen. 'Ik zag het! Hij kwam op ons af!

Hij had enorme klauwen en gigantische witte hoektanden!'

We draaien ons allemaal om en kijken in de richting die ze met haar trillende hand aanwijst. Het is nu behoorlijk donker geworden, maar het ziet er niet naar uit dat daar iets is. Alleen duisternis, takken en bladeren. Nu ze gestopt is met schreeuwen, horen we alleen nog maar krekels sjirpen. In de verte klinkt een uil.

Opnieuw denk ik terug aan Emma's woorden. *Ik droomde dat je werd opgegeten door een monster.*

Ik denk aan die klauwafdrukken op de boom. Ondanks Jacks sweatshirt ril ik en omarm ik mezelf.

'Een beer valt ons niet zomaar aan,' zegt Jack geduldig.

'Hoe weet je dat?' Er is iets wilds en onbekends in Lindsays ogen. 'Die beer gaat ons allemaal vermoorden! Ik weet het zeker!'

'Jezus,' mompelt Jack zacht.

Lindsay omklemt haar buik en laat zich weer op de omgevallen boom vallen. Ze laat een lage kreun horen. Ze gedraagt zich zo vreemd. Ik kan me niet voorstellen wat haar bezielt, behalve...

'Lindsay heeft wilde bessen gegeten,' flap ik eruit.

Jacks blik schiet mijn richting op. 'Wilde bessen?'

'Bosbessen,' zeg ik. 'Ongeveer een uur geleden. Misschien iets langer.'

'Lindsay!' roept Warner. 'Is dat zo?'

Ze heft haar hoofd en knikt jammerlijk. 'Het stelde niets voor.'

'Hoe kon je zoiets stoms doen?' Warners knappe gezicht kleurt roze. 'Wilde bessen eten midden in een bos? Waarom zou je zoiets doen?'

'Ik had zo'n honger,' jammert ze. 'Ik heb er maar een paar...'

Hij schudt zijn hoofd. 'En kijk nu wat er met je gebeurd is...'

Jacks voorhoofd heeft rimpels van bezorgdheid. 'Claire, hoe zagen de bessen eruit?'

'Ze waren blauw,' zeg ik hulpeloos. Ik probeer me die kleine besjes te herinneren die Lindsay in haar mond propte. 'Blauwig, sowieso.'

'Hoeveel heeft ze er gegeten?'

Ik haal mijn schouders op. 'Ik weet het niet helemaal zeker. Tien? Misschien vijftien?'

'Shit,' mompelt Jack.

'Wat?' Mijn hart fladdert in mijn borstkas. 'Wat denk je dat het was?'

Jack schudt zijn hoofd en gaat op zijn knieën naast Lindsay zitten, die er nog slechter uitziet dan een minuut geleden. Ze ligt ineengedoken en mompelt nu iets onsamenhangends. Ik voel een steek van schuld in mijn borst. Lindsay smeekte me om bij haar in de auto te blijven. Had ik het maar gedaan...

'Hé.' Noah raakt mijn arm aan om mijn aandacht te trekken. 'Jij hebt toch geen bessen gegeten?'

Zie ik bezorgdheid in zijn hazelnootkleurige ogen? 'Nee.'

Godzijdank.

Lindsay gaat snel achteruit. Ze wordt lusteloos en Warner wrijft over haar schouder en probeert haar vragen te laten beantwoorden. Ik troost mezelf met het feit dat hij arts is. We hebben een gediplomeerd arts bij ons, een chirurg zelfs. Zelfs als Lindsay giftige bessen heeft gegeten, kan hij haar redden.

'Ze verliest het bewustzijn.' Warners stem is gelijkmatig, maar er is onderliggende paniek. 'Ze moet ergens liggen.'

Lindsays ogen zijn gesloten en ze mompelt iets onsamenhangends. Jack en Warner leggen haar voorzichtig op de grond en het is net of ze een lappenpop is. Haar gezicht ziet vreselijk bleek.

'Wat heeft ze in godsnaam gegeten?' mompelt Warner.

'Het kunnen vlierbessen zijn,' zegt Jack. 'Maar ik ben bang dat het dodelijke nachtschade kan zijn. Ik heb gehoord dat dat hier groeit.'

Ik knijp mijn handen samen. 'Nachtschade?'

'De bessen zijn een beetje paars-zwart,' zegt Jack. 'Ze lijken ergens wel op bosbessen. En als ze die heeft gegeten...'

Hij maakt zijn zin niet af. Dat hoeft hij ook niet.

Lindsays lichaam verstijft plotseling op de grond. Jack doet een paar stappen achteruit, duidelijk geschokt, maar Warner blijft dicht bij haar. Ik sta verstijfd en kijk vol afschuw toe terwijl Lindsays lichaam hevig begint te schudden.

'Ze heeft een aanval,' zegt Warner. 'Dit is niet goed.'

Joh, zou je denken?

Het schudden lijkt wel een eeuwigheid te duren en als het voorbij is, is haar lichaam helemaal slap. Haar hoofd valt naar rechts en een klodder kwijl sijpelt uit haar mondhoek. Warner legt zijn hand op haar borst en brengt zijn hoofd dan ter hoogte van haar mond.

'Shit,' zegt hij. 'Ze ademt niet.'

Ik sla mijn hand voor mijn mond. 'Is ze...'

Ik doe een stap achteruit en kijk hulpeloos naar Warner die Lindsay reanimeert. Ik zie hoe zijn gespierde armen op haar frêle borstkas pompen. Hij telt rustig tot vijftien bij elke compressie en ademt dan twee keer in haar mond. Om de minuut of zo stopt hij en kijkt naar haar borst, waarna hij haar pols opneemt.

Godzijdank is Warner er. Hij weet wat hij doet. Hij zal haar redden.

Noah staat naast me en kijkt met dezelfde ontzette uitdrukking die ik op mijn eigen gezicht moet hebben. Op een gegeven moment voel ik zijn arm om mijn schouders. Ik merk het nauwelijks.

'Het komt wel goed met haar,' mompelt hij.

'Heeft iemand ontvangst?' roept Warner tijdens de compressies.

Mijn handen trillen als ik mijn telefoon uit mijn zak haal. Ik zeg een stil gebedje tegen mezelf. Maar het is precies zoals ik dacht. Geen ontvangst.

Noah heeft zijn telefoon in zijn hand. Mijn ogen lichten op als ik zie dat hij een enkel streepje heeft. Maar dan schudt hij zijn hoofd. 'Geen bereik,' zegt hij.

Ik moet hallucineren. Ik heb waanbeelden van streepjes op mobiele telefoons.

Warner is nog tien minuten met haar bezig. Ik sta er verstijfd bij en kijk naar hem. Hij herhaalt hetzelfde proces. Compressies, ademhaling, compressies, ademhalingen, controle op ademhaling, controle op pols. Bij elke controle hou ik mijn adem in, in de hoop dat hij zegt dat ze er weer is. *Ze is oké.*

Maar dan zakt hij naast haar in elkaar op de grond. Hij legt zijn handen op zijn knieën en staart naar haar, zijn ogen glazig. 'Ik denk... dat ze weg is...'

'Weg?' roep ik. 'Waar heb je het over?'

Warner richt zijn waterige blik op mij. 'Ze is dood.'

'Nee!' Ik wurm me los van Noah en laat me naast Lindsay op de grond vallen. Ik pak haar slappe linkerhand op. 'Dat is onmogelijk! Ze heeft alleen een paar bessen gegeten...'

'Als het nachtschade was –' zegt Jack.

'Hou je mond!' schreeuw ik. 'De enige reden dat ze die bessen heeft gegeten is omdat we al uren verdwaald zijn in dit klotebos! Waarom kunnen we die stomme herberg niet vinden? Waarom kunnen we niet –'

Ik kan mijn zin niet afmaken, omdat ik zo hard huil. Hoe kon dit gebeuren? We zouden nu in de jacuzzi moeten liggen met een glas bubbels. In plaats daarvan zijn we verdwaald in het bos en is Lindsay dood. Dóód! Hoe kan Lindsay dood zijn? Ze is mijn beste vriendin!

Mijn kamergenoot. Mijn getuige. De peettante van de kinderen. Ze was zo jong en gezond en...

Ik voel Jacks armen om me heen. Ik snik tegen zijn borst alsof ik in jaren niet gehuild heb. Waarom ben ik op deze reis gegaan? Ik weet niets over de wildernis. Ik wilde gewoon een weekje weg. Is dat nou echt zo erg?

O, Lindsay...

Als ik Jack loslaat, zitten er natte plekken op zijn shirt van mijn lekkende ogen, omrand met mascara. Even probeer ik mijn emoties onder controle te krijgen, maar het is hopeloos. Mijn benen begeven het en ik val op de grond. Ik knijp handenvol vies zand in mijn handpalmen terwijl ik naar adem snak.

'Lindsay,' fluister ik.

Ze ligt daar zo stil. Het lijkt onmogelijk te geloven dat ze er niet meer is.

Ik ontmoette Lindsay op de eerste dag op de universiteit. Ik was zo nerveus geweest over mijn nieuwe kamergenoot dat ik telkens een raar gevoel in mijn maag kreeg als ik eraan dacht. Ik had zoveel horrorverhalen gehoord van mensen over slechte kamergenoten, en toen Lindsay binnenkwam met haar schattige blonde bob en verlegen glimlach, kon ik niet anders dan mijn armen om haar heen slaan. Ze lachte en omhelsde me terug.

Lindsay zal me nooit meer omhelzen.

Toen de kinderen werden geboren, was er niemand anders die ik had willen vragen om hun peettante te zijn. De kinderen zijn dol op hun tante Lindsay. Hoewel we een beetje uit elkaar zijn gegroeid sinds ik naar een buitenwijk ben verhuisd, heeft ze altijd armen vol met cadeautjes voor ze als ze langskomt.

Wat moet ik Aidan en Emma vertellen?

'Claire?' Het is Jacks stem. 'Gaat het?'

'Nee!' Ik begraaf mijn gezicht in mijn handen. 'Het gaat niet!'

Dit is allemaal mijn schuld. Lindsay wilde achterblijven en ik zei nee. Ik zei dat we bij de groep moesten blijven. Als ik met Lindsay in de auto was achtergebleven, had ze nu nog geleefd. Of als ik meer mijn best had gedaan om haar over te halen die bessen niet te eten...

Ik wil niet meer. Ik wil op de grond gaan liggen en geen stap meer zetten.

'Wat gaan we nu doen?' zegt Michelle.

Dat is Michelle ten voeten uit. Mijn beste vriendin ligt dóód op de grond, haar lichaam is nog niet eens koud, en Michelle beraamt onze volgende zet. Ik hef mijn hoofd om haar aan te staren. Van ons vijven lijkt zij verreweg het minst van slag. In haar zwarte haar zit geen haartje verkeerd en zelfs haar make-up is nog intact.

Mijn ogen spuwen vuur naar haar. 'Ach, wat maakt het ook uit.'

'Wat maakt het uit?' herhaalt ze. Ze werpt me een scherpe blik toe die me eraan herinnert dat ik me waarschijnlijk niet aan haar man had moeten vastklampen voor troost. Ik had er op dat moment niet bij stilgestaan, maar nu realiseer ik me hoe dat eruit moet hebben gezien voor de anderen, vooral voor Michelle. De waarheid is dat ik bang ben voor deze vrouw. 'Wat uitmaakt, is dat we nog steeds verdwaald zijn. We hebben niet veel voedsel of water, en het is nu avond. We moeten doorgaan.'

Ik krabbel overeind. 'We kunnen Lindsay hier niet achterlaten.'

Michelle staart me aan. 'Ze is dóód, Claire. En als we niet opschieten, zijn wij dat straks ook.'

Ik schud mijn hoofd.

'Je verbaast me.' Michelle klikt met haar tong. 'Je hebt thuis twee jonge kinderen op je wachten. Je wilt toch veilig terugkomen voor hen, of vind je dat soms niet belangrijk?'

Ik adem in. Ze heeft een goed punt. Als ik die bessen had gegeten zoals Lindsay, had ik nu naast haar op de grond kunnen liggen, dood. Emma en Aidan zouden dan geen moeder meer hebben. Plotseling wordt mijn verlangen naar mijn kinderen zo intens dat ik het gevoel krijg dat ik stik.

Maar tegelijkertijd wil ik er niet aan denken om Lindsay hier zo achter te laten. Gewoon op de grond. Wat als dieren haar zullen opeten? Ik word ziek bij de gedachte dat er aaseters aan haar huid zitten te knagen. Dat verdient ze niet. Zelfs niet als ze dood is.

O god, ik kan niet geloven dat ze dood is. Lindsay, Lindsay...

'Warner,' zeg ik smekend. Hij zag er zo verslagen uit toen hij zichzelf losmaakte van Lindsays dode lichaam. Hij wil zeker niet verdergaan. 'Jij vindt dat we moeten blijven, hè?'

Warner veegt zijn ogen af met de rug van zijn hand. Hij kijkt naar Lindsay, zijn lichtbruine wenkbrauwen samengetrokken.

'Ik...' Hij schraapt zijn keel. 'Ik denk eigenlijk... dat Michelle gelijk heeft. We moeten door.'

Ik staar hem vol ongeloof aan. 'Wat? Meen je dat?'

Hij slaakt een diepe zucht. 'We moeten wel. Het is onze enige hoop. Dat is wat Lindsay gewild zou hebben.'

Mijn mond valt open. Ik kan niet geloven dat andere mensen hiermee akkoord gaan. Vooral Warner, de man met wie Lindsay sliep en die blijkbaar zo verliefd op haar was dat hij haar deze week ten huwelijk zou vragen. Hij zou wat meer verdriet moeten hebben om de vrouw met wie hij bijna getrouwd was. Hij zou ontroostbaar moeten huilen. Niet onzin uitkramen over hoe Lindsay zou hebben gewild dat we haar lichaam hier midden in het bos achterlieten.

'Dat meen je niet,' zeg ik. 'Heb je dan geen verdriet? Kunnen we verdomme niet eens vijf minuten nemen om te rouwen?'

Zijn volle lippen trekken samen. 'Wat wil je dat ik zeg? Ik ben verdrietig. Natuurlijk ben ik verdrietig. Lindsay was een prachtige vrouw. Dit was tragisch.' Hij haalt diep adem. 'Maar het helpt Lindsay niet als wij hier ook doodgaan.'

Ik kijk naar Jack. Hij heeft nog niets gezegd. Maar hij steunt me wel. Hij kent Lindsay bijna net zo lang als ik. En hij geeft meer om me dan wie dan ook in deze groep, inclusief mijn eigen man. Niet voor het eerst vraag ik me af wat voor leven ik zou hebben gehad als ik Noah had gedumpt voor Jack op dat feestje op school. 'Jack...?'

'Ik ben het eens met Michelle en Warner,' zegt hij rustig. 'We moeten doorgaan.'

Mijn hoofd schiet met een ruk naar achteren alsof ik een klap heb gekregen. Ik weet natuurlijk dat ze gewoon pragmatisch zijn. Het is niet zo dat ik hier in de wildernis vast wíl zitten. Het is niet zo dat ik wil verhongeren of omkomen van de dorst. Ik wil naar huis, naar mijn familie. Maar tegelijkertijd moet ik er niet aan denken om Lindsay zo achter te laten.

Maar wat moet ik doen? Hier alleen blijven met een lijk?

'Zodra we bij de herberg zijn,' zegt Jack, 'sturen we iemand om haar op te halen.'

'Haar ophalen?' Hoe kan hij zo kil zijn? 'Wat als ze haar niet kunnen vinden?

Of wat als het te laat is en ze al...'

Ik kan mezelf er niet eens toe brengen om die woorden te zeggen. Ik moet er niet aan denken dat aaseters het dode lichaam van mijn beste vriendin uit elkaar scheuren. Ik probeer in Jacks bruine ogen te kijken, maar hij wendt ze af.

'Laten we gaan,' zegt Warner. 'Het duurt niet lang meer.'

Jack verschuift zijn rugzak op zijn schouders en volgt Warner. Michelle doet hetzelfde. Ik sta daar en kijk naar Lindsays bewegingsloze lichaam. Ik kan haar niet achterlaten. Ik kán het niet.

'Hé.'

Ik draai mijn hoofd en zie Noah achter me staan. Op de een of andere manier was ik bijna vergeten dat hij bij ons was. Hij wendde zich af toen ik me aan Jack vastklampte. Als hij daar ook maar één woord over zegt, zweer ik bij God dat ik helemaal gek word.

'Hé,' weet ik er langs het brok in mijn keel uit te krijgen.

'Luister.' Hij wrijft over zijn nek. 'Als je achter wilt blijven, blijf ik bij je.'

Ik kijk hem aan. Dit is het laatste wat ik verwachtte dat hij zou zeggen. 'Wil je dat?'

Hij knikt. 'Ja, je... je moet hier niet alleen zijn.'

Ik kijk in de verte. De anderen zijn al behoorlijk op ons vooruit gelopen. Als we nog langer wachten, kunnen we ze niet meer inhalen. Wat ik ook beslis, ik moet het nu beslissen.

'Denk je dat ik achterlijk ben omdat ik achter wil blijven?' zeg ik.

Noah schudt zijn hoofd. 'Lindsay was je beste vriendin. Ik neem het je niet kwalijk.' Hij zucht. 'Het voelt allemaal zo onwezenlijk, vind je niet?'

Ik knik. Ik kijk weer vooruit naar de rest. Ik vind het vreselijk wat er met Lindsay is gebeurd. Maar ik had net zo goed nu daar op de grond kunnen liggen. Ik heb geluk gehad.

Voorlopig althans. De enge realiteit is dat we niet veel water hebben. En zonder water kunnen we niet lang overleven. Ik stel me voor dat Penny tegen mijn kinderen zegt dat hun ouders niet thuis zijn gekomen. Dat ze zonder ons moeten opgroeien. Ik stel me voor hoe hun gezichten vertrekken van verdriet.

Ik moet doorgaan. Voor Emma en Aidan.

'Ik denk dat we bij de anderen moeten blijven,' zeg ik uiteindelijk.

'Oké,' stemt hij in.

Ik pluk een wilde bloem. Hij is Lindsays lievelingskleur, paars. Ik leg de bloem voorzichtig op haar borst. Ik kus mijn vingertoppen en druk ze dan zachtjes tegen Lindsays wang. Ze voelt nog warm aan, maar over een uur of twee zal haar lichaam koud zijn. Daar wil ik niet aan denken. Ik kom overeind en begin in de richting van de anderen te lopen. Noah volgt me, maar houdt een respectvolle afstand.

'Dank je wel dat je wilde blijven,' zeg ik tegen hem.

Hij is even stil. 'Ik ben echt opgelucht dat je niet van die bessen hebt gegeten.'

Ik ook.

Hoofdstuk 15

CLAIRE

We lopen alweer een uur als ik verderop een vrouw hoor gillen.

Na wat er met Lindsay is gebeurd, schiet mijn hartslag meteen omhoog. Ik loop al een halfuur alleen. Noah bleef eerst bij me, maar toen ging hij kijken hoe het navigeren ging. Ik kan niet eens kaartlezen en de discussies over welke kant ik op moet, maken me gestrest, dus ik bleef achter. Ik heb toch geen zin om met iemand te praten, het enige waar ik aan kan denken is Lindsay. Elke keer als ik mijn ogen even sluit, zie ik haar bleke gezicht.

Mijn ogen waren vooral op de grond gefocust om te voorkomen dat ik over takken struikel. Maar nu kijk ik scherp op en probeer er achter te komen wat er zojuist is gebeurd. De enige andere persoon in onze groep die zo zou kunnen schreeuwen is Michelle.

Heeft ze een wild dier gezien?

Ik ren om de anderen in te halen. Als ik dichterbij kom, zie ik dat Michelle op de grond zit en haar linkerenkel vasthoudt. Haar gezicht is roze en haar gitzwarte knotje zit een beetje slordig. Zelfs haar lippenstift is eraf. Dat is nooit eerder gebeurd.

'Gaat het, Michelle?' vraag ik.

'Zie ik eruit alsof het gaat?' snauwt ze me toe.

'Michelle is gestruikeld en heeft haar enkel verzwikt,' legt Jack uit.

Opeens voel ik me niet meer zo stom dat ik al die tijd naar de grond heb gekeken.

Michelle kreunt en trekt haar broekspijp omhoog. De enkel ziet er al gezwollen uit en zal binnenkort waarschijnlijk paars kleuren.

Ik huiver bij het zien ervan. 'Ik kan niet geloven dat ik dat heb gedaan...' kreunt ze.

'Kun je erop staan?' vraagt Warner.

'Ik kan het proberen.' Ze steekt een hand uit naar Jack, die haar overeind trekt. Ze probeert voorzichtig op haar linkerbeen te staan en schreeuwt opnieuw. 'O mijn god...'

'Misschien is hij gebroken,' zegt Warner.

'Nee.' Michelle knarst met haar tanden. 'Ik kán geen gebroken enkel hebben.' Haar ogen vullen zich met tranen. 'Je snapt het niet. Ik heb hier geen tijd voor. Ik heb nérgens tijd voor.' Ze laat zich op de grond zakken. 'Ik had nooit mee moeten gaan op deze stomme reis. Ik ben alleen gekomen omdat...'

Ze slaat haar donkere ogen op en staart me aan. Het is onmogelijk om de beschuldiging in die blik te missen. Weet ze het van mij en Jack? Is ze alleen meegekomen om ons in de gaten te houden?

Ik kijk omlaag. Ik kan hier niet mee omgaan. Ik moet al mijn energie richten op het halen van die herberg. Op overleven, zodat ik terug kan naar mijn kinderen.

'Heeft iemand bereik?' vraagt Jack.

Ik pak mijn telefoon uit mijn tas. Ik heb regelmatig gecheckt, maar de laatste keer is al zeker een halfuur geleden. Ik hou hem omhoog, nog steeds geen bereik. Erger nog, de batterij is bijna leeg. Ik zou de telefoon waarschijnlijk uit moeten zetten om de batterij niet helemaal leeg te laten lopen terwijl hij naar verbinding zoekt, maar ik kan mezelf er niet toe zetten.

'Wat moet ik doen?' kreunt Michelle. 'Ik kan zo niet lopen...'

'Maar we moeten de herberg vinden,' zegt Warner. Hij kijkt op zijn horloge. 'Zodra we die gevonden hebben, komen we je halen.'

De paniek op Michelles gezicht is onmiskenbaar. Ze reikt naar Jack en grijpt zijn arm zo hard vast dat zijn gezicht even vertrekt. 'Je kunt me niet achterlaten.'

Hij probeert zich los te trekken. 'Michelle...'

Haar nagels drukken in zijn onderarm. Het zou me niet verbazen als het hard genoeg is om hem te laten bloeden. 'Waag het niet.'

'Oké, oké.' Hij forceert een glimlach. 'Kijk, we zijn allemaal erg moe. Ik denk dat we hier een nachtje moeten kamperen en dan 's ochtends als we fris zijn opnieuw beginnen.'

'Hier kamperen?' Warner kijkt naar het bos om ons heen, dichtbegroeid met bomen en takken. Nu het donker is, is het moeilijk om meer dan een meter voor ons te zien. 'Je maakt een grapje.'

Hoe onaardig ik Warner ook vind, hij heeft een punt. Dit lijkt me geen goede plek om te kamperen.

Jack kijkt op. 'We kwamen een paar minuten geleden langs een open plek. Daar kunnen we kamperen. Het is maar voor een nacht. Ik kan een vuur maken.'

Warners knappe gezicht verhardt. In het maanlicht zien zijn perfect gebeitelde gelaatstrekken er bijna angstaanjagend uit. Hoe kon die arme Lindsay verliefd worden op deze man? 'We hebben bijna geen eten en water meer, weet je nog? We moeten doorgaan.'

Bij het horen van die woorden begint mijn maag te knorren. Als ik nu wat bessen zou vinden, denk ik niet dat ik ze zou kunnen weerstaan. Maar de dringendste behoefte is dorst. Jack heeft gedeeld wat er nog in zijn waterfles zat, maar dat is niet veel meer. Ik zou alles in een keer kunnen opdrinken, maar we moeten het met z'n vijven delen.

En dan hebben we 's ochtends niets.

'Ik zag een paar konijnen richting het noorden gaan,' zegt Jack. 'Ik weet zeker dat als we hun voetsporen volgen, we een waterbron zullen vinden.'

Warner knarst met zijn tanden. 'Besmet met God weet wat...'

Michelle is niet mijn meest favoriete persoon, maar ik moet er niet aan denken haar hier achter te laten. Het was al moeilijk genoeg om Lindsay achter te laten. Michelle moet doodsbang zijn. Ze houdt haar linkerenkel vast met één hand en omarmt zichzelf met de andere.

Het is gewoon domme pech dat Michelle degene is die haar enkel heeft verzwikt en niet ik. Hoewel ik mijn blik op de grond heb gericht, ben ik een paar keer bijna onderuitgegaan door verdwaalde takken. Ik had makkelijk kunnen vallen en mijn enkel kunnen verzwikken. En dan zou ik degene zijn die iedereen smeekt om me niet in de steek te laten.

'Ik denk dat we hier vannacht moeten blijven,' zeg ik.

'Ik ook,' zegt Noah.

Warner grimast. Hij vouwt zijn gespierde armen over zijn borst. 'Weet je,' zegt hij, 'ik ben degene met de kaart.'

Wat zegt hij? Dreigt hij alleen weg te gaan met de kaart en ons achter te laten? Eerlijk gezegd heb ik liever dat hij ons alleen laat. Ik krijg de kriebels van hem. Ik weet niet hoe hij Lindsay wijs heeft kunnen maken dat hij een goede vent is. Maar misschien heeft deze situatie zijn duistere kant naar boven gebracht.

Aan de andere kant word ik ongemakkelijk van het idee om hier gestrand te zijn zonder kaart.

'Kijk, we zijn allemaal moe,' zegt Jack. 'We navigeren een stuk beter als het licht is. En ik laat mijn vrouw hier niet alleen.'

Warner staat daar, de wind waait door zijn gouden haar. Het lijkt alsof hij nadenkt over wat hij nu moet doen. Uiteindelijk knikt hij. 'Prima. We slapen hier vannacht.'

Het lijkt erop dat we gaan kamperen.

Hoofdstuk 16

CLAIRE

We vinden de open plek en installeren ons daar. Het is verre van perfect, maar het is tenminste een stevige open plek zonder bomen of stekelige takken. Jack stelt voor om bladeren te verzamelen en er voor ieder van ons een geïmproviseerd bed van te maken, maar het is een armzalig alternatief voor het kingsize bed in de herberg. Als ik mijn ogen sluit, kan ik me voorstellen dat ik wegzak in de zijdezachte lakens en traagschuimmatras en dat ik het donzen dekbed over me heen trek. Het beeld doet bijna pijn.

Maar het ergste is het besef dat ik Emma en Aidan vanavond niet te spreken krijg. Penny heeft ze nu waarschijnlijk naar bed gebracht en de pogingen om me te bereiken opgegeven. Ik had Emma beloofd dat we vanavond zouden praten. Ik stel me voor hoe ze wakker in bed ligt, met haar kleine voorhoofdje gerimpeld van bezorgdheid.

Ik wou dat ik met haar kon praten. Ik zou er alles voor overhebben om maar een minuut haar stem te horen en haar te vertellen dat ik oké ben.

Ik reik in mijn tas, mijn handen trillen van wanhoop. Natuurlijk heb ik nog steeds geen bereik en staat de batterij op vijf procent. De volgende keer dat ik mijn telefoon pak, kan de batterij leeg zijn, dit kan mijn laatste kans zijn. Ik hou hem in de lucht en probeer wanhopig om op z'n minst een klein streepje te krijgen. Eén streepje maar.

Niets.

Ik probeer niet aan mijn kinderen of mijn dode beste vriendin te denken terwijl ik zo veel mogelijk bladeren begin te verzamelen.

Terwijl ik mijn geïmproviseerde bed in elkaar flans, kijk ik naar Michelle, wiens rechterenkel is omwikkeld met een pleisterverband uit Jacks EHBO-kit. Het is duidelijk dat zij niet haar eigen bladeren verzamelt.

'Wil je dat ik een bed voor je maak?' bied ik aan. Ik probeer aardig te zijn, hoewel ik niet zeker weet of het gebaar genoeg is om het goed te maken voor, je weet wel, het slapen met haar man.

Michelle kijkt nauwelijks op. 'Prima.'

Ze kon onmogelijk minder dankbaar kijken. Maar Michelle is dan ook nooit een buitengewoon hartelijk persoon geweest. Ik begin toch maar wat bladeren voor haar te verzamelen. Ik verwacht niet dat ze me straks uitbundig bedankt. Ze is gewond en heeft waarschijnlijk pijn.

'Ik heb ook eens mijn enkel verstuikt,' zeg ik.

'Hm,' zegt Michelle.

Ik raap een blad van de grond dat modderiger is dan ik dacht. Overal op mijn handen zit modder. Het zit vastgekoekt onder mijn vingernagels en er is geen manier om het eraf te krijgen zonder water. 'Ik ging een trap af op de middelbare school,' herinner ik me, 'en ik verzwikte mijn enkel op de laatste tree.'

'Hm,' zegt ze weer.

'Het gebeurde vlak voor het schoolbal.' Ik veeg mijn handpalmen af aan mijn korte broek. 'Ik weet nog hoe vreselijk ik het vond. Op dat moment leek dat het ergste wat me kon overkomen. Is dat niet gek?'

Ik kijk naar Michelle, die in haar tas aan het rommelen is. 'Michelle?' zeg ik.

'O.' Ze werpt me een verveelde blik toe. 'Sorry, ik had niet door dat je nog bezig was met je verhaaltje. Wat vroeg je?'

'Laat maar,' mompel ik.

Jack keert terug naar onze open plek met een arm vol takjes. Michelle beloont hem met een brede glimlach, maar ik vraag me af of ze dat alleen maar doet om mij te sarren. Zelfs voordat Michelle daar een goede reden voor had, had ze al een hekel aan me. Ik voelde het vanaf het moment dat we elkaar voor het eerst ontmoetten. Het was alsof ze één blik op me wierp en besloot dat ik haar tijd of energie niet waard was. Maar ik heb die vijandigheid nog nooit zo sterk gevoeld als nu.

Ik ga verder met het verzamelen van bladeren terwijl Jack een kampvuur maakt. Noah helpt hem takjes van verschillende grootte te verzamelen, waaronder een paar grote. Hij maakt een kleine cirkel van stenen en legt dan voorzichtig de takken erin in een soort patroon dat hij bij de padvinders heeft geleerd. Ik dacht dat hij twee stokjes tegen elkaar aan zou moeten wrijven om vuur te maken, maar gelukkig heeft hij een aansteker bij zich. Al snel hebben we een behoorlijk vuurtje.

Terwijl ik de bladeren op de grond gladstrijk om Michelles slaapplek te vormen, hoor ik in de verte een geluid. Ik stop met wat ik aan het doen ben en luister. Dan hoor ik het weer.

Het klinkt als gejank.

'Wat was dat?' Zeg ik.

'Ik hoor niks,' zegt Jack.

Ondanks het vuur, krijg ik kippenvel op mijn armen. Het is het laatste uur zo koud geworden. 'Het klonk als een wolf.'

Er was een periode dat Aidan helemaal bezeten van wolven was, toen hij in de derde klas een werkstuk over ze schreef. Hij strooide met willekeurige weetjes over wolven. Zo weet ik dat wolven meestal in roedels reizen. Dus als het een wolf is, zijn er waarschijnlijk meer dan één.

Jack schudt zijn hoofd terwijl hij met een stok in het vuur prikt. 'Er zijn hier geen wolven.'

'Hoe weet je dat?'

Hij haalt zijn schouders op. 'Wolven komen hier niet voor.'

'Misschien zijn ze ergens anders vandaan gekomen.' Ik kijk naar

Michelle, die tegen een boom aan zit, haar ingezwachtelde rechterbeen op haar monsterlijke tas gestut om de zwelling te verminderen. 'Hoorde jij het?'

Ze kijkt niet eens op. 'Nee.'

Natuurlijk niet.

'Misschien was het de wind,' suggereert Jack.

Het was geen wind. Het was een wild dier. Ik weet het zeker. Ik moet steeds aan die klauwafdrukken op de boom denken.

Warner loopt de open plek op met nog een paar takken, die hij in het vuur gooit. Ik wil hem vragen of hij het geluid heeft gehoord, maar ik heb het gevoel dat het antwoord nee is. Ik heb geen behoefte aan nog iemand die me het gevoel geeft dat ik dom ben.

'Het kan een coyote zijn,' zegt Jack. 'Er zijn hier veel coyotes.'

'Wat kan een coyote zijn?' vraagt Warner.

Michelle tikt met haar voet tegen de grond. 'Claire hoorde iets. Het was waarschijnlijk de wind.'

Ik wrijf over mijn armen voor warmte en probeer Michelle te negeren. 'Zijn coyotes gevaarlijk?'

'Meestal niet.' Jack haalt zijn schouders op. 'Meestal zijn ze bang voor mensen.

Vooral in het bos. Ik betwijfel of ze naar ons toe zouden komen.'

'Tenzij ze hondsdol zijn,' zegt Warner.

Jack kijkt hem aan. 'Er zijn geen hondsdolle coyotes in dit bos.'

'Waarom niet?' Warner kraakt luid met zijn knokkels. 'Omdat jij dat niet wilt?'

Jack schudt zijn hoofd. 'Die zijn er gewoon niet. Hoe dan ook, het was waarschijnlijk de wind.'

Maar ik krijg Warners woorden niet uit mijn hoofd. Als een hondsdolle coyote ons hier bestormt, zijn we er geweest. We hebben geen wapen. Die coyote is zeker in staat om minstens een van ons te bijten voordat we hem kunnen overmeesteren. Gelukkig ben ik in ieder geval geen makkelijke prooi. Als ik Michelle was, zou ik nu doodsbang zijn, de coyote krijgt haar zeker als eerste te pakken.

Uiteindelijk gaan we allemaal rond het vuur zitten. De gele vlammen knetteren rond het hout dat Jack heeft verzameld en de warmte straalt op ons af. Jack heeft zijn arm om Michelle heen geslagen en zij kruipt tegen hem aan. Noah ligt naast me, maar er wordt niet geknuffeld. Ik kan me niet herinneren wanneer we voor het laatst geknuffeld hebben. We raken elkaar nauwelijks nog aan.

Warner zit tegenover me. Hij heeft zijn benen voor zich over elkaar geslagen en staart met glazige ogen naar het vuur. Ik vraag me af of hij aan Lindsay denkt. Nu ze er niet is, lijkt zijn aanwezigheid echt misplaatst. We kennen de man nauwelijks, en wat ik weet bevalt me niet. Ik wou dat hij gewoon kon verdwijnen.

Ik voel intense jeuk aan de linkerkant van mijn nek en ik sla er met mijn hand tegenaan. 'Ik word hier levend opgegeten.'

'Ja.' Jack slaat naar iets in de lucht. 'De muggen zijn hier behoorlijk actief. Ik heb misschien wat insectenspray in mijn tas.'

Hij doorzoekt zijn rugzak tot hij een spuitbus vindt. Hij geeft het aan mij en ik spuit mijn armen en benen royaal onder. Ik weet niet of het helpt, maar het ruikt verschrikkelijk. Ik geef de fles aan Noah, die zijn armen ook onder spuit. Hij was tenminste zo slim om een spijkerbroek te dragen. Hij probeert de fles aan Warner te geven, maar die wuift hem weg.

'Ik word nooit gestoken,' zegt Warner.

'Bofkont,' mompel ik. 'Ze moeten mij áltijd hebben.'

Warner gaat verzitten. 'Het is vast je bloedgroep.'

'Mijn... bloedgroep?'

Hij knikt. 'Ik ben A-positief, daar houden de meeste muggen niet van.' Hij neemt me in zich op. 'Wat is jouw bloedgroep?'

De jeuk op mijn armen wordt erger. Warner maakt me ongemakkelijk. 'Ik weet het niet.'

'Je wéét het niet?' Hij kijkt me aan alsof ik een doodzonde heb begaan. 'Hoe kun je nou je bloedgroep niet weten?'

Ik haal hulpeloos mijn schouders op. 'Ik... Ik weet het gewoon niet.'

'De mijne is AB-positief,' zegt Michelle ongevraagd. Bedankt.

'Het is heel gevaarlijk om je bloedgroep niet te weten, Claire.' Warner geeft me een doordringende blik. 'Wat als je een vreselijk ongeluk krijgt en veel bloed verliest?'

'Ik...' Er klinkt een zoemend geluid bij mijn linkeroor. Weer zo'n verdomde mug. 'Ik weet het niet...'

Hij schudt zijn hoofd. 'Het kan een kwestie van leven of dood zijn. Dat je zoiets niet weet...'

Voordat ik nog een excuus kan sputteren, zegt Noah: 'Ze is O-positief.'

Ik knipper verbaasd met mijn ogen naar hem. 'O. Hoe weet je dat?'

Hij glimlacht scheef. 'Ik weet nog dat de dokter dat zei toen je zwanger was van Aidan.'

Ik voel een plotselinge, verrassende golf van genegenheid voor mijn man. Van alle dingen die hij in de loop der jaren is vergeten, waaronder mijn verjaardag vorig jaar, had ik niet verwacht dat hij zich mijn bloedgroep zou herinneren. Mocht ik een vreselijk ongeluk krijgen, dan weet hij dat in ieder geval.

'Daarom word je zo vaak gestoken,' zegt Warner. 'Muggen zijn dol op bloedgroep O.'

Nou, bof ik even.

Jack rommelt weer in zijn rugzak. 'We hebben nog ongeveer een kwart fles water over,' kondigt hij aan. 'Als we die nu opmaken, kunnen we morgenochtend hopelijk water vinden.'

De gedachte dat we morgen geen water kunnen vinden is ondenkbaar. Diep vanbinnen vraag ik me af of we niet wat van ons resterende water moeten bewaren, maar ik heb zo'n verschrikkelijke dorst. En een kwart fles gedeeld door vijf mensen is niet erg veel.

Jack haalt de fles met de rest van ons kostbare water tevoorschijn. Hij laat Michelle eerst een paar slokjes nemen, dan drinkt hij zelf en geeft de fles door aan Warner. Er is bijna niets meer over tegen de tijd dat de fles bij Noah aankomt.

Hij kijkt naar me, neemt snel een slok en overhandigt me dan de rest. Het ziet er niet leger uit dan toen Warner er mee klaar was.

'Heb je genoeg gehad?' vraag ik aan Noah.

Hij knikt. 'Ik ben oké.'

Nou, ik ga hem zeker niet dwingen om meer te drinken. Ik kantel de fles naar achteren en laat de rest in mijn keel lopen. Het water smaakt een beetje kalkachtig, maar ik zou er wel een liter van kunnen drinken. Het doet bijna pijn om te moeten stoppen. Ik wil hem openmaken en de binnenkant aflikken.

Ik geef de lege fles terug aan Jack. Hij stopt hem in zijn rugzak. Ik hoop van harte dat we morgenochtend water vinden. Ik wil er niet aan denken wat er gebeurt als we niks vinden.

Ik schraap mijn keel. 'Hé,' zeg ik. 'Ik dacht, misschien kunnen we allemaal onze favoriete herinnering aan Lindsay delen.'

De andere vier mensen rond het vuur kunnen onmogelijk minder enthousiast over dit idee zijn.

'Natuurlijk,' zegt Jack. 'Dat klinkt alsof het.,. fijn kan zijn.'

Ik wil hem bedanken, maar ik wil Michelle geen reden geven om nog achterdochtiger te worden dan ze al is.

'Wil jij beginnen, Claire?' vraagt Jack.

'Natuurlijk.' Ik verschuif op de grond en probeer me comfortabel te voelen in het vuil. Ik zit nooit meer in kleermakerszit op de grond. Voor het laatst op de kleuterschool. 'Ik denk dat mijn favoriete herinnering aan Lindsay van de universiteit is. Ik had net ontdekt dat mijn vriend, een eikel, me bedroog...'

'Noah?' vraagt Michelle. Ze klinkt alsof ze me plaagt, maar er zit ook een beetje venijn in haar stem. Ik weet zeker dat ze doorheeft dat mijn huwelijk een puinhoop is. Je hoeft geen echtscheidingsadvocaat te zijn om dat door te hebben.

'Nee. Het was een andere jongen.' Met mijn vinger teken ik in het vuil naast me het patroon van een ster. 'We hadden iets een jaar voordat Noah en ik bij elkaar kwamen.' Ik werp Noah een blik toe, maar zijn ogen kijken omlaag naar zijn modderige sneakers. 'Hoe dan ook, toen ik thuiskwam, stond ik op het punt om in tranen uit te barsten. Dus Lindsay stelde voor om de gemeenschappelijke keuken in te sluipen en daar hebben we de hele nacht chocoladekoekjes gebakken en gegeten.'

Ik vertel ze niet alle details van die avond. Zoals de manier waarop Lindsay door mijn haar streelde om me beter te laten voelen. Over hoe we een koekje bijna helemaal van chocoladesnippers maakten. Over hoe we betrapt werden door de hoofden van de slaapzaal en Lindsay alle schuld op zich nam.

Ik mis haar nu al zo erg. Ik kan niet geloven dat ze er niet meer is. Ik vergeef het mezelf nooit dat ik haar dit heb laten overkomen.

'Oké, ik heb er een.' Jack prikt met een stok in het vuur. 'Mijn favoriete herinnering aan Lindsay is de dag dat ik haar voor het eerst ontmoette. Ik droeg een pakketje van mijn moeder naar mijn kamer, en ik zag een heel mooi meisje op de trap, en ik was zo van slag dat ik alles liet vallen en de doos opengíng. Er lagen overal brownies!' Hij grijnst. 'Maar het beste is dat Lindsay en ik de brownies van de trap hebben gegeten.'

'Bah!' Ik lach.

'Oké, oké.' Jack klopt op zijn buik. 'Ik heb een sterke maag.' Hij knijpt Michelle. 'En jij?'

Michelle fronst. 'Wat?'

'Wat is je favoriete herinnering aan Lindsay?' zegt hij.

'O.' Ze haalt haar schouders op. 'Ik kende Lindsay nog niet zo goed.'

'Ja, maar je weet vast wel iets...'

Michelle klemt haar tanden op elkaar. Ze wil niet meedoen aan dit spel. Eerlijk gezegd denk ik niet dat Michelle Lindsay aardiger vond dan mij. En Lindsay had niet veel op met Michelle. *Ze is zo kil – net alsof ze geen echte emoties heeft,* zei Lindsay altijd.

'Ze had mooi haar,' zegt Michelle uiteindelijk.

Ik werp haar een vuile blik toe. Maar goed, als Lindsay daarboven meeluistert, denk ik niet dat ze zou balen van die herinnering. Ze zou herinnerd willen worden als iemand met mooi haar.

'Ik heb er een,' zegt Noah.

Zijn hazelnootkleurige ogen staren in het vuur en er ligt een glimlach op zijn lippen. Ik besef opeens hoe zelden ik Noah tegenwoordig zie glimlachen.

'Oké, toen ik besloot Claire ten huwelijk te vragen,' zegt hij, 'heb ik Lindsays hulp gevraagd bij het uitzoeken van een ring...'

'Is dat zo? Dat heb ik nooit geweten.'

Hij grijnst. 'Ja, en je boft maar dat ik het vroeg. Je wil niet weten wat voor ring ik in mijn eentje zou hebben uitgezocht.' Hij haalt zijn schouders op. 'Hoe dan ook, ze heeft me geholpen met het uitzoeken van de ring en ze heeft zelfs onderhandeld voor een betere prijs. Ik bedoel, het was een chique juwelierszaak en op de een of andere manier zat ze gewoon af te dingen. Maar het werkte. Zonder haar had ik nooit zo'n mooie ring gekregen.'

'Het was echt een mooie ring,' zeg ik zacht. Ik draag mijn verlovingsring nooit omdat hij te mooi is. Ik ben bang dat ik hem kwijtraak of dat ik beroofd word of zo.

Zijn ogen zijn afstandelijk. 'En ze wilde precies weten wat ik zou doen bij het aanzoek. Ze stond erop dat ik op één knie ging zitten, ook al vond ik dat afgezaagd. Ze had zoiets van: *Noah, op één knie is verplicht.*'

Er verschijnt een glimlach op mijn lippen. 'Ik vond je aanzoek geweldig.'

'Ja, nou...' Zijn blik gaat weer naar zijn sneakers. 'Ik wilde echt heel graag dat je ja zou zeggen.'

Natuurlijk zou ik ja zeggen tegen Noah, daar was geen twijfel over mogelijk. We waren een paar jaar eerder afgestudeerd en we woonden al samen. Ook al waren we al samen sinds de universiteit, ik was nog steeds ontzettend verliefd op hem. Hij had me ten huwelijk kunnen vragen met een speelgoedring en ik had ja gezegd. Maar ik vond het geweldig dat hij midden in een goed restaurant op één knie ging zitten en me de mooiste ring aanbood die ik ooit in mijn leven had gezien.

'En jij, Warner?' zegt Jack.

Warner fronst. 'Ik weet het niet. Ik heb geen favoriete herinnering.'

'Heb je geen énkele herinnering aan Lindsay?' vraag ik. Dat kwam er waarschijnlijk confronterender uit dan de bedoeling was. 'Niks?'

'Niet echt. Niets wat er echt uitspringt.'

Iets aan deze man begint me nu echt te irriteren. 'Maar jullie hadden zes maanden verkering. Hoe kun je dan geen herinneringen aan haar hebben?'

'Ik heb herinneringen aan haar,' zegt Warner geduldig. 'Ik denk alleen niet dat ze de moeite waard zijn om te noemen.'

Ik vouw mijn armen over mijn borst. 'Ze vertelde me dat je haar deze week ten huwelijk zou vragen.'

Zijn mond valt open. 'Zei ze dat?'

'Zeker wel.'

Er speelt een grijns om zijn lippen. 'Nou, ik ben bang dat ze erg teleurgesteld was geweest.'

Ik staar naar hem. 'Ze vertelde me dat je liet doorschemeren dat je naar ringen keek.'

'Ja, ach.' Warner schopt met de hak van zijn schoen tegen het zand. 'Lindsay had een zeer levendige verbeelding, zoals je vast wel weet.'

Ik wil opspringen en Warner met mijn blote handen wurgen. Mijn handen ballen zich tot vuisten, maar voordat ik iets stoms kan doen, voel ik Noahs handpalm op mijn been. Ik kijk naar hem en hij schudt zijn hoofd.

'Het is het niet waard,' zegt hij zacht.

Hij heeft gelijk. Wat maakt het uit of Warner Lindsays hart zou hebben gebroken? Ik kan er nu toch niets meer aan doen. Het is beter om het te laten gaan. Na deze week zie ik Warner toch nooit meer.

'Ik ben kapot,' kondigt Michelle aan. 'Blijven we herinneringen ophalen of kunnen we gaan slapen?'

Ik wil boos zijn op Michelle vanwege haar opmerking, maar ik moet toegeven dat ik ook moe ben. Ik kan zelfs mijn ogen niet meer openhouden. Iedereen knikt instemmend en terwijl het vuur nog brandt, krullen we ons op op de oncomfortabele bosgrond om te proberen een beetje slaap te vatten. Michelle en Jack kruipen tegen elkaar aan en ik voel een steek van jaloezie. Noah en ik slapen net zo ver uit elkaar als in ons bed thuis.

De grond is niet comfortabel. Dat is een understatement. Ik heb mezelf nooit als een prinses beschouwd, maar slapen op de harde grond is niet ideaal, de bladeren helpen niet. Een steen prikt in mijn rug en een plant prikt in mijn schouderblad. Elk scherp randje van mijn lichaam doet plotseling pijn.

Ik draai me op mijn zij in de hoop dat dat beter is. Het is niet beter. Ik probeer het nog eens op mijn rug. Dat is waarschijnlijk de beste houding, maar het is verre van comfortabel. Ik zou mijn pink geven voor een kussen of een deken. Ik zou er zelfs twee vingers voor opgeven.

Toch ben ik erg moe. De lucht is bewolkt, maar ik kan de maan nog steeds zien. Het is volle maan en het heeft iets hypnotiserends. Mijn ogen beginnen dicht te vallen. Tot...

Ik hoor gejank.

Ik ga rechtop zitten, plotseling klaarwakker. 'Hoorde je dat?'

Michelle kreunt. 'O mijn god, Claire, ga slapen!'

'Er jankt iets.' Mijn hart bonst terwijl ik om me heen kijk. 'Heeft niemand anders het gehoord?'

'Ik denk dat je weer dingen hoort die er niet zijn,' zegt Jack.

Mijn gezicht brandt. Hij kiest haar kant. Ja, ze is zijn vrouw. Maar hij houdt niet van haar. Mijn relatie met Jack is het enige wat me de afgelopen maanden op de been heeft gehouden. Het is vreselijk moeilijk om hem zo liefdevol tegen zijn vrouw te zien doen, ook al weet ik dat het maar een act is.

Noah gaat rechtop zitten en wrijft in zijn ogen. 'Ik hoorde het.'

Op dat moment vergeef ik hem alle wc-rollen die hij in de loop der jaren niet heeft vervangen. 'Echt?'

Hij knikt. 'Het klonk als een wolf of coyote of zoiets.'

'Het was waarschijnlijk gewoon de wind,' houdt Jack vol. 'Maar wat het ook was, het is erg ver weg. Ik zou me er geen zorgen over maken, zeker niet met het kampvuur.'

Ik krabbel overeind en kijk om me heen. We worden voor een groot deel omringd door bomen, waardoor ik geen zicht heb op onze omgeving. Er zou een coyote op een meter afstand kunnen zijn die zich zit te verlekkeren, en we zouden geen idee hebben. Er zijn kleine openingen tussen de bomen, maar er is geen zicht. Zeker 's nachts niet, met alleen het kleine vuur en de maan die de open plek verlichten. Hadden we maar een zaklamp meegenomen.

Ik hoor het gejank weer. Wordt het luider?

Ik doe een stap naar een van de bomen in de richting van het geluid. Ik tuur in de duisternis. Ik zie niets. Ik doe nog een stap, mijn hart bonst in mijn borstkas.

'Claire?' zegt Noah. 'Wat doe je?'

Ik zet nog een stap en luister of ik de bladeren hoor ritselen. Of dat ik geluid hoor van de voetstappen van een dier dat dichterbij komt.

Er strijkt iets langs mijn enkel. Iets wat aanvoelt als vacht. Ik slaak een kreet en spring weg. Maar als ik naar de grond kijk, is er niets.

'Claire!' Nu is het Jack. 'Maak je niet druk. We zijn oké. De dieren laten ons met rust met dat kampvuur hier.'

Ik haal schokkerig adem. Hij zal wel gelijk hebben. En zelfs als dat niet zo is, wat kunnen we dan doen? Een van ons kan wakker blijven en de hele nacht coyotewacht houden, maar ik zie geen vrijwilligers. Ik zou vrijwilliger kunnen zijn, maar mijn oogleden voelen aan als lood.

‘Ik weet zeker dat het goedkomt,’ mompelt Noah.

Ik knik en ga weer op mijn geïmproviseerde bed van bladeren liggen. We kunnen hoe dan ook niet veel doen. Ik moet er maar het beste van hopen.

Hoofdstuk 17

ANONIEM

Mijn vader leerde me schieten in onze achtertuin.

We waren al weken bezig met het plannen van een jachttrip, alleen hij en ik. Later werd die geannuleerd vanwege een onverwachte zakenreis naar Toledo. Maar op dat moment dacht ik dat we zouden gaan. En mijn vader zei dat ik moest kunnen schieten als we gingen jagen.

Hij zette een stel blikken op een kartonnen doos. Hij zei dat we zouden oefenen tot ik ze allemaal kon afschieten. Onze buren zouden het niet erg vinden. De meeste mensen in onze stad hadden wapens en waren er trots op.

We stonden samen in het gras en keken naar de blikjes alsof het wilde dieren waren. Mijn Orioles baseballpet hield de zon uit mijn ogen. Ze waren moeilijk te missen.

'Dit is wat je moet doen, kleine,' zei hij. 'Je houdt je voeten uit elkaar. Hou je schouders recht. Hou je rechtervoet net voor je linkervoet.' Hij hielp me bij te stellen tot ik precies goed stond. 'Goed zo. Nu zet je de kolf van het geweer dicht bij de middellijn van je lichaam en hoog op je borst.'

Hij deed een stap achteruit en bekeek mijn houding. 'Ellebogen naar beneden.'

Ik luisterde aandachtig en probeerde alles te doen wat hij me vertelde. Hij liet me zien hoe ik het geweer naar mijn hoofd moest brengen en mijn wang stevig in de kolf moest drukken. Daarna leerde hij me hoe ik moest richten.

'Goed gedaan,' zei hij. En ik bloosde van trots. 'Hou allebei je ogen open. Haal de trekker niet over, maar knijp. Je wilt constante druk.'

Ik haalde diep adem. Ik richtte op het blikje dat het verst aan de rechterkant zat en haalde de trekker over zoals hij me had verteld.

Ik miste gigantisch.

'Je moet je ontspannen,' zei hij. 'Je bent te gespannen. Haal adem voordat je schiet.

Haal dan bij het uitademen de trekker over.'

Ik haalde diep adem. Ik schoot weer op het blik. Ik miste, maar ik kwam dichterbij.

'Goed gedaan,' zei hij. 'Probeer het nu nog eens.'

Ik staarde naar het blikje. Ik stelde me mijn moeders gezicht voor in het midden. Ik haalde adem en haalde de trekker over. Ik hoorde de ping van de kogel die door het metaal ging.

'Geweldig!' Hij gaf me een schouderklopje. 'Het is je gelukt!'

We brachten het volgende uur door met oefenen. Ik kon niet wachten om met mijn vader te gaan jagen. Alleen wij tweeën.

Uiteindelijk kwam mijn moeder de achtertuin in, haar handen over haar borst gevouwen. Ze droeg een strakke blauwe zomerjurk en had een gezicht vol felle make-up. Ze rook naar bloemen. Als mijn vader weg was, droeg ze joggingbroeken en hemdjes. Ze waste zichzelf dagenlang niet.

'Ben je hier nou al niet lang genoeg geweest?' klaagde ze.

'Een kind moet kunnen schieten,' zei mijn vader.

Ze wierp me dezelfde blik toe die ze me altijd gaf als mijn vader meer aandacht aan mij besteedde dan aan haar. Ze wilde hem voor zichzelf.

Ik had het geweer nog steeds in mijn hand. Terwijl ik naar mijn moeder keek, stelde ik me een blikje voor waar haar gezicht zat. In het afgelopen uur was ik best een aardige schutter geworden. Als ik het geweer op haar richtte, zou ik dan schieten? Ik kon altijd zeggen dat het een ongeluk was. Ik was tenslotte een beginner.

'Ho, kleine.' Mijn vader trok het geweer voorzichtig uit mijn handen. 'Kijk uit waar je dat ding op richt. Je wilt niet dat het per ongeluk afgaat.'

Ik hoor mijn moeder scherp inademen. Ze wist wat ik wilde doen. En als mijn vader me niet had tegengehouden, had ik het gedaan ook.

Hoofdstuk 18

CLAIRE

De ochtend breekt aan en ik ben nog niet opgegeten door een coyote.

Dat gezegd hebbende, voel ik me klote. Mijn hoofd bonkt van het gebrek aan water en mijn mond voelt alsof hij gevuld is met katoen. Mijn armen en benen zijn zwaar alsof ik een verzwaarde deken om me heen heb. Op de een of andere manier heb ik de hele nacht doorgeslapen zonder te woelen of te draaien. Maar het was geen goede nacht. Ik voel me alsof ik een kater heb.

Ik kijk naar Noah naast me. Zijn bruine haar staat recht overeind en hij wrijft in zijn ogen. Als hij zijn handen wegtrekt, zie ik paarse kringen onder zijn ogen.

'Goed geslapen?' vraag ik.

'Ik geloof van wel.' Hij kreunt en wrijft over zijn slapen. 'Ik hoop dat we het hotel snel kunnen vinden.'

Warner zit tegenover ons en wrijft ook in zijn ogen. Hij laat een luide geeuw horen. Hij is er ook niet echt geweldig aan toe, maar hij zou nog steeds zo op de cover van een of ander outdoor magazine kunnen staan.

Ik grijp in mijn tas en haal mijn mobiele telefoon tevoorschijn, in de hoop dat mijn ontvangst wonderbaarlijk is teruggekeerd vannacht. Ik heb niet alleen geen bereik – niet eens één streepje – maar mijn batterij staat op één procent.

Ik snap het niet. Volgens de jongens zijn we minder dan anderhalve kilometer van het hotel verwijderd. Hoe kan er dan helemaal geen bereik zijn?

Ik weet zeker dat Penny gisteravond heeft gebeld zodat de kinderen met ons konden praten. Wat moet Emma wel niet denken? Ze moet doodsbang zijn. Ik hoop dat Penny een goed excuus heeft verzonnen. Zou ze de politie gebeld hebben, toen ik gisteravond niet belde? Is er nu iemand naar ons op zoek?

Maar nee. Penny is geen piekeraar. Emma is degene die bang wordt.

Ik voel plotseling een intens verlangen naar mijn kinderen. Ik wil ze allebei in mijn armen sluiten en ze enorm knuffelen. Het gevoel is zo sterk dat ik mijn hand voor mijn mond moet houden om niet te gaan huilen.

Wat als ik ze nooit meer zie?

'Michelle!'

Mijn hoofd schiet overeind bij het geluid van Jacks stem in de verte. Ik realiseer me ineens dat hij en Michelle niet meer bij het uitgedoofde kampvuur zitten.

'Michelle!' klinkt Jacks stem.

'Wat is er aan de hand?' mompel ik.

Noah schudt alleen zijn hoofd en samen staan we op. Elk gewricht in mijn lichaam schreeuwt van de pijn als ik overeind kom, maar na een paar stappen ebt de ergste pijn weg en voelt het slechts nog dof aan. Jack staat aan de rand van de open plek, met een wilde blik in zijn ogen. Zijn haar is net zo verfomfaaid als dat van Noah en er zit een scheur in de mouw van zijn T- shirt. Hij houdt zijn handen rond zijn mond en roept: 'Michelle!'

Ik schraap mijn keel. 'Wat is er de hand, Jack?'

Hij draait zich om en kijkt me aan. Zijn bruine puppyogen zijn bloeddoorlopen. 'Ik kan Michelle niet vinden.'

'Wat?' Noah fronst. 'Waar heb je het over?'

'Ik werd wakker en ze was er niet.' Zijn ogen schieten in het rond alsof hij verwacht dat ze elk moment uit een struik kan opduiken. 'Ik zie niet eens voetafdrukken. Ik snap het niet. Waar zou ze naartoe zijn?'

'Ze is vast niet ver weg,' zeg ik. 'Ze had haar enkel verstuikt.'

Jack wrijft met zijn vingertoppen tegen zijn slapen. 'Dat weet ik.'

'Misschien is ze water gaan zoeken?' zegt Noah.

'In haar eentje?' Jack schudt zijn hoofd. 'Het slaat nergens op. Ze zou niet in haar eentje zijn vertrokken. Niet zonder mij.' Hij haalt diep adem en schreeuwt het dan weer uit: 'Michelle!'

'Hé.' Het is Warners stem die achter ons klinkt. We draaien ons om om hem aan te kijken. 'Ik heb voetafdrukken gevonden die van haar kunnen zijn.'

En ja hoor, er is één stel voetafdrukken die een heel andere kant op gaan. Het is moeilijk te zeggen van wie de voetafdrukken zijn, maar ze lijken ongeveer zo groot als een vrouwensneaker. Ze verdwijnen het bos in.

Het lijkt me ondenkbaar dat Michelle, gezien haar verstuikte enkel, plotseling alleen het bos in zou lopen. Maar er is geen andere verklaring.

'Moeten we ze volgen?' vraagt Noah.

Jack knikt zwijgend. Maar dan gaat hij terug naar ons kamp en pakt zijn rugzak. Hij ritst hem open en haalt er een kussensloop uit. Hij begint delen van iets zwarts uit de kussensloop te trekken. Ik kijk even naar hem voordat tot me doordringt wat hij aan het doen is.

'Je hebt het geweer meegenomen,' zeg ik.

'Ja.' Zijn stem is kortaf. 'Dat klopt.'

'Je zei tegen Michelle van niet.'

Hij kijkt omhoog met zijn bloeddoorlopen ogen. 'Ik heb gelogen.'

Het kost hem een minuut om het geweer in elkaar te zetten. Ik word hier bloednerveus van. Ik had geen idee dat Jack een geweer had. Waarschijnlijk heeft hij het alleen meegenomen om te jagen. Maar nu we hier vastzitten in het bos, is het misschien maar goed dat we het hebben.

Maar het verontrust me dat hij hierover tegen Michelle en de rest van ons heeft gelogen.

Nu het geweer in elkaar is gezet, beginnen we allemaal aan het pad dat gevormd wordt door Michelles voetafdrukken. Ik hoor geen dierengeluiden meer, maar ik besef dat dit dezelfde richting is van waar ik gisteravond het gejank hoorde komen. Wat als ze is gaan wandelen en een wild dier is tegengekomen?

De voetafdrukken lopen nog ongeveer tien meter door voordat mijn oog op iets valt. Iets wits.

'Is dat een stukje van Michelles shirt?'

Er hangt een stuk stof aan een van de boomtakken. Jack gaat er met zijn vinger langs en trekt het er dan af. 'Ik denk dat het van haar is,' zegt hij.

Hij heft zijn geweer en zijn ogen scannen de wildernis. Mijn hart bonst zo hard dat ik niet kan geloven dat iedereen het niet hoort. Ik kijk het bos rond en verwacht dat Michelle elk moment tevoorschijn kan springen. Maar dat doet ze niet. En dan zie ik...

'Kijk!' roep ik uit.

Iedereen kijkt naar waar ik wijs. Er ligt een grote rots achter een van de bomen en hij is doordrenkt met iets donkerroods. En diezelfde kleur bevlekt op het gras eromheen.

We komen dichterbij. Al dat rood. Het kan maar één ding zijn. En hoe dichterbij we komen, hoe duidelijker het wordt.

Het is bloed. En veel ook.

'O, Christus.' Jack laat het geweer zakken. Hij begint te wankelen en valt uiteindelijk op zijn knieën. 'O mijn god.'

'Het zou van een dier kunnen zijn,' zegt Noah, hoewel het duidelijk is dat dat niet echt is wat hij denkt.

Ik probeer een hand op Jacks schouder te leggen, omdat ik hem wil troosten zoals hij mij troostte nadat we Lindsay waren verloren, maar hij schudt me ruw van zich af. Ik doe geen tweede poging.

'Denk je dat een dier haar te pakken heeft gekregen?' vraagt Warner. Hij lijkt niet echt van streek, eerder nieuwsgierig. 'Misschien ging ze wandelen en werd ze meegesleurd door die coyote die Claire hoorde.'

'Als ze aangevallen werd, zou ze gegild hebben.' Jack kijkt ons een voor een aan. 'En als ze had gegild, had een van ons haar gehoord.' Hij kijkt naar ons op. 'Heeft iemand vannacht een gil gehoord?'

We schudden allemaal ons hoofd. Nadat ik in slaap viel, heb ik niets meer gehoord. Ik sliep als een os.

'Hoe kun je niets gehoord hebben?' Jacks wangen zijn roze. 'Dat is onmogelijk!'

'Jij heb óók niets gehoord,' merkt Warner op.

Jack heeft wel een punt. Er is iets vreselijks gebeurd met Michelle en het lijkt onwaarschijnlijk dat ze geen geluid zou hebben gemaakt. Hoe komt het dan dat niemand haar heeft gehoord?

En waarom zou Michelle gaan wandelen als ze een verstuikte enkel had? Vooral omdat ze zich niet erg op haar gemak voelde in het bos. Nee, ze zou in de buurt van het kamp blijven.

Dit slaat allemaal nergens op.

Mijn maag laat een lage grom horen. Het laatste wat ik heb gegeten was de droge worst van Jack gisteravond, en nu we geen water hebben, kan ik niet weer iets zouts eten. Hij heeft ook wat studentenhaver, maar dat is niet veel beter. Het is zout op zout op zout. Water, dat is wat ik wil. Ik zou nu een hele hand opgeven voor wat water. Alleen al eraan denken maakt me duizelig.

Alsof hij mijn gedachten leest, zegt Warner: 'We moeten op zoek naar een waterbron.'

Jack ziet eruit alsof hij Warner met zijn blote handen wil wurgen. Ik ken het gevoel. 'Michelle is zoek. We moeten haar vinden.'

'Het heeft geen zin,' zegt Warner. 'Kijk eens hoeveel bloed hier ligt. Het is te laat voor haar.'

Jack krijgt een duistere blik op zijn gezicht. Zijn vingers, die zich vastklampen aan het geweer, worden bloedeloos. Hij staat op van de grond en richt het geweer op Warners borst.

De kleur trekt weg uit Warners perfect gebeitelde gelaatstrekken terwijl hij een stap achteruit zet. 'Wat denk je dat je aan het doen bent?'

‘Michelle is mijn vrouw,’ sist Jack. ‘We gaan haar zoeken. Als ze gewond is, gaan we haar vinden. Begrijp je me?’

Ik bevries en kijk naar deze impasse tussen de twee mannen. Ik ben me er nauwelijks van bewust dat Noah mijn arm pakt en me een paar stappen terugtrekt.

Een spier trilt in Warners kaak. ‘Dan heb ik geen keuze, of wel?’

‘Nee.’ Jack laat het geweer niet zakken. ‘Dat heb je verdomme niet.’

Noah schraapt zijn keel. ‘Jack, we gaan allemaal op zoek naar Michelle. Maar jij moet dat geweer wegleggen. Oké?’

Jack laat het geweer, met trillende handen, langzaam zakken. Even ben ik er zeker van dat Warner ernaar zal proberen te grijpen, maar dat doet hij niet. Hoe dan ook, Jack heeft een vijand gemaakt. Hij kan maar beter op zijn hoede zijn.

Hoofdstuk 19

CLAIRE

'Michelle!' roep ik. 'Michelle!'

Geen antwoord. We zijn al een halfuur naar Michelle op zoek. Mijn stem is schor van het roepen van haar naam, gecombineerd met het gebrek aan water. Afgezien van de voetafdrukken en het bloed op de grond, zijn er geen andere sporen van Michelle. Het is alsof ze gewoon in het niets is verdwenen.

Nu de adrenaline is uitgewerkt, begin ik me slap te voelen. Ik heb nog steeds een kater van de slechte nachtrust en ik ben duizelig van het gebrek aan water. De blaren op mijn voeten doen pijn. Ik wil niet meer naar Michelle zoeken, maar water proberen te vinden. Of nog beter, blijven zoeken naar de herberg.

'Michelle!' roep ik weer.

Ik probeer me de situatie voor te stellen als alles andersom zou zijn. Zou Michelle dan in het bos naar me op zoek zijn? Ik betwijfel het ten zeerste. Zou Noah erop gestaan hebben dat ze me zochten zoals Jack dat deed? Ik wil er niet eens over nadenken.

Ik draai me om en dan dringt het tot me door dat de anderen niet in de buurt zijn. Tot nu toe was een van de drie altijd binnen gezichtsveld. Maar nu besef ik dat ik helemaal alleen in het bos ben.

Maar ik weet waar ik ben. De open plek is achter me. Of ligt die voor me?

Mijn benen wiebelen onder me. Ik ben toch niet verdwaald? Ik bedoel, ik weet dat we verdwaald zijn, maar eerst was ik tenminste nog deel van een groep. Ik wil niet van de groep gescheiden worden. Vooral niet zonder voedsel of water.

Ik leg mijn hand tegen de dichtstbijzijnde boom om mezelf in evenwicht te houden. Op dat moment zie ik de klauwsporen in de schors geëtst. Dezelfde als die ik gisteren zag. Vijf diepe sneden.

Dan kijk ik naar de boom ernaast. Die boom heeft ook diepe krassen in het hout.

En aan de voet van die boom ligt nog meer bloed.

Terwijl ik naar het bloed staar, voel ik een prikkend gevoel in mijn nek. Alsof iets me in de gaten houdt.

Naar me op jacht is.

Ik draai me om. In de verte staat een struik. De struik beweegt uit zichzelf en ik zie een donkere schaduw er binnenin. En dan een laag gegrom.

O mijn god.

'Noah!' schreeuw ik. 'Noah!'

Ik weet niet waarom ik Noah roep in plaats van Jack. Ik had gedacht dat mijn instinct zou zijn om Jack te roepen. Jack haat me tenslotte niet. En hij is degene met de scoutingervaring. Maar toen ik mijn mond opendeed, was het de naam van mijn man die eruit kwam.

Ik moet het hem nageven: vijf seconden later stormt Noah naast me door de takken en staat dan naast me. Het blijkt dat ik niet verdwaald was. Noahs ogen zijn groot. 'Wat is er gebeurd? Wat heb je gevonden?'

'Er zit nog meer bloed op die boom.' Ik steek een trillende hand uit om te wijzen. 'Ik zag daar ook iets. Er bewoog iets.'

Noah tuurt in de verte. 'Waar?'

'Die struik... daar.'

'Wat heb je gezien?'

Ik kauw op mijn lip. 'Ik... Ik weet het niet helemaal zeker. Het zag eruit als een wild dier. Geen beer, maar iets groters dan een coyote.'

Noah kijkt in de richting die ik aanwees. 'Ik zie niets, Claire.'

Ik verzwijg het gevoel dat ik kreeg, alsof iets me in de gaten hield. Alsof iets op me jaagde. Hij zou denken dat ik paranoïde was.

'Ik heb ook meer bloed gevonden.' Noah huivert. 'Als ik heel eerlijk ben… Dan ziet het er niet goed uit voor Michelle.' Hij kijkt terug naar de struik waar ik naar wees. 'Ik moet er niet aan denken dat een dier haar te pakken heeft gekregen, maar… ik weet niet wat er nog meer kan zijn gebeurd.'

De struik beweegt niet meer, maar ik kan dat ongemakkelijke gevoel niet van me afschudden. 'Waar zijn Jack en Warner?'

Jack heeft een geweer, iets wat ons kan beschermen. En Warner heeft de kaart die ons hier weg kan halen. Niet dat ik Noah niet vertrouw, maar als er een wild dier uit dat bosje komt rennen, is er niet veel wat hij kan doen om mij met zijn blote handen te beschermen.

'Ik kan ze niet vinden,' zegt Noah. 'Laten we terug naar de open plek gaan en daar wachten.' Hij kijkt om zich heen. 'We moeten hier niet blijven rondhangen, gezien de omstandigheden.'

Ik knik instemmend. Noah legt een hand op mijn schouder om me zachtjes in de richting van de open plek te leiden, die helemaal niet was waar ik dacht dat hij zou zijn. Ik heb een verschrikkelijk richtingsgevoel. Zonder de anderen zou ik ten dode zijn opgeschreven.

Warner komt ongeveer tien minuten na ons terug bij het kamp, ongeduldig en geïrriteerd. Nog eens twintig minuten wachten later komt Jack terug, met hangende schouders en paarse kringen onder zijn ogen. Hij heeft haar niet gevonden. Afgezien van wat druppels bloed hier en daar, zijn er geen tekenen meer van Michelle.

Waar kan ze naartoe gegaan zijn?

Is ze midden in de nacht opgestaan om haar benen te strekken? Kon ze niet slapen? En is ze toen het bos in gegaan en sprong er een dier uit het niets tevoorschijn? Was het hetzelfde beest dat ik in die struik zag? Het beest dat die afschuwelijke klauwsporen in de schors maakte?

Als Michelle in aanraking is gekomen met het dier dat deze

klauwafdrukken heeft gemaakt, is ze vrijwel zeker dood.

Ik kan het me niet voorstellen. Het is ondenkbaar. Maar als ze niet dood is, waar is ze dan?

'We moeten gaan,' kondigt Warner aan. 'We moeten water vinden.'

Jacks ogen worden meteen donkerder. Hij wil nog niet opgeven. Maar voordat Jack zijn geweer weer kan trekken, heft Noah zijn handen. 'Hij heeft gelijk, Jack. We moeten water hebben, anders gaan we allemaal dood.'

'Maar we kunnen niet zomaar gaan.' Jack schopt naar de grond onder zijn voeten. 'We hebben haar nog niet gevonden.'

'Jack, ik...' Noah verplaatst zijn gewicht tussen zijn voeten. 'Ik denk niet dat we haar gaan vinden, man. Ik weet niet wat er gebeurd is. Of een dier haar te pakken heeft gekregen of... Maar ze is hier niet.'

Jack laat zijn schouders hangen, terwijl hij Noahs woorden in zich opneemt. Hij ziet eruit alsof hij het in het afgelopen uur tien jaar ouder is geworden. Uiteindelijk zegt hij: 'Goed. Laten we water zoeken. Maar daarna wil ik doorgaan met zoeken naar Michelle.'

'Oké,' zegt Noah, maar Warner rolt met zijn ogen.

Voor één keer ben ik het met Warner eens.

Hoofdstuk 20

CLAIRE

Water vinden blijkt een moeilijke taak. Ik had gehoopt dat we een beekje zouden vinden met helder stromend water, maar terwijl we zoeken wordt het steeds duidelijker dat dit niet gaat gebeuren. Jack spot sporen van wat hij denkt dat een konijn is en we volgen ze naar wat een kleine, ondiepe, zeer modderige vijver lijkt te zijn.

Normaal gesproken zou ik nooit water drinken dat er zo uitzag. Ik zou er niet eens mijn hand in willen steken.

'Is dit veilig om te drinken?' vraagt Noah.

'Ik heb een pak tabletten meegenomen die de bacteriën in het water moeten doden.' Jack laat zijn rugzak op de grond zakken en legt het geweer ernaast. 'En we kunnen de kussensloop gebruiken om het vuil uit het water te zeven.'

In het algemeen drink ik niet graag dingen waar eerst vuil uit moet. Maar op dit moment heb ik zo'n dorst dat ik het water zou opdrinken, met vuil en al.

Jack spuit het water door de kussensloop in zijn waterfles. Ik pak Noahs lege waterfles uit mijn tas en ook die vullen we. Het water ziet er nog steeds troebel uit, maar toch ben ik van slag als Jack zegt dat het een uur duurt voor de pil zijn werk heeft gedaan en we het kunnen drinken.

Even stel ik me het gezicht van mijn dochter voor als ze het water zou zien dat we moesten drinken. Zij is zo'n kind dat door het lint gaat als er ook maar een vlekje op haar bord zit. Wat zou ze ervan vinden om uit een fles water te drinken waar vuil in drijft? Natuurlijk zou Aidan het allemaal wel grappig vinden. Ik heb hem ooit eens betrapt op het eten van modder toen hij ongeveer drie jaar oud was.

O mijn god, ik mis mijn kinderen zo erg. Ik moet naar ze toe. Ik zal alles doen wat daarvoor nodig is.

Jack heeft het geweer naast zijn rugzak gelegd. Het bevalt me niks dat hij een geweer heeft meegenomen op deze reis, maar het zou me nog minder bevallen als Warner het zou hebben.

'Jack,' zeg ik, 'misschien moet je het geweer uit elkaar halen.'

Mijn suggestie vestigt er tenminste zijn aandacht op. Hij legt zijn hand beschermend over het geweer. 'Na wat er met Michelle is gebeurd, vind ik het prettiger als ik het bij de hand heb.'

Maar wat ís er gebeurd met Michelle? We nemen aan dat een dier haar te pakken heeft gekregen, maar er klopt te veel niet aan dit verhaal.

En misschien wil Jack juist daarom het geweer bij de hand hebben.

Warner haalt de kaart uit zijn zak. 'We moeten weer op het juiste spoor komen. We moeten deze plek vinden.'

'Ik heb gezegd,' Jack sluit zijn vingers om het geweer, 'dat we niet weggaan zonder Michelle.'

Het verbaast me hoe beschermend Jack is geworden over Michelle. De laatste keer dat we samen in bed lagen bij hem thuis, terwijl Michelle op kantoor zat te zwoegen, deed hij alsof hun huwelijk een schijnvertoning was. Maar hij maakt zich echt vreselijke zorgen om haar. En mijn borst doet pijn als ik denk aan hoe ze gisteren met elkaar geknuffeld hebben.

Jack deed alsof het over was tussen hem en Michelle. Maar misschien was dat een leugen. Het beste dat ik ervan kan maken is dat hij misschien dacht dat het waar was toen hij het zei.

Of misschien was het nooit waar. Misschien was het gewoon iets wat hij zei om me in bed te krijgen. En misschien ben ik niet de eerste vrouw die in zijn leugens trapte.

'Luister,' zegt Warner, 'als Michelle gewond is, kunnen we haar het beste helpen door een telefoon te vinden en de politie te bellen. We kunnen haar duidelijk niet alleen vinden.'

Jack staart Warner aan, zijn hand nog steeds op het geweer. Na een moment vloekt hij zacht, pakt dan het geweer op en stampt het bos in. Ik weet niet waar hij heen gaat, maar hij kan niet van plan zijn ver te gaan. Hij heeft zijn rugzak en de waterflessen achtergelaten.

Warner kijkt naar hoe hij wegloopt en slaakt dan een lange zucht. Hij laat zich op een omgehakte boom vallen en laat zijn hoofd zakken. Voor het eerst sinds we hier in het bos zijn, ziet hij er uitgeput uit. In deze toestand weet ik niet eens zeker of de Wehkampgids een plekje voor hem heeft. Hij pakt de zoom van zijn shirt en veegt er de onderkant van zijn gezicht mee af.

'Gaat het?' vraag ik hem. 'Het is warm,' mompelt hij.

Na die verklaring rukt hij zijn T-shirt helemaal uit en trekt het van zijn bezwete borst. En –

Wauw.

Ik neem terug wat ik zei over de Wehkampgids. Welke gids dan ook zou blij zijn met deze man op hun voorpagina. Hij is enorm gespierd. En bruin. Je zag het al een beetje als hij zijn shirt aanhad, maar nu het uit is, laat het niets meer aan de verbeelding over. Volgens mij komt er een beetje kwijl uit mijn mondhoek.

Lindsay boft maar.

Bofte. Verleden tijd.

Ik slik als ik denk aan de toekomst die Lindsay zich had voorgesteld. Ze vond deze man echt heel leuk, ik heb haar nog nooit zo verliefd gezien. En het ging niet alleen om zijn uiterlijk. Zó oppervlakkig was ze niet.

'Luister,' zeg ik, 'als we terug zijn, dacht ik dat je misschien kon helpen met het plannen van de dienst voor Lindsay.'

Ik kan mezelf er niet toe brengen om 'herdenkingsdienst' te zeggen. Hij weet wat ik bedoel.

Warner veegt zijn gezicht af met zijn vochtige T-shirt. 'Dat hoeft niet. Ik bedoel, we hadden maar een paar maanden verkering. De mensen die haar het beste kenden zouden dat moeten doen.'

'Ja, maar ik weet dat ze dat gewild zou hebben.' Ik forceer een glimlach. 'Ze vond je echt leuk.'

'Het hoeft niet.'

'Maar Lindsay had –'

'Kijk.' Warner snijdt me af voor ik nog iets kan zeggen. 'Ik probeer gewoon beleefd te zijn. Maar ik heb geen tijd om een groot triest evenement te plannen voor een meisje met wie ik het over een paar weken toch zou uitmaken.' Hij knarst met zijn tanden. 'Jij hebt vast tijd genoeg om te plannen, zo tussen je kinderen naar voetbal brengen en je yogalessen door.'

Mijn mond valt open. 'Ik werk fulltime, hoor. Net als jij.'

Warner snuift. 'Als leraar. Ik ben chirúrg, Claire. Dat kun je niet met elkaar vergelijken.'

Mijn gezicht brandt. Ik weet dat hij van streek is door alles wat er is gebeurd, en we hebben allemaal dorst en het is heet, maar deze man laat nu echt zijn ware aard zien. Soms brengt tegenspoed het slechtste in mensen naar boven.

'Hé,' zegt Noah scherp. 'Claire werkt heel hard, hoor.'

Ik had niet verwacht dat hij het voor me zou opnemen. Ik kan me de laatste keer dat hij me verdedigde niet herinneren. Meestal verdedig ik mezelf tegen zíjn beledigingen.

'Tuurlijk.' Warner laat zijn knokkels kraken en het geluid resoneert om ons heen. 'Ik weet zeker dat de hele dag op een paar basisschoolkinderen letten een kwestie van leven of dood is.'

Noahs blik wordt grimmiger en zijn rechterhand balt zich tot een vuist. Ik doe een stap achteruit, bang dat dit helemaal de verkeerde kant op gaat. In al onze jaren huwelijk heb ik Noah nog nooit iemand zien slaan en ik heb geen idee of hij zoiets ooit zou doen. Maar als ik naar Warners gespierde borst kijk, weet ik niet of Noah er goed aan zou doen als het zover zou komen.

Gelukkig komt Jack op dat moment terug uit het bos. Zijn ogen zijn rood en gezwollen. Heeft hij gehuild? Is hij daarom weggelopen?

'Oké.' Zijn stem trilt. 'Laten we gaan.'

'Jack,' zeg ik zachtjes. 'Gaat het?'

'Prima,' snauwt hij me toe. 'Laten we gaan, zei ik.'

Blijkbaar wil hij er niet over praten.

Het duurt nog even voordat het water veilig is om te drinken, maar we besluiten toch om te gaan. En nu is het natuurlijk weer hetzelfde. Jack en Warner (met zijn shirt gelukkig weer aan) bekijken de kaart, bestuderen vervolgens Jacks kompas en vertellen ons dan in welke richting we moeten lopen. In het begin probeer ik ze bij te houden, maar dan blijf ik weer achteraan hangen. Zij lopen sneller dan ik en het is moeilijk om ze bij te houden.

Helaas betekent dit dat ik alleen ben met mijn gedachten. Elke keer als ik mijn ogen even sluit, denk ik aan Lindsays bleke lichaam dat op de grond in het bos ligt. Ik zou haar niet terug kunnen vinden, al hing mijn leven ervan af. Ik voel me er nog steeds vreselijk over dat we haar daar hebben achtergelaten.

Het is verbazingwekkend hoe gemakkelijk het leven tot een einde kan komen. Een handvol bessen en dat was het dan. Klaar. Ze is voor altijd weg.

Ik had die bessen kunnen eten. Ik had naast Lindsay in de modder gelegen als dat was gebeurd. Noah zei dat hij blij was dat ik de bessen niet had opgegeten, maar ik kan me niet voorstellen dat hij zou huilen als ik gisteren was gestorven. De kinderen zouden het erg vinden, mijn ouders zouden het erg vinden, Penny zou het erg vinden, maar Noah? Ik weet het niet.

Nou, ik kan mezelf niet toestaan zo te denken. Ik heb het overleefd. Ik heb een tweede kans gekregen en die wil ik niet verknallen. Ik besef nu wat belangrijk is. Thuiskomen en mijn kinderen weerzien. Dat is het enige dat er nog toe doet.

Ik kijk op, de mannen zijn me al ver voor. Mijn hart maakt een sprongetje in mijn borstkas en ik versnel mijn pas. Ik wil niet te ver achterop raken. Ik wil niet net als Michelle verdwijnen.

Na een uur gaan we zitten en drinken wat van het modderige water. Het smaakt ongeveer zoals je zou denken dat het zou smaken. Ik kokhals een beetje, maar het is beter dan het alternatief. We eten nog wat van de droge worst en studentenhaver die Jack heeft meegebracht.

'Hoeveel eten heb je nog?' vraag ik hem.

Jack doorzoekt zijn rugzak. Hij ziet er een stuk rustiger uit dan vanmorgen, alsof zijn kleine inzinking nooit heeft plaatsgevonden. 'Als we zuinig doen, misschien nog voor een dag.'

Nog een dag. In die tijd moeten we de herberg, of in ieder geval íéts kunnen vinden, toch? 'En dan?'

'Nou,' zegt Jack nadenkend, 'er zijn hier een paar planten die we veilig kunnen eten. Ik kan ook proberen een konijn te schieten.'

Ik grijp naar mijn borst. 'Ga je een konijn vermoorden?' Stampertje vermoorden zou bijna net zo erg zijn als Bambi's moeder vermoorden.

'Als alternatief,' zegt hij, 'kunnen we insecten eten.'

Ik rol met mijn ogen.

'Ik meen het!' Jack lacht niet, misschien meent hij het echt. 'Er is niets mis met het eten van insecten. In andere landen is het heel normaal. Ik weet niet waarom insecten zo taboe zijn in dit land.'

Ik trek een gezicht. 'Omdat ze supergoor zijn?'

Warner grijnst. 'Ik denk niet dat Claire insecten gaat eten.'

'Ik kan ze bakken,' zegt Jack. 'Dat maakt de smaak totaal anders. Ik bedoel, je eet ook geen rauw vlees. Gebakken insecten zijn eigenlijk best oké. Ik heb ze vaak gegeten bij de padvinders.'

Volgens mij is hij me niet aan het plagen. Hij denkt echt dat we zo lang verdwaald zullen zijn dat we insecten moeten bakken en eten.

Ik snap niet dat we nog steeds verdwaald zijn. Warner heeft een kaart en Jack heeft een kompas. Met die twee dingen zouden we íéts moeten kunnen vinden. Jack zat nota bene bij de scouting, dat heeft hij ons al een miljoen keer verteld. Waarom kan hij geen eenvoudige kaart volgen?

Na de korte pauze staan we op en beginnen we weer te lopen. Maar deze keer blijft Noah bij me.

'Hé,' zegt hij. 'Kan ik even met je praten?' Hij kijkt naar de jongens een paar meter voor ons. 'Alleen?'

'Oké,' zeg ik.

Mijn hart gaat sneller kloppen. Ik raak Jacks sweatshirt aan, dat ik om mijn middel heb geknoopt nu de zon hoog aan de hemel staat. Gaat Noah me vertellen dat hij alles weet over mij en Jack? Ik wil dat gesprek niet voeren. Als hij het vraagt, zal ik het dan toegeven? Ik weet het niet. Ik wil niet tegen hem liegen, maar zo'n onthulling zou de komende week heel ongemakkelijk maken.

Zodra we buiten gehoorsafstand van Jack en Warner zijn, gaat hij zachter praten. 'Er klopt iets niet,' zegt hij.

'Wat bedoel je?'

'Ik bedoel...' Hij kijkt even op naar de twee en dan weer naar mij. 'Warners kaart. Die slaat nergens op. Die klopt niet. Niets is waar de kaart zegt dat het zou moeten zijn.'

Mijn adem stokt in mijn keel. 'Meen je dat?'

'Ja, en...' Hij schudt zijn hoofd. 'Ik heb op een kaart gekeken voordat we op pad gingen en ik kan me die splitsing of iets anders van Warners kaart niet herinneren. En...' Hij tuurt naar de twee mannen en kijkt dan weer naar mij. 'Ik vertrouw Jacks kompas niet.'

'Nee?'

Hij knikt. 'Ik weet dat Jack onze wildernisexpert, padvinder, wat dan ook, zou moeten zijn, maar ik weet dat de zon opkomt in het oosten, en dat is niet waar het kompas zegt dat het oosten is.'

'O...'

'En...' Hij haalt diep adem. 'Claire, ik denk dat we de hele tijd rondjes lopen.'

'Echt?'

'Ik herken dingen die ik eerder heb gezien. Heel specifieke dingen, zoals deze snee die ik in een boom zag. En... En die eekhoorn.' Hij wijst naar een eekhoorn die dood en rottend in de modder ligt. Ik moet toegeven, het komt me bekend voor. Ik herinner me dat ik die eekhoorn eerder heb gezien. 'Ik denk dat het kompas ons in cirkels leidt.'

Ik frons. Dit is het laatste wat ik had verwacht dat hij zou zeggen. Ik dacht dat hij me zou beschuldigen van ontrouw. Dit is misschien nog erger. 'Dus... wat bedoel je?'

'Ik bedoel...' Hij zet zijn bril af en veegt de glazen even af aan zijn shirt voordat hij hem weer op zijn plaats schuift. 'Ik heb er geen vertrouwen in dat zij ons hieruit gaan krijgen. Ik denk... Ik denk dat we beter alleen kunnen gaan.'

'Wij?' kuch ik. 'Wil je dat ik met je meega?'

Hij kijkt naar me vanachter zijn nu schonere brillenglazen. 'Nou, ja. Natuurlijk wil ik dat. Jij bent mijn vrouw.'

Maar we haten elkaar. Ik spreek het niet uit, maar hij moet hetzelfde denken. We haten elkaar nu al jaren. En helemaal tijdens de hele rit hiernaartoe.

Maar nu we hier verdwaald zijn, lijkt hij niet meer zo boos op me.

'Ik denk dat ik mijn weg hier wel kan vinden.' Hij werpt een blik achter zich. 'Mijn vader nam me als kind soms mee wandelen, dus ik weet wat ik moet doen.'

Deze openbaring verrast me. Noahs vader stierf toen hij op de universiteit zat, voordat ik hem leerde kennen. Hij praat zelden over hem. 'Dat heb je me nooit verteld.'

Hij haalt zijn schouders op. 'Het is lang geleden. Maar ik kan me de kaart herinneren. Dit bos is niet zo groot. Als we niet in rondjes zouden lopen, zouden we nu al bij de bewoonde wereld zijn.'

'Zeker weten?'

Noah knikt vastberaden. Toegegeven, ik heb nooit gedacht dat hij erg goed was in buitenactiviteiten zoals wandelen, maar mijn echtgenoot is een slimme man. Hij is natuurkundige. Hij zou nooit iets beweren als hij er niet zeker van was dat het waar was. Hij zou er niet alleen vandoor willen gaan als hij niet geloofde dat hij de bewoonde wereld kon vinden.

Hij reikt naar mijn hand. Ik laat hem me vastpakken. Ik kan me niet eens herinneren wanneer Noah voor het laatst mijn hand vasthield. Het is jaren geleden. Ik was vergeten hoe warm en groot zijn hand altijd aanvoelde in de mijne.

'Vertrouw me, Claire,' zegt hij. 'Ik zou nooit toelaten dat jou iets overkomt.'

Ik wil hem geloven. Dat wil ik echt. Maar Warner heeft de kaart en Jack heeft het kompas. O, en Jack heeft de rest van ons eten. Noah heeft niets, behalve een halfvolle waterfles in mijn tas. En hij heeft niet eens sterilisatietabletten, dus als ik met hem meega, is dat al het water dat we kunnen drinken.

'Ik denk dat we allemaal bij elkaar moeten blijven,' zeg ik. Hij schudt zijn hoofd. 'Ik denk niet dat dat een goed idee is...'

Ik trek mijn hand weg van de zijne. 'Kijk, Jack weet wat je moet doen in de natuur. We hadden niet eens dat vuur kunnen maken zonder hem. Ik denk dat als we alleen gaan, we écht in de problemen kunnen komen. Ik... Ik vind het eng. Ik bedoel, kijk wat er met Michelle is gebeurd.'

Zijn ogen worden troebel. 'Wat ís er met Michelle gebeurd?'

'Ik weet het niet, maar... ze ging in haar eentje weg en nu...'

Noah krabt op zijn hoofd tot zijn haar nog meer overeind staat. 'Oké, prima. We blijven allemaal bij elkaar.'

'Je gaat niet weg?'

Hij schudt zijn hoofd. 'Dat zou ik je niet aandoen.'

Het verbaast me hoe opgelucht ik ben dat Noah niet aandringt om alleen te vertrekken. Als hij echt weg zou willen, zou het een moeilijke beslissing zijn om wel of niet met hem mee te gaan. Het lijkt voor de hand te liggen om bij Jack te blijven, maar Noah is mijn man. Misschien ben ik hem gaan haten, maar ik vertrouw hem.

En misschien haat ik hem ook wel niet meer zo erg.

Hoofdstuk 21

ANONIEM

Mijn moeder stond op me te wachten toen ik het huis binnenkwam. 'Kleed je uit,' instrueerde ze me.

Ik liet mijn hoofd hangen terwijl ik mijn Red Sox baseballpet afzette, gevolgd door mijn T-shirt en daarna mijn korte broek. Ik liet mijn ondergoed en sokken aan. Mijn moeder deed de kleren in een plastic zak en tot mijn verbazing gooide ze alles in de open haard, waar ze snel in vlammen opgingen.

'Wat doe je?' riep ik.

'Ze zijn allemaal besmet,' siste ze naar me.

'Je kunt ze niet gewoon wassen?'

Ze keek me aan. 'Misschien als jij jezelf beter zou wassen, zou je niet onder de luizen zitten.'

Ik had moeten kunnen raden wat ze nu zou doen, maar toch kwam het als een verrassing toen ze het scheermes tevoorschijn haalde. Ik deed een stap achteruit. 'Nee,' zei ik.

'Als je niet stil blijft zitten, gaat je halve hoofdhuid er ook af.'

Uiteindelijk stond ik het toe. Mijn haar was al erg kort, nog maar een centimeter van mijn schedel, maar het voelde anders om kaalgeschoren te worden. Mijn hoofd voelde koud aan.

Daarna zette ze me onder de douche. Ze keek toe hoe ik onder het water stond en draaide de warme kraan zover open dat mijn huid knalrood werd. Ze ging pas weg toen ze zag hoe ik mezelf inzeepte. Toen vertrok ze eindelijk. Misschien ging ze de rest van mijn kleren verbranden.

Nadat ik klaar was met douchen, bekeek ik mezelf in de badkamerspiegel.

Mijn hoofdhuid was zo wit. En rond. Ik leek wel een buitenaards wezen.

Ik ging naar mijn bed en ging op het kale matras liggen, want de lakens waren eraf. Mijn moeder wilde vast dat ik er een schoon laken op zou doen, maar daar had ik geen zin in. Snowball kwam de kamer binnen en keek me nieuwsgierig aan. Ik wilde haar witte vacht aaien in de hoop dat het me zou troosten, maar ze siste naar me. Ook al was ze maar een kat, mijn moeder had haar geleerd me te haten. Snowball zou nooit kaalgeschoren worden zoals ik.

Ik wilde de volgende dag een baseballpet op naar school, maar omdat die niet toegestaan zijn, moest ik hem afdoen toen ik het gebouw binnenkwam. Toen ik het lokaal binnen liep, begon iedereen te lachen. Gisteren hadden we een briefje in onze rugzak gekregen dat er bij een kind in de klas luizen waren geconstateerd. Door mijn kaalgeschoren hoofd was het duidelijk dat ik het was.

Sinds het begin van het jaar had Bryan McCormick me het leven zuur gemaakt. Zodra de pauze begon, kwam hij met zijn vriendjes naar me toe en ik wist al wat er zou gebeuren. Hij ging vlak voor me staan.

'We wisten allemaal dat jij het was,' zei Bryan. 'Jij bent degene met de pietjes.'

Ik keek weg. Probeerde hem te negeren zoals mijn vader had gezegd.

'Wedden dat ze ook op de rest van je lijf zitten,' zei hij.

Ik voelde mijn gezicht rood worden.

Hij lachte. 'Ze zitten vast zelfs in je mond.'

'Hou je bek, klootzak,' mompelde ik zacht.

Hij trok zijn wenkbrauwen op. 'Wat zei je tegen me, loser?'

Ik keek op. 'Je hoorde me wel.'

'O ja?' Hij deed een stap dichter naar me toe. 'Misschien had je dat niet moeten zeggen.'

Hij wilde vechten en dat vond ik prima. Mijn handen balden zich tot vuisten. Ik was klein, maar ik was sterk. Ik deed mijn rechterarm naar achteren.

Hoofdstuk 22

CLAIRE

Een paar uur later zijn we nog steeds verdwaald.

Ik wou dat ik Noah had vertrouwd en met hem was meegegaan. Misschien waren we dan nu al in iets wat op de bewoonde wereld lijkt geweest. Het kan onmogelijk erger zijn.

Of wel?

We zien er allemaal uit als mensen die de afgelopen dag door het bos hebben gezworven. Het haar in mijn paardenstaart plakt aan de achterkant van mijn nek en er zit vuil op mijn korte broek en shirt. Alle jongens hebben stoppels op hun gezicht en hun kleren zijn er niet veel beter aan toe dan die van mij. Zelfs Warner ziet er niet zo geweldig uit, hoewel GQ waarschijnlijk nog wel een plekje voor hem zou vinden bij een artikel over 'de ruige natuur' of iets dergelijks.

We komen nog een klein meertje tegen. Er zijn een paar grijsgekleurde vogels die water drinken, hun snavels slurpen de vloeistof op een manier die me jaloers begint te maken. Warner geeft Jack een duwtje. 'Je zou moeten proberen er eentje neer te schieten.'

Jack fronst. 'Schieten?'

Warner buigt zijn hoofd. 'We hebben de afgelopen vierentwintig uur niets anders gegeten dan studentenhaver en droge worst. We kunnen een kampvuur maken en die vogels roosteren.'

'O.' Hoewel Jack degene was die wilde gaan jagen, kijkt hij niet enthousiast bij het idee om vogels af te schieten. 'Dat zou kunnen.'

'Dus? Waar wacht je op. Schiet ze gewoon.'

Jack aarzelt, maar heft uiteindelijk zijn geweer. Ik doe een stap achteruit, want ik heb geen idee wat voor soort schutter hij is. Ik stond niet achter het plan om te gaan jagen, maar het idee om deze vogels neer te schieten doet me vreemd genoeg weinig. Het is niet zo erg als Bambi's moeder neerschieten. Hoewel er waarschijnlijk kleine vogeltjes op ze wachten in het nest. De baby's wachten waarschijnlijk tot ze thuiskomen en wat wormen in hun mond uitbraken of zoiets. Ze zullen waarschijnlijk honger krijgen.

Bah, ik moet stoppen met hieraan te denken, anders ga ik nog huilen.

Jack richt het geweer, maar zijn handen trillen als een gek. Hij stelt het een paar keer bij, maar ik verwacht niet dat hij iets gaat raken.

'Jezus, je trilt als een bejaarde,' snuift Warner. 'Weet je niet hoe je moet richten?'

'Ik weet wat ik doe,' zegt Jack fel.

'Je zult kogels verspillen en ze wegjagen.' Warner steekt zijn hand uit. 'Laat mij het proberen.'

Jack verstevigt zijn greep op het geweer. 'Echt niet.'

Warner gooit zijn hoofd achterover en lacht. 'Wat denk je wel niet? Denk je dat ik het van je ga stelen en je ga neerschieten?'

Jack vernauwt zijn ogen. 'Dat zijn jouw woorden, niet de mijne.'

'Nou, in dat geval...' Warner doet een stap dichter naar Jack toe. 'Kun je dat geweer maar beter goed in de gaten houden.'

Noah en ik wisselen een blik. De vijandigheid tussen Jack en Warner lijkt met de minuut te erger te worden. Ik begin ervan te balen dat Jack dat geweer heeft meegenomen. Ik vraag me af of hij hetzelfde voelt.

Jack richt opnieuw op de vogels. Zijn handen zijn ditmaal iets zekerder, maar toch mist hij ze allebei. En het schot jaagt ze weg, precies zoals Warner voorspeld had. Daar gaat ons vogeldiner.

'Je schiet als een meisje,' zegt Warner.

Ik zou waarschijnlijk beledigd moeten zijn door die opmerking, maar ik voel me alleen maar ongemakkelijk. En ik weet ook zeker dat ik slechter schiet dan wie dan ook hier.

'En,' voegt Warner eraan toe, 'je bent een waardeloze navigator. We hadden die herberg gisteren al gevonden als jij ons niet de verkeerde kant op had gestuurd.'

Jacks oren worden knalroze. 'Ik kan prima navigeren. Je kaart klopt niet. Je hebt vast de verkeerde uitgeprint.'

'Tuurlijk.' Warner snuift. 'Geef mij maar de schuld. Dat is makkelijk.'

Ik doe nog een stap achteruit. Warner en Jack zijn allebei pissig. Ik wou dat Jack dat geweer niet had. Wat als hij het op Warner richt en hem neerschiet? Ik wil niet dat deze reis met Jack in de gevangenis eindigt.

'Jullie moeten even rustig worden,' zegt Noah. In plaats van zich terug te trekken zoals ik doe, stapt hij tussen hen in. 'We komen hier nooit weg als jullie zo blijven ruziemaken.'

Ze blijven elkaar aanstaren.

'Jack.' Noah houdt zijn rechterhand uit. 'Ik denk dat je me het geweer moet geven.' Jack is stil. Hij en Noah zijn al heel lang vrienden. Ik weet dat hij Noah vertrouwt. Maar Noah vertrouwde hem ook en kijk waar dat toe heeft geleid.

'Oké,' zegt Jack uiteindelijk. Hij legt het geweer in Noahs uitgestrekte hand. 'Pak aan.'

Noah neemt het geweer aan. Hij houdt het met verrassend gemak vast, gezien het feit dat ik mijn man nog nooit een geweer heb zien vasthouden. Maar ik wist ook niet dat hij als kind ging wandelen. Misschien zijn er nog meer dingen uit zijn verleden die ik niet van hem weet.

'Laten we gaan,' zegt Noah.

En we blijven lopen.

Hoofdstuk 23

CLAIRE

We komen hier nooit meer weg.

Op een gegeven moment is het schone water op. We moeten insecten eten. Ik zal mijn kinderen nooit meer zien. We zullen hier in het bos sterven en de dieren zullen onze lichamen opeten.

Dit is de tweede dag dat we in het bos dwalen. Het begint alweer donker te worden. Hoe is het mogelijk dat we al meer dan vierentwintig uur naar deze plek zoeken en hem nog steeds niet gevonden hebben? Misschien bestaat die herberg wel helemaal niet. Dat is de enige verklaring die ik kan bedenken.

Ik stop met lopen en zoek in mijn tas naar mijn telefoon. Maar hij gaat niet eens aan, de batterij is leeg. Ik denk dat de telefoons van de rest er net zo aan toe zijn. Dus zelfs als we een plek vinden waar ontvangst is, hebben we er niets aan.

'Claire?' Noah komt naast me tot stilstand. 'Gaat het?'

'Een beetje. Niet echt.' Ik veeg met de rug van mijn hand langs mijn ogen. 'Doet jouw telefoon het nog?'

Ik hou mijn adem in als hij hem uit zijn zak haalt. Het scherm is zwart, net als dat van mij. Hij schudt zijn hoofd. 'Nee. Helemaal leeg.'

'Fantastisch,' mompel ik.

Hij werpt een blik op de anderen en praat zacht. 'Ik heb gezegd wat ik denk dat we moeten doen.'

Ik knik. Ik kan nu niet helder denken. Ik heb zo'n honger en dorst.

'Als we die plek vanavond nog niet hebben gevonden, denk ik dat we ze moeten dumpen,' zegt hij. 'Ben je het met me eens?'

Ik probeer te slikken, maar mijn keel is te droog. 'Ik ben gewoon...' Er ontsnapt een traan uit mijn rechteroog. 'Ik ben bang dat we nooit meer thuiskomen. Ik ben bang dat we de kinderen nooit meer zullen zien.'

'Claire...'

'Zeg niet dat ik me aanstel,' sis ik naar hem. 'Lindsay komt nooit meer thuis. Michelle komt nooit meer thuis.'

'Ik weet het. Ik wéét het.' Hij haalt een trillende hand door zijn haar. 'Ik ben ook bang, oké? Maar... ik ga er alles aan doen wat ik kan om thuis te komen. Dat beloof ik.'

Hij steekt zijn hand uit en pakt de mijne. Hoewel ik me vreselijk voel, is zijn handpalm tegen de mijne troostend. Ik herinner me hoe we toen we net aan het daten waren hand in hand over straat liepen. En dan draaide Noah zich naar me toe en glimlachte en ik glimlachte terug omdat ik zo blij was om bij hem te zijn.

Jack loopt een paar stappen voor ons uit. Hij kijkt even op zijn kompas en draait zich om om te zien of we hem volgen. Hij ziet dat Noah en ik elkaars hand vasthouden en kijkt nog een tweede keer.

'Jezus Christus!' zegt Warner.

Noah en ik rennen naar de plek waar de twee jongens zijn gestopt. Ik doe mijn hand voor mijn mond. Als ik iets in mijn buik had, zou ik waarschijnlijk overgeven.

Het is een wolf. Nee wacht, het is waarschijnlijk een coyote, want volgens Jack komen wolven hier niet voor. En hij is dood. Er staan agressieve klauwsporen op zijn buik en er ligt vers bloed op de grond rond het dier. De ingewanden van de coyote beginnen uit de snee te puilen.

'Wauw,' zegt Noah. Hij houdt Jacks geweer nog steeds vast en zijn vingers worden wit rond de loop.

Ik staar naar de klauwsporen op de buik. Ze doen me heel erg denken aan de klauwsporen die ik op die bomen zag.

Hoe vreselijk het ook is om naar dit beest te kijken, het enige waar ik aan kan denken is dat iets het gedood heeft. En ik wil niet de volgende zijn.

'Wat voor dier denk je dat het gedaan heeft?' zegt Warner.

Jack fronst. 'Het kan een beer geweest zijn. Misschien lokte de coyote het uit. Heeft-ie geprobeerd haar baby's te grijpen.'

'Denk je dat er hier beren zijn?' Mijn stem trilt.

'Wat heb ik nou gezegd, Claire.' Jack lijkt ongeduldig. 'Een beer valt ons niet zomaar aan. Niet uit het niets.'

'Hij viel deze coyote aan,' zeg ik.

'Ja, maar we weten niet waarom.' Hij werpt een blik op Noah. 'En hoe dan ook, we hebben een geweer om ons te beschermen.'

Om de een of andere reden voel ik me daar niet veel beter door.

'Hoe enig ik het ook vind om naar dit dode beest te staren,' zegt Warner, 'we moeten echt door. Het wordt zo donker.'

Donker. Nog een nacht in het bos, slapen op een koude, harde grond op een matras van bladeren, met muggen die zich tegoed doen aan mijn blote huid, en gejank in de verte. Ik kan niet veel meer verdragen.

Noah slaat zijn arm om mijn schouders. Hij trekt me dicht tegen zich aan en fluistert in mijn oor: 'Ik beloof dat ik je naar huis breng.'

Ik wou dat ik hem kon geloven.

Hoofdstuk 24

CLAIRE

We brengen nog een nacht in het bos door.

We weten nu tenminste wel wat we moeten doen. We zoeken een open plek met vlakke grond. We sprokkelen hout om een vuur te maken en verzamelen bladeren om provisorische bedden van te maken. We hebben een grotere beek gevonden met minder modderig water, dus we hebben in ieder geval genoeg te drinken. Maar de voedselvoorraden zijn extreem laag. Morgenochtend hebben we genoeg voor het ontbijt, maar daarna...

Dat is het.

Wat gaan we doen als we geen eten meer hebben? Wat als we verhongeren in dit bos? Ik weet dat het lang duurt om te verhongeren, maar het lijkt niet meer zo'n heel onzinnig idee. Wat als ik niet thuiskom bij Emma en Aidan? Wat moeten ze dan zonder mij?

'Als je kon schieten, Jack, dan hadden we wat meer te eten,' moppert Warner terwijl hij twijgen en takken gaat verzamelen.

Jack hapt niet toe. Noah heeft het geweer de hele dag bij zich gedragen. Als dat niet zo was, was er misschien nog iemand dood.

Hoewel het overdag warm is, wordt het 's nachts erg koud. Mijn tanden klapperen, zelfs met Jacks trui aan. Ik blijf even op de open plek staan, mezelf omhelzend, wensend dat het vuur al aan was. Maar er is geen tijd om te blijven hangen. Als ik niet meehelp, is er geen vuur.

'Hé.' Jack pakt mijn arm als ik verder het bos in wil gaan om brandhout te halen. Ik had niet eens door dat hij achter me stond. 'Ik moet met je praten, Claire.'

Ik sta stil en draai me om om hem aan te kijken. Zoals ik al zei, ik heb Jacks ruige uiterlijk altijd aantrekkelijk gevonden. Dat warrige haar, die scheve lach. Het was zo sexy als hij in mijn keuken stond te timmeren. De waarheid is dat ik hem niet alleen leuk vond op school. Ik ben de afgelopen vijftien jaar een klein beetje verliefd op hem geweest. Maar toen Noah en ik gelukkig waren samen, was het niet iets waar ik me mee bezighield.

Op dit moment weet ik niet hoe ik me moet voelen. Toen we bij dat benzinestation waren, kon ik alleen maar denken aan hem kussen. En de week met hem doorbrengen in mijn eigen kamer. Nu moet ik er niet aan denken om met Jack te rotzooien. Het enige waar ik aan kan denken is thuiskomen bij mijn kinderen. Ik heb er absoluut geen behoefte aan om hem te kussen, en als hij het zou proberen, zou ik hem wegduwen.

Maar het wordt al snel duidelijk dat Jack op dit moment ook niet van plan is om mij te zoenen. 'Er is iets geks aan de hand,' zegt hij.

'Wat bedoel je?'

'Ik bedoel...' Hij wijst naar de lucht. 'Gisteravond was het bewolkt en kon ik de sterren niet zien. Maar vanavond zie ik ze allemaal. En ik weet bijna zeker dat dat Polaris is.'

Ik snap het niet. Waarom vertelt hij me over astronomie? 'O. Oké.'

Hij reikt in zijn zak en haalt het kompas tevoorschijn dat hij gebruikt heeft om ons de weg te wijzen tijdens deze trip. 'Polaris is het noorden. Maar kijk waar het kompas naar het noorden wijst.'

Ik kijk naar beneden naar het kompas. Het wijst niet alleen niet naar het noorden, maar zelfs in de tegenovergestelde richting. Het kompas zit ernaast. Net als Noah zei.

'Is dit de eerste keer dat je merkt dat het niet klopt?'

'Dat is het hem juist.' Hij schudt zijn hoofd. 'Het is niet altijd verkeerd. Gebaseerd op waar de zon staat, was het vanmorgen zeker goed. Ik begin te denken…' Hij fronst. 'Ik heb het gevoel dat we misschien in cirkels lopen.'

Het is hetzelfde als wat Noah zei. Ik raak in paniek. Dit klinkt niet goed. Het begint te voelen alsof we nooit de weg uit dit stomme bos zullen vinden. Ik kom nooit meer thuis.

'Hoe kan dat?' zeg ik.

'Het enige wat ik kan bedenken…' Hij gaat een beetje zachter praten. 'Is dat Noah of Warner een magneet heeft.'

'Wat?'

'Een magneet zou het kompas verstoren, omdat het werkt op basis van het magnetische veld van de aarde.' Hij kijkt omlaag naar het cirkeltje in zijn hand. 'Als je een sterkere magneet hebt, werkt het kompas niet. En bovendien verandert het van richting op basis van waar de magneet zich bevindt.'

'En jij denkt…' Ik haal een paar keer diep adem. 'Jij denkt dat Noah of Warner een magneet heeft?'

'Het is de enige verklaring die ergens op slaat.' Hij schraapt zijn keel. 'Tenzij jij het bent.'

Mijn wangen branden. Hij maakt een grapje. Hij maakt absoluut een grapje, maar ergens denk ik dat het misschien geen grapje is. 'Waarom zou iemand dat doen?'

Hij haalt zijn schouders op. 'Wie weet. Warner spoort niet. Het zou me niks verbazen. En…' Hij kijkt even achter zich. 'Weet je nog dat ik zei dat mijn vriend Buddy medisch directeur is van het ziekenhuis waar hij werkt, St. Mary's?'

'Ja…'

'En hij zei dat hij Buddy kent?'

Ik schuifel van de ene voet op de andere. 'Ik denk het wel…'

'Nou, het zit zo…' Zijn vingers kneden zijn hoofdhuid. 'Ik had het mis. Buddy werkt in St. Elizabeth's. Niet St. Mary's. Dus Warner kan hem nooit kennen als hij echt in St. Mary's werkt.'

Mijn hart bonkt in mijn borstkas. 'Wat zeg je?'

'Ik denk dat Warner tegen ons gelogen heeft over waar hij werkt.' Jack vouwt zijn armen over zijn borst. 'Wie weet of hij überhaupt wel dokter is?'

'Ik weet niet wat ik moet zeggen.' Ik bijt op mijn lip. 'Misschien zei hij alleen dat hij je vriend kende om aardig te zijn.'

'Doe niet zo naïef, Claire.' Hij gaat nog een beetje zachter praten. 'Ik ga Noah mijn geweer terugvragen.'

'Vertrouw je Noah niet?'

Hij is even stil. 'Op dit moment vertrouw ik niemand.'

Oei.

'En Michelle dan?' flap ik eruit.

'Wat bedoel je?'

Ik kijk naar de grond. Mijn sneakers waren bijna wit aan het begin van deze trip en nu zijn ze aangekoekt met vuil. Je kunt niet eens zien welke kleur ze hadden. 'Het is gewoon dat je heel klef met haar deed. Dat verbaasde me. En toen ze verdween, was je...'

'Wat bedoel je, Claire?' Hij knippert met zijn ogen naar me. 'Michelle is mijn vróúw. En voor zover ik weet, kan ze wel dood zijn. Vind je echt dat ik me ongepast heb gedragen?'

'Je zei dat je huwelijk een schijnvertoning was.' Hij heeft het zo vaak gezegd dat de woorden in mijn geheugen gegrift staan. 'Maar daar leek het niet op.'

Hij fronst. 'Je doet alsof Michelle het verdiend heeft dat haar iets is overkomen.'

'Ik heb nooit gezegd...'

'Weet je,' onderbreekt hij me, 'zij is de enige die in me geloofde toen ik voor mezelf wilde beginnen. Als zij er niet was geweest, God weet wat ik nu zou doen.'

Ik hap naar adem. 'Dus je hebt de hele tijd tegen me gelogen?'

Ik verwachtte dat Jack in de verdediging zou schieten, maar in plaats daarvan knijpt hij zijn ogen samen en kijkt naar me. 'Je hebt wel lef, Claire.'

En op dat moment dringt de waarheid over mijn affaire met Jack tot me door. Het was allemaal een leugen. Hij wilde nooit echt een punt achter zijn huwelijk met Michelle zetten. Hij hield van Michelle. Hij vertelde me alleen wat hij dacht dat ik wilde horen.

Jack is niet de man die ik dacht dat hij was. Hoe heb ik zo'n verschrikkelijke fout kunnen maken? Ik kan niet geloven dat ik bijna dood moest gaan om dat te beseffen.

Ik trek zijn sweatshirt over mijn hoofd. Het zit onder het vuil en zweet, maar dat is niet waarom ik het niet meer wil. 'Hier. Neem maar terug.'

Hij heft zijn handen. 'Het is hier ijskoud. Hou het.'

Hij heeft gelijk. Ik krijg meteen kippenvel op mijn armen. Maar ik heb het liever koud dan dat ik het sweatshirt weer aantrek. 'Nee, dank je.'

'Claire...'

'Ik zeg dat ik het niet wil.'

Hij neemt het sweatshirt terug en rukt het ruw uit mijn handen. 'Prima. Als het zo moet.'

Hij loopt bij me vandaan, het shirt in zijn rechterhand geklemd. Mijn tanden klapperen terwijl ik hem zie gaan.

Hoofdstuk 25

CLAIRE

Gisteravond zaten we met z'n vijven rond het vuur. Vanavond zijn we met zijn vieren.

We praten nauwelijks. Jack prikt met een stok in het vuur om het aan de gang te houden. Het vuur schiet oranje vonken af en de geur van verbrand hout doet me verlangen naar geroosterde marshmallows. Of eigenlijk naar alles wat geen droge worst of studentenhaver is.

Ik moet denken aan het slecht werkende kompas in Jacks zak. Heeft hij gelijk dat iemand een magneet heeft meegenomen om de richting te veranderen? Het zou zeker verklaren waarom we rondjes lopen.

Maar waarom zou iemand dat doen?

Noah duwt met zijn voet tegen mijn voet. 'Je ziet eruit alsof je het ijskoud hebt, Claire.'

'Ik b-ben oké.'

Oké, mijn tanden klapperen misschien een beetje.

Hij trekt een wenkbrauw op. 'Wat is er gebeurd met het sweatshirt dat je droeg?'

'Ik, eh...' Ik werp een blik op Jack, wiens aandacht bij het vuur is. 'Ik had het niet meer nodig, dus ik heb het teruggegeven.'

'Maar je hebt het koud.'

Ik heb het niet meer zo koud als voordat we het vuur maakten. De warmte die afstraalt verwarmt mijn vingers en voeten, hoewel mijn rug nog steeds koud aanvoelt en ik nog steeds kippenvel op mijn armen heb. 'Ik ben oké.'

Noah kijkt me even aan en trekt dan zijn hoodie uit. 'Hier, neem die van mij.'

'Maar dan heb jij geen trui meer!'

'Ik heb het nooit koud.' Hij klopt op zijn buik. 'Ik heb genoeg natuurlijke isolatie.'

Ik weet niet waar hij het over heeft. Ik heb minstens zoveel 'isolatie' als Noah, waarschijnlijk meer. Maar ik neem zijn sweatshirt aan en sla het om me heen. Ook al heeft hij al minstens een dag niets gebruikt, het ruikt naar zijn aftershave.

'Dank je,' zeg ik.

Hij knippert met zijn hazelnootkleurige ogen. 'Geen probleem. Maar je ziet er nog steeds koud uit.'

'Nou,' zeg ik zacht, 'misschien kun jij me een beetje opwarmen.'

'Ik kan het proberen...'

Hij steekt zijn rechterarm uit en ik kruip tegen hem aan. Voor het eerst sinds we hier zijn, voel ik me warm en veilig in zijn omhelzing. Ik kan me de laatste keer dat Noah me zo vasthield niet herinneren. De spanning van de dag vloeit in ieder geval een beetje uit me weg.

'Weet je nog toen Aidan zes maanden was en de stroom uitviel?' vraagt hij zacht.

Ik sta mezelf toe te glimlachen. 'Ja. Het was zo koud in huis. We kropen met z'n drieën onder een deken en probeerden samen warm te blijven.'

Noah drukt me steviger tegen zich aan. Ik mis de kinderen vreselijk, maar tot nu toe had ik niet beseft hoezeer ik mijn man miste. Zoals hij vroeger was. Zoals *wíj* vroeger waren.

'Verdomme, Jack.' Warners stem onderbreekt mijn gedachten. 'Wil je kappen met in het vuur te porren?'

'Wil je dat het uitgaat?' Jack draait zich om en staart naar Warner. 'Krijg jij het weer aan de gang als dat gebeurt?'

Warner rolt met zijn ogen. 'Doe niet zo dramatisch.'

Jack is even stil terwijl hij het vuur aanwakkert. 'We hadden Michelle moeten blijven zoeken.'

Warner kreunt. 'Niet weer...'

'Niemand van jullie geeft genoeg om haar om te blijven zoeken.' In het licht van het vuur worden Jacks wangen roze. 'Jullie hebben haar allemaal in de steek gelaten. Niemand boeide het wat.'

'Dat is niet waar,' zegt Noah zachtjes.

Jack snuift. 'Alsjeblieft. Jullie hebben allemaal de pest aan Michelle.'

Ik voel mijn gezicht branden. Ik haatte Michelle. Ik herinner me de eerste keer dat ik haar ontmoette, toen Jack haar meenam naar een etentje met mij en Noah. De meeste eerdere vriendinnen van Jack waren lieve, leuke, sprankelende meisjes, dus Michelle kwam als een schok. Ze was al een beetje ouder. En ze was zo serieus en beheerst. Haar gitzwarte haar was ingewikkeld opgestoken en ze droeg een smaakvolle witte blouse en kokerrok. Wat me ook verbaasde aan Michelle was dat ze niet zoals de anderen aan Jacks lippen hing. Het was het tegenovergestelde. Telkens als zij haar mond opendeed, staarde hij haar aan alsof ze een beroemdheid was.

Tegen het einde van de maaltijd verontschuldigde Michelle zich om naar het toilet te gaan en liet ons alleen met Jack. Ik moest ook naar het toilet, maar ik stond er niet om te springen om met Michelle alleen te zijn. In die zin is er in de loop der jaren niet veel veranderd.

Is ze niet geweldig? vroeg Jack gretig, terwijl ze weg was.

Noah en ik wisselden een veelbetekenende blik uit. *Geweldig,* papegaaide hij.

Natuurlijk konden we Jack nooit vertellen dat we dachten dat Michelle niet de juiste voor hem was.

Maar we konden ook niet wachten tot het uitging.

Maar het ging niet uit. Plotseling gingen ze trouwen, ook al had Jack altijd gezworen dat hij pas op zijn veertigste wilde trouwen. Maar het was niet allemaal vreselijk. Dankzij Michelles lucratieve baan konden ze zich een levensstijl veroorloven die Jack in zijn eentje nooit had kunnen betalen.

'Ik haatte Michelle niet,' lieg ik.

'Ik ook niet,' zegt Noah. Ik veronderstel dat het in zijn geval minder een leugen is. Hij heeft nooit echt een reden gehad om haar te haten.

Warner haalt zijn schouders op. 'Ik kende haar niet eens.'

'Precies!' Jacks hand balt zich tot een vuist. 'Níémand van jullie kende haar. Jullie gaven niks om haar. Als jullie haar kenden, hadden jullie haar nooit in de steek gelaten.'

'Hé, ik snap het hoor,' zeg ik. 'Ik wilde Lindsay ook niet achterlaten, weet je nog?'

'Lindsay was dood!' snauwt Jack. 'We konden niets doen! Dit was compleet anders!'

Ik heb Jack nog nooit zo overstuur gezien. Noah houdt me nog steviger vast.

'Hou jezelf niet voor de gek,' zegt Warner. 'Michelle is ook dood. Die zogenaamd briljant advocate was te dom om te weten dat ze niet alleen de bossen in moest gaan. En toen heeft een wild beest haar te grazen genomen.'

Jacks gezicht is nu bijna paars. 'Dat neem je terug.'

'Nee. Het is waar.' Hij haalt zijn schouders op. 'Ik accepteer tenminste dat mijn vriendin dood is. Jij ontkent het compleet.'

Jack krabbelt overeind. Nog voor ik doorheb wat hij doet, zie ik hem bukken en iets pakken wat naast Noah ligt. Binnen een seconde zie ik dat hij naar het geweer grijpt.

Maar Noah is te snel voor hem. Hij legt zijn hand beschermend over het geweer. 'Jack, nee.'

'Geef het geweer, Noah.'

'Absoluut niet.'

'Geef me verdomme het geweer, Noah!'

Maar Noah schudt alleen zijn hoofd.

Even ben ik bang ben dat Jack erom gaat vechten. Wat als een van hen hier wordt neergeschoten? Wat moeten we dan doen? Warner is arts, maar hij kon Lindsay niet redden. Als een van ons een ernstige schotwond zou oplopen, zou dat het einde betekenen.

'Ik ga even wandelen,' zegt Jack uiteindelijk. Noah knikt. 'Goed plan.'

Jack werpt nog een laatste blik op het geweer en stampt dan het bos in. Ik kijk toe hoe hij tussen twee bomen verdwijnt en weet niet meer of ik bang ben of dat ik hoop dat hij niet meer terugkomt.

'Die vriend van je is echt gestoord,' mompelt Warner.

Ik had gedacht dat Noah iets zou zeggen om zijn beste vriend te verdedigen, maar hij houdt zijn mond dicht.

'En hij niet alleen.' Warner fronst. 'Die Michelle leek me echt een eersteklas bitch. Niet dat ik haar echt kende of zo, maar je weet het gewoon.'

'Niet echt.' Noah haalt een schouder op. 'Zo erg was ze niet. Ze had gewoon... Zij en Jack hadden problemen.'

Ik kijk naar Noah, verbaasd dat hij Michelle verdedigt, aangezien hij haar nooit echt heeft gemogen. Maar ja, als hij echt denkt dat ze dood is, is het niet gepast om over haar te roddelen.

'Morgen moeten we naar het noorden,' zegt Warner. 'We moeten de zon volgen, niet dat kapotte kompas dat ons rondjes laat lopen. De herberg ligt in het noorden. Dat weet ik. Als we naar het noorden gaan, komen we vanzelf iets tegen.'

Noah knikt. 'Klinkt goed.'

Voor het eerst die dag voel ik een sprankje hoop. Het lag duidelijk aan het kompas. Als we de zon volgen, komen we bij de herberg.

'Ik ga proberen wat te slapen,' kondigt Warner aan. 'Ik ben in mijn hele leven nog nooit zo moe geweest.'

'Ik ook,' zeg ik. Ik gaap en het slaperige gevoel dat ik krijg, doet bijna pijn. Mijn oogleden voelen aan als lood. Dat komt vast door al het lopen. 'Ik kan mijn ogen niet openhouden.'

Ik kijk naar Noah en vraag me af wat er nu gaat gebeuren. Afgelopen nacht hoefden we het niet te hebben over of we wel of niet naast elkaar zouden slapen. We sliepen apart, zoals altijd. Maar nu is er iets veranderd. Ik wil hem naast me. Ik wil zijn armen om me heen terwijl we wegdromen.

Ik ga op mijn geïmproviseerde bed van bladeren liggen. Noah aarzelt even en gaat dan naast me liggen. Hij slaat zijn arm om me heen en trekt me dicht tegen zich aan. Ondanks alles wat er nu aan de hand is, krijg ik een vredig gevoel. Ik heb dit zo gemist.

Ik hou van je. De woorden liggen op het puntje van mijn tong. Ik heb dat al zo lang niet meer tegen Noah gezegd. Vroeger zeiden we het altijd. Zo eindigden we elk telefoongesprek. We zeggen het nooit meer. Dit is de eerste keer in jaren dat ik de drang voel. Het enige wat me tegenhoudt is Warner die een paar meter bij ons vandaan ligt.

Noah trekt me dichter tegen zijn warme lichaam aan. Het vuur vervaagt terwijl mijn ogen dichtvallen. Ik ben zo moe. Het moet al het lopen zijn. Het voelt alsof ik dagen zou kunnen slapen.

En ik slaap heel lang. Het enige dat me uiteindelijk wakker maakt, is het geluid van geweerschoten.

Hoofdstuk 26

ANONIEM

De regels in ons huis waren erg streng.

Het avondeten was elke avond stipt om zes uur. Je at je bord leeg, of anders. Na school meteen naar huis. Elke zondagochtend kerk. Alleen in het weekend een halfuur televisie, en helemaal geen televisie als er regels werden overtreden. En elke avond voor het slapengaan keek mijn moeder toe als ik mijn gebeden opzei:

Ik ga slapen, ik ben moe.
Sluit mijn beide oogjes toe.
Here, houdt ook deze nacht
Over mij getrouw de wacht.
Amen.

Als de regels werden overtreden, had dat consequenties. Als mijn vader er was, was dat meestal iets redelijks. Geen toetje. Vroeg naar bed. Maar als hij er niet was, waren de straffen creatiever.

Toen ik op een dag thuiskwam, ik was twaalf, betrapte mijn moeder me met kauwgom in mijn mond. We waren net naar een nieuwe school overgestapt en ik deed mijn best om vrienden te maken. Een van de kinderen had me op school een stuk kauwgom gegeven en ik kauwde er de hele weg naar huis op. Ik was van plan om het bewijs weg te gooien zodra ik thuis was, maar mijn moeder was in de woonkamer aan het stofzuigen en betrapte me.

'Wat denk jij dat je aan het doen bent?' siste ze naar me.

Ik had het gewoon moeten uitspugen en sorry zeggen. Maar ik was dom.

'Alle andere kinderen op school mogen kauwgom kauwen.'

'Al je criminele vriendjes, bedoel je?'

'Het is niet eerlijk,' mompelde ik zacht.

'Eerlijk?' Mijn moeder duwde de stofzuiger opzij en knipperde met haar ogen. 'Wil je het hebben over wat eerlijk is? Vind je het eerlijk dat ik hier met jou opgescheept zit terwijl je vader weg is...'

Ik zei verder niets. Het was tijd om zwijgen.

'Kauwgom.' Mijn moeder stak haar hand voor mijn lippen uit. Ik spuugde de smaakloze kauwgom in haar handpalm. 'Goed zo. En nu naar buiten om God vergiffenis te vragen voor wat je gedaan hebt.'

'Naar buiten?'

Het was januari. Een van de koudste dagen van het jaar. Ik had net een halfuur gelopen om thuis te komen en ik kon mijn tenen amper voelen in mijn gympen. Ik wilde niet weer naar buiten.

'Ja.' Ze keek me aan. 'Je gaat niet naar je kamer met al je spelletjes en boeken. Naar buiten. Nu.'

'Maar –'

'Als je me tegen wilt spreken, dan kan ik ook je jas afpakken. Met liefde.'

Ik twijfelde er niet aan dat ze dat zou doen.

Ik sjokte naar de achtertuin. Daar was het nog kouder dan op straat. Sommige buren hadden schommels of speeltoestellen in de achtertuin, maar ik had niets. Niet eens een fiets. De achtertuin bestond eigenlijk alleen maar uit de bessenstruiken van mijn moeder.

Ik had honger, maar de struiken waren nu kaal. Ik wreef over mijn armen in een poging warm te blijven. Ik jogde op mijn plaats, wat een beetje hielp, maar het maakte mijn vingers, tenen of oren niet minder bevroren.

Ik liep naar het kleine houten kruis in het midden van de tuin. Daar was Snowball begraven nadat ze vorig jaar was gestorven. Mijn moeder had op haar knieën zitten huilen. Ik vroeg me af of ze ook zo zou huilen als mij iets zou overkomen. Ik kon het me niet voorstellen.

Ik wachtte en wachtte. Na een kwartier was ik er zeker van dat ze me terug zou roepen. Maar dat deed ze niet. De zon ging onder en ik stond daar nog steeds. Wachtend.

Ik was drie uur buiten. Uiteindelijk liet ze me binnen voor het avondeten. Tegen die tijd waren mijn vingers en tenen en de punten van mijn oren knalrood en kon ik ze niet meer voelen. Ik was bang dat ze bevroren waren en ik naar een dokter moest. Ik las ooit een verhaal over een man die bevriezingsverschijnselen had opgelopen toen hij verdwaald was in een sneeuwstorm.

Ik hield mijn vingers onder de warme kraan, maar het gevoel kwam niet terug. Mijn moeder keek naar me en klikte ongeduldig met haar tong. Ze torende nog steeds boven me uit. Ik was het kleinste kind van mijn klas. De meeste mensen dachten dat ik drie of vier jaar jonger was dan ik was.

'Ik zei dat het etenstijd is,' zei ze. 'Als je niet mee wilt doen, kun je terug naar buiten gaan.'

'Ik voel mijn vingers niet.' Ik probeerde een vuist te maken met mijn rechterhand. Ze bewogen, maar langzamer dan ik wilde. 'Ik moet naar de dokter.'

Ze snoof. 'Doe niet zo belachelijk. Ga gewoon eten.'

'Wat eten we?' vroeg ik.

'Ben ik soms je bediende?' Ze kneep haar ogen samen en keek me aan. 'Je kunt toch je eigen eten maken?'

Het had me niet moeten verbazen. Als mijn vader er was, aten we goed. Zijn favoriete eten was karbonade met appelmoes. Hij was ook dol op de lasagne van mijn moeder. Maar als hij er niet was, moest ik meestal voor mezelf zorgen.

Ik liep weg van het aanrecht en ging naar de koelkast. Van mijn moeder mocht ik het fornuis niet gebruiken, dus mijn keuzes waren beperkt. Ik haalde er een brood en wat pindakaas uit. Mijn vingers werkten niet mee, maar het lukte me om een boterham met pindakaas te maken. Ik liet het mes maar twee keer vallen.

De volgende dag zaten er blaren op mijn handen en voeten. Toen ik naar school ging, hoopte ik dat de juf het zou merken en me naar de schoolverpleegster zou sturen, zodat iemand er naar kon kijken zonder dat ik in de problemen zou komen. Maar het viel niemand op. Dat was geen verrassing, want mijn lerares had over haar hele neus gesprongen adertjes en rook 's ochtends naar alcohol.

Het kwam uiteindelijk goed met mijn vingers. Het gevoel kwam terug en de blaren genazen. Je kunt niet eens meer zien waar ze zaten.

Toen ik twee dagen later mijn favoriete T-shirt uit de lade van mijn kast haalde, ontdekte ik dat er een oud stuk kauwgom aan het shirt kleefde dat er al dagen zat. Ik kreeg het er niet af.

Hoofdstuk 27

CLAIRE

'Wat was dat?'

Ik kom overeind, mijn hart bonst. De zon begint net boven de horizon uit te komen, helder genoeg om Noah naast me te zien slapen. Maar als ik opkijk over het uitgebluste vuur van gisteravond, ontdek ik dat de andere twee leden van ons gezelschap weg zijn.

'Noah.' Ik schud aan zijn schouder. 'Wakker worden...'

Noah kreunt en wrijft met zijn handen in zijn ogen. Net als ik draagt hij al twee dagen dezelfde kleren en hij heeft bijna een echte baard. 'Wat? Wat is er?'

'Ik hoorde een schot.' Ik druk mijn knieën tegen mijn borst. 'En Jack en Warner... Ze zijn weg.'

'Een schot?' Noah fronst. 'Maar ik heb...' Zijn hand gaat naar de grond naast hem, maar raakt alleen stof. 'Shit.'

Ik knijp mijn handen samen. Ik heb absoluut een schot gehoord. Maar ik weet niet waar het vandaan kwam. Waar zijn Jack en Warner? En wie van hen heeft het geweer?

Er klinkt geritsel vanuit de struiken rechts van ons. Noah en ik wisselen een blik. Ik slik. 'Moeten we... ze gaan zoeken?'

Hij schudt zijn hoofd. 'Ik ga wel kijken. Jij blijft hier.'

'Echt niet.' Ik ril in Noahs hoodie. 'Ik blijf niet alleen achter.'

'Claire...'

'Als jij gaat, ga ik ook.'

'Prima,' zucht hij. 'Maar... loop achter me.'

We staan op, vegen het vuil zo goed mogelijk van onze kleding en lopen in de richting van het ritselende geluid. Ook al hopen we Jack of Warner te vinden, het betekent niet dat zij het zijn die de geluiden maken. Het kan een wild dier zijn. Misschien lopen we op iets heel gevaarlijks af.

Het bos is relatief stil, op het geluid van enkele tsjilpende vogels na. Ik kijk voor me uit, maar hou ook de grond in de gaten om er zeker van te zijn dat ik niet struikel, zoals Michelle. Als ik mijn enkel verstuik, wat gebeurt er dan met me? Laten ze me dan achter? Ik denk niet dat Noah dat zou doen, maar ik wil er niet achter komen.

Noah duwt zijn bril omhoog op zijn neus terwijl hij in de verte tuurt. 'Ik zie iemand.'

'Wie?'

'Ik denk... Ik denk dat het Jack is.'

Ik probeer over Noahs schouder te kijken, maar hij heft zijn hand om te gebaren dat ik achter hem moet blijven. Ik tuur in de verte en kan nog net het silhouet van Jack zien. Ik ben opgelucht. Hij leeft in ieder geval nog.

'Jack!' roept Noah.

Even is er alleen maar stilte. Maar dan draait het Jack-achtige figuur zich onze kant op. Het is hem. En hij heeft het geweer in zijn hand.

En Warner is nergens te bekennen.

'Jack!' roept Noah nog een keer terwijl hij zijn hand opsteekt.

Jack zwaait terug. Hij loopt terug in onze richting, licht hinkend op de ongelijke grond. Ook ik strompel. Mijn voeten zijn een en al blaar. Ik durf er niet eens naar te kijken.

Pas als Jack dichterbij komt, zie ik de rode vlekken.

De knieën van zijn spijkerbroek zijn donkerrood. Ook op zijn handen zitten vlekken. Het zou valse hoop zijn om te denken dat hij in een frambozenstruik of iets dergelijks is gevallen. Die vlekken betekenen maar één ding.

'Jack,' hijgt Noah. Hij doet een stap achteruit. 'Jij... Wat is dat op je handen en je broek?'

Jack steekt zijn handen uit, die ook dezelfde rode kleur hebben. 'Het is niet wat je denkt.'

'Waar is Warner?' vraag ik.

Jack schudt zijn hoofd. 'Ik weet het niet.'

Ik slik en kijk naar het geweer in zijn hand. 'Ik hoorde een schot.'

Jack is even stil. Uiteindelijk gaat hij op de grond zitten en legt zijn hoofd op zijn knieën. Ik hoor hem zachtjes iets mompelen.

'Jack.' Noah legt een hand op zijn schouder. 'Wat is er gebeurd?'

Hij kijkt op. 'Sorry dat ik het geweer pakte, Noah. Ik deed het alleen omdat Warner ineens weg was en ik hem wilde gaan zoeken. Het boeit me niet wat hij doet, maar hij heeft de kaart. Dus...'

'Heb je hem neergeschoten?' flap ik eruit.

Jacks mond valt open. 'Nee! Natuurlijk niet. Hoe kun je dat nou denken?'

Omdat hij een geweer vasthoudt, ik een schot hoorde en hij onder het bloed zit? Ik wissel een blik met Noah.

Jack haalt een trillende hand door zijn haar. 'Ja, ik heb geschoten. Maar alleen omdat ik dacht dat ik een coyote zag.'

'Zijn die niet altijd in een roedel?' vraag ik.

'Niet altijd,' mompelt Jack. 'Hoe dan ook, het dier ging ervandoor nadat ik had geschoten. Maar toen gleed ik uit over iets nats op de grond. Het was...' Hij kijkt naar de donkerrode vlekken op zijn handen. 'Het is net als toen Michelle verdween...'

Noahs gezicht wordt een tint bleker, maar ik kan zien dat hij probeert niet te laten merken dat hij geschokt is. Ik heb echter het gevoel dat ik moet overgeven. Als er iets in mijn maag zou zitten, zou ik dat waarschijnlijk ook doen.

'Misschien is het niet van Warner,' zegt Noah. 'Misschien is het een dier.'

'Misschien,' mompelt Jack.

Noah kijkt in de richting van waar Jack vandaan kwam. 'Kun je het laten zien?'

Ik wil geen grote plas bloed zien. Maar als we Warner willen vinden, moeten we weten wat ons te wachten staat. En ik ben niet van plan om achter te blijven terwijl de jongens in de verte verdwijnen. Dus volg ik Jack met tegenzin als hij ons naar de plek waar hij het bloed zag leidt.

Hij maakte geen grapje. Er ligt vreselijk veel bloed op de grond, nog meer dan gisteren. Karmijnrode druppels bevlekken elk grassprietje. Er is geen twijfel mogelijk over wat het is.

Dan kijk ik naar de boom die het dichtst bij ons staat. Er zitten vijf diepe sneden in het hout. Net klauwsporen.

Ik sluit mijn ogen en probeer me voor te stellen wat al dat bloed op de grond kan hebben veroorzaakt. Is het Warners bloed? Als dat zo is, wat is er dan met hem gebeurd? Heeft de coyote die Jack zag hem te pakken gekregen en hem meegesleurd?

Maar het kan geen coyote zijn. Een coyote zou te klein zijn om iemand zo groot als Warner mee te nemen. En het zou niet die enorme klauwafdrukken in de boom achterlaten. Als het een dier is dat Warner dit heeft aangedaan, dan was het iets veel groters dan een coyote.

Ik moet steeds denken aan Emma's woorden toen ze me smeekte om niet op reis te gaan. *Ik droomde dat een monster je opat.*

Ik wou dat ik naar mijn dochter had geluisterd. Ik krijg een brok in mijn keel. Ik hoop zo dat ik haar terug zal zien.

Jack staart naar de plas bloed, met nog steeds die afstandelijke blik in zijn ogen. Er is ook nog een andere mogelijkheid, natuurlijk. Ik hoorde een schot. Misschien schoot Jack niet op een coyote. Misschien schoot Jack op Warner.

Als dat zo is, had hij net genoeg tijd om het lichaam te verbergen tussen het schot en het moment dat we hem vonden.

'We moeten Warner zoeken,' zegt Noah. 'Als een dier hem heeft aangevallen, ligt hij misschien ergens, zwaargewond.'

'Ja,' zegt Jack, maar er zit geen overtuiging in zijn woorden. Ik weet hoe hij zich voelt. Gisteren hebben we Michelle niet gevonden en ik geloof niet dat we nu Warner zullen vinden. Het is een verspilling van onze tijd en energie. We moeten ons concentreren op het vinden van hulp.

Wat er met Michelle is gebeurd, is nu ook met Warner gebeurd. Hij is weg.

En we zullen misschien nooit weten wat er met hem gebeurd is.

Hoofdstuk 28

CLAIRE

We zoeken een uur naar Warner. Dat wil zeggen, eigenlijk zijn we op zoek naar de kaart. Als we die ergens in de modder zouden vinden, dan staken we de zoektocht waarschijnlijk meteen.

Ik blijf de hele tijd bij Noah in de buurt. De gedachte om in mijn eentje te verdwalen is te vreselijk om te bevatten. Jack is in zijn eentje op pad, maar alle drie blijven we in de buurt van het kamp dat we hebben opgezet.

'Warner!' roept Noah. Hij heeft zijn naam al zo vaak geroepen dat zijn stem schor begint te worden. Het gebrek aan water helpt niet. 'Warner!'

Geen antwoord.

'Jezus,' mompelt Noah terwijl hij neerploft op een grote rots. Hij veegt zweetdruppels van zijn voorhoofd. 'Het wordt warm, hè? Ik denk niet dat we hem zullen vinden. We moeten Jack zoeken en doorgaan.'

'Ja.'

De zon is opgekomen aan de hemel en vertelt ons welke kant het oosten is. We zoeken uit waar het noorden is en gaan dan in de richting van de herberg. We hebben dan wel geen kaart, maar we zullen vast iets tegenkomen.

'Noah?' zeg ik.

'Hm?'

'Denk je…' Ik schraap mijn keel en kuch. 'Denk je dat Jack de waarheid vertelt over dat hij op een coyote heeft geschoten?'

Noah kijkt me aan en knippert met zijn ogen. 'Vraag je nou of ik denk dat Jack Warner heeft vermoord?'

'Nee...'

Hij is even stil en kijkt naar de lucht. 'Luister, ik weet dat Jack en Michelle pas nog heel klef deden, maar hij wilde kappen met dat huwelijk. Hij wilde niets liever.'

Ik kuch in mijn hand. 'Echt?'

Noah knikt plechtig. 'Hij voelde zich vreselijk. Hij bleef maar zeggen dat hij niet wist hoe ze was toen hij met haar trouwde. Hij wist dat hij een fout had gemaakt. En hij bedroog haar. Niet een eenmalig slippertje, maar consequent.'

Ik wend mijn blik af. 'O, ik... Ik had geen idee.'

'Ja.' Hij zucht. 'Maar wat kon hij anders? Ze is de beste echtscheidingsadvocaat van de staat. Hij wilde niet alles kwijtraken.'

Ik sla een hand voor mijn mond. 'Wat bedoel je, Noah?'

Hij kijkt om zich heen. 'Ik bedoel helemaal niets. Ik denk gewoon dat dit alles wel erg goed uitkwam. Hij neemt een geweer mee. Michelle verdwaalt in het bos, ook al heeft ze een verstuikte enkel. Als Michelle voor altijd zou verdwijnen, zou hem dat niet slecht uitkomen.'

'Maar Warner dan?'

Noah haalt diep adem en gaat zachter praten. 'Warner heeft me gisteren iets verteld. Ik vind dat je het moet weten.'

Mijn benen voelen plotseling als pudding. Wat hij ook gaat zeggen, ik weet niet of ik het wel wil horen.

'De nacht dat Michelle verdween,' zegt Noah, 'zag Warner hem met Michelle het bos ingaan.'

'Wát?'

Ik heb het gevoel dat ik stik. Ik laat mezelf op mijn knieën op de grond zakken. Ik voel me duizelig. Wat Noah zegt kan onmogelijk waar zijn. Maar toch...

Jack wilde uit zijn huwelijk stappen. Dat is een feit. Ondanks ons gesprek van gisteren geloof ik niet hij daarover loog. Hij heeft een keer gezegd dat hij onpasselijk werd bij de gedachte om de komende dertig jaar getrouwd te zijn met 'die vrouw'.

Soms denk ik dat het de moeite waard zou zijn. Om alles kwijt te raken alleen maar om van haar af te zijn.

Misschien was dit reisje een uitgekookt plan om precies dat te doen. En misschien wist hij dat Warner hem had gezien en moest hij ook van hem af. En het komt allemaal zo goed uit. Hier zijn we dan, verdwaald in het bos dankzij Jacks defecte kompas. Een van ons zou zo door een dier gegrepen kunnen worden. Of meer dan een van ons.

Maar Lindsay dan? Zij heeft die bessen gegeten en we wisten niet beter dan dat het een ongeluk was. Maar Jack kent het bos beter dan wie dan ook. Misschien hoopte hij dat Michelle de giftige bessen zou eten.

We begonnen deze reis met z'n zessen. Nu zijn er nog maar drie over. Misschien zijn Noah of ik de volgende...

'Denk je echt dat Jack ze vermoord heeft?' fluister ik.

Noah ontwijkt mijn blik. 'Ik... Ik weet het niet. Ik ken Jack sinds mijn achttiende, en... Nee, ik denk niet dat hij dat zou doen. Hij is geen slecht mens.'

Zou Noah zeggen dat Jack geen slecht mens was als hij wist dat Jack het met zijn vrouw heeft gedaan?

Als Noah nu zou voorstellen om met z'n tweeën weg te gaan, zou ik heel erg in de verleiding komen. Maar het lijkt wreed om Jack nu achter te laten. En hij is natuurlijk ook degene met het geweer.

'Hoe dan ook.' Noah schudt zijn hoofd. 'We kunnen maar beter gaan. Ik weet zeker dat onze verbeelding gewoon met ons op de loop gaat'

Noah staat op van de rots en ik volg hem. Maar terwijl ik terugloop naar het kamp, krijg ik het vreselijke gevoel dat ik misschien niet levend thuiskom van deze reis.

Hoofdstuk 29

CLAIRE

We lopen recht naar het noorden, geleid door de zon. Het kompas van Jack gebruiken we niet eens meer.

De kaart is weg. Hoewel Noah heeft gezegd dat de kaart niet klopt, zie ik dat ze zich allebei ongemakkelijk voelen om zonder kaart te navigeren. We lopen het onbekende in. Hopelijk vinden we iets voor we instorten.

Er is geen eten meer. We hebben het laatste beetje opgemaakt voordat we weggingen. En nu begin ik honger te krijgen, maar ik durf er niet eens over na te denken wat de opties zijn. Als Jack zegt dat we insecten moeten eten, denk ik dat ik liever verhonger. Maar misschien denk ik er vanavond anders over.

We vinden een beekje en vullen de waterflessen. Gelukkig is het beekje niet al te modderig, dus we hoeven het water niet door een shirt te filteren. Ik zie het in Jacks waterfles rondklotsen en ik moet er bijna van watertanden.

'Ik heb slecht nieuws,' zegt Jack.

Slecht nieuws? We zitten al twee dagen vast in dit bos. We hebben geen eten meer. Hoeveel erger kan het nog worden?

'Dit is mijn laatste zuiveringstablet.' Jack laat het tablet in de waterfles vallen. 'Dus we moeten echt rantsoeneren.'

Ik krijg een naar gevoel in mijn maag. Dit is behoorlijk slecht nieuws. Hoelang kan iemand leven zonder water?

Noah slaat zijn arm om me heen, maar het nare gevoel blijft. 'Het komt goed,' mompelt hij in mijn oor.

Hoe gaat het goed komen? Hóé?

We nemen allemaal afgemeten slokjes uit de waterfles voor Jack hem terug in zijn tas stopt. Terwijl we weer verder lopen, vraag ik me af of Penny al contact met iemand heeft opgenomen over ons. Ze moet nu toch wel doorhebben dat er iets mis is. We zouden nooit twee dagen wegblijven zonder met de kinderen te praten. Ik weet zeker dat Emma volkomen overstuur is.

Penny weet de naam van de herberg. Ze kan ze bellen en dan komt ze erachter dat we nooit hebben ingecheckt. Misschien zijn er nu al mensen naar ons op zoek.

Ik knijp mijn ogen dicht. Ik moet me gewoon blijven vasthouden aan dat sprankje hoop. Er is vast iemand naar ons op zoek. Ik moet hier doorheen. Ik moet terug naar Emma en Aidan.

'Kijk!' Jacks stem onderbreekt mijn gekwelde gedachten. 'Daar!'

Als het weer een coyote is, wil ik het niet weten.

Ik doe mijn ogen open. En mijn mond valt open.

Het is een hut. Ongeveer een halve kilometer verderop. Ik kan het net zien, maar het staat er echt. En het ziet er niet verlaten uit. We kunnen op z'n minst naar binnen om eten te halen.

'O mijn god,' zegt Noah.

Het afgelopen uur ging uitzonderlijk langzaam, maar nu krijgen we allemaal een energiestoot. We sprinten bijna naar de hut. Ik ben bang dat er een kans is dat het een luchtspiegeling is en dat het verdwijnt als we te dichtbij komen. Maar het verdwijnt niet.

Het is echt. We zijn gered.

Hoe opgelucht en blij ik ook ben om de hut te zien, ik krijg een ongemakkelijk gevoel als we dichterbij komen. Dit is een enkel hutje in niemandsland. Wat voor iemand zou hier wonen? Wat als het iemand is die gewelddadig of gek is? Jack heeft het geweer, maar het is niet zo dat ik me daar nou veel veiliger door voel.

De hut is klein, met slechts één verdieping, en heeft waarschijnlijk maar één of twee kamers. Het hout is oud en versplinterd en bepaalde stukken zijn al weggerot. Er brandt geen licht in de hut, maar dat betekent niet dat er niemand thuis is. Misschien heeft de hut geen elektriciteit. Jack klopt op de deur en we wachten. Dan klopt hij nog een keer.

Noah loopt om de zijkant van de hut heen en kijkt door een van de ramen. 'Volgens mij is er niemand thuis,' zegt hij. 'Ik zie binnen niks en er staat ook geen auto in de buurt.'

'Misschien is het een vakantiehuisje.' Jack schraapt zijn keel. 'Ik denk dat we moeten inbreken. Dit is een noodgeval.'

Hij kijkt ons aan en wacht op bevestiging. We knikken allebei krachtig. Ik ga hier echt niet weg.

'Noah, kijk eens of het raam open is,' zegt Jack, maar op het moment dat hij dat zegt, legt hij zijn hand op de deurknop en de knop draait. Het lijkt erop dat we toch niet hoeven in te breken. 'Nou, dat was makkelijk.'

Een beetje te gemakkelijk. Dat nare gevoel in mijn maag komt terug.

'Wacht.' Ik pak Jacks arm als hij naar binnen wil gaan. 'We moeten voorzichtig zijn.

Wat als iemand ons opwacht?'

'Ons opwacht?' Jacks wenkbrauwen schieten omhoog. 'Claire, de hut is leeg. Er brandt geen licht en er zijn geen auto's hier. Er is niemand binnen.'

Ik hou mijn adem in als hij de deur van de hut openduwt.

Hoofdstuk 30

ANONIEM

Mijn ouders maakten 's nachts vaak ruzie.

Ik hoorde ze vanuit mijn slaapkamer. Mijn kamer was recht boven de trap, dus ik kon bijna elk woord horen. Meestal ging het over dat mijn moeder wilde dat mijn vader meer thuisbleef. Niet meer zoveel reizen. Ik kon het haar niet kwalijk nemen, want dat wilde ik ook.

Toen ik zestien was, hadden ze een van de ergste ruzies die ik ooit heb gehoord. Ze deden niet eens hun best om zachtjes te praten.

'Het is al erg genoeg dat je er altijd vandoor bent om bij je sletjes te zijn!' schreeuwde mijn moeder naar hem. 'Jij bent altijd weg om lol te hebben en ik zit hier helemaal alleen.'

'Je bent niet alleen,' zei hij.

Ze snoof. 'Dat zou ik liever wel zijn.'

'Zeg dat nou niet...'

Mijn vader was de enige die voor me opkwam. Niemand anders vond me aardig. Ik had nauwelijks vrienden op school. Leraren klaagden dat ik nooit meedeed in de klas en hen niet aankeek. En mijn moeder haatte me.

'Maar dit is lager dan laag,' ging mijn moeder verder. 'Mijn eigen zus! Hoe kon je?'

'Ik heb niet –'

'Leugenaar!' Er klonk een klap. Mijn moeder moest iets naar hem gegooid hebben. 'Je zegt nu tegen haar dat het voorbij is!'

'Helen... doe niet zo idioot...'

'Zeg niet dat ik niet idioot moet doen, ontrouwe klootzak!' Nog een daverende klap, gevolgd door brekend glas. 'Mijn huis uit!'

'Prima!'

Ik kromp in elkaar toen de deur dichtsloeg. Het was niet de eerste keer dat hij naar buiten stormde, maar elke keer dacht ik dat het misschien de laatste keer zou zijn. Ik snapte niet waarom hij altijd terugkwam. Mijn moeder was een vreselijk mens, ze beschuldigde hem altijd van vreselijke dingen. Misschien bleef hij wel voor mij.

Maar uiteindelijk zou ze hem toch wegjagen.

Ik staarde omhoog naar de scheuren in het plafond van mijn donkere slaapkamer. Ik haatte mijn moeder. Ze joeg de enige persoon weg die ook maar iets om me gaf. Als ik niets deed, zou hij weggaan. Voor altijd.

Ik dacht aan het geweer van mijn vader. Hij bewaarde het onder het bed in de logeerkamer. Wat als ik het zou pakken en het in elkaar zou zetten zoals hij me geleerd had? Ik zou kunnen zeggen dat ik een indringer hoorde. Toen kwam mijn moeder en schoot ik haar per ongeluk neer. Een vreselijke tragedie.

Iedereen zou me geloven. Waarom zou ik immers expres mijn eigen moeder neerschieten?

Maar zou ik het kunnen? Ik had al eerder op dieren geschoten, maar nog nooit op een mens. Laat staan mijn moeder. Als het erop aan zou komen, was ik dan in staat om de trekker over te halen?

Maar dat was de verkeerde vraag. Als ik een geweer in mijn hand had en mijn moeder zou voor me staan, dan zou ik mezelf niet kunnen tegenhouden.

Zodra het stil was in huis, sloop ik mijn slaapkamer uit. Voorzichtig liep ik door de gang naar de logeerkamer. Mijn hart klopte heel snel, maar tegelijkertijd voelde ik me goed. Heel goed. Ik had eerder niet beseft hoe graag ik dit wilde doen.

De logeerkamer was donker en het tweepersoonsbed was opgemaakt. Ik hurkte naast het bed en voelde rond tot mijn vingers de metalen koffer raakten. Bingo. Ik trok hem onder het bed vandaan, mijn handen tintelden van verwachting.

Maar toen zag ik het hangslot op de wapenkoffer...

Ik vloekte zacht. Vloeken was bij ons thuis verboden, maar ik had het op school geleerd. Hoe dan ook, ik kon niet bij het geweer komen. Daar ging mijn plan.

Ik schoof de koffer terug onder het bed. Mijn maag knorde luidruchtig. Ik had niet genoeg gegeten. Mijn moeder had maar een kleine portie kip gemaakt, dus ik kreeg ongeveer een kwart van wat de rest had. Ik had vreselijke honger. Als ik had gezegd hoeveel honger ik nog had, had ze tegen me geschreeuwd dat ik ondankbaar was. Maar nu ze lag te slapen, kon ik naar de koelkast om stiekem iets te eten.

Ik sloop de trap naar de keuken af. Onze trap kraakte. Elke trede klonk als een geweerschot, vooral de derde van boven. Maar mijn moeder werd niet wakker.

Ik trok de koelkast open en bekeek de inhoud. Ik had genoeg honger om alles in de koelkast op te eten. Ik was mager. Magerder dan elk ander kind in mijn klas. De andere kinderen plaagden me en zeiden dat ik een skelet was. Als ik mijn shirt uittrok in de kleedkamer van de gymzaal, kon je mijn ribben tellen.

Ik maakte een broodje. Met rosbief van de goede delicatessenwinkel die mijn moeder speciaal voor mijn vader had gekocht. Münster kaas. Veel mayonaise en Dijon mosterd. Het water liep me in de mond toen ik ernaar keek.

Maar net toen ik aan de keukentafel ging zitten, hoorde ik de klap van boven.

Het kwam uit mijn moeders kamer. Snel nam ik een hap van mijn boterham, schoof toen mijn stoel naar achteren en stond weer op. Wat was ze aan het doen?

Ik liep sneller de trap naar boven op. De slaapkamer van mijn ouders was aan het einde van de gang. Ik luisterde of ik nog iets zou horen. Maar het was stil.

Voorzichtig liep ik naar het einde van de gang. Het kwam vaag in me op dat mijn moeder misschien de sleutel van de wapenkoffer had. Misschien dacht ze dat ik degene was die mijn vader zou wegjagen en had ze hetzelfde plan als ik. Doen alsof ze een indringer hoorde en me dan neerschieten.

Zou ze dat echt doen?

Toen ik bij haar slaapkamer kwam, drukte ik mijn oor tegen de deur. Geen geluid. Ik klopte met mijn vuist op de deur.

'Mam?'

Weer geen antwoord.

Mijn maag draaide zich om. Misschien lag ze gewoon te slapen. Maar wat was die harde klap dan geweest?

Ik stak mijn hand uit en draaide langzaam de deurknop om. Het eerste wat ik zag was het lichaam dat languit op de vloer lag. Mijn moeder, vlak naast het bed. Bewusteloos op de vloerbedekking, een spoor van kwijl dat van haar lippen lekte.

Ik staarde even naar haar. Waarom lag ze op de vloerbedekking te slapen?

En toen zag ik de potjes pillen op het nachtkastje. Vier stuks.

Ik stapte over het lichaam van mijn moeder heen en bekeek de potjes van dichtbij. Ze waren allemaal leeg. Ik pakte het eerste potje. Slik één pil bij slaapproblemen.

Ik liet mezelf op het bed zakken toen het tot me doordrong wat ze had gedaan. Ze had alle pillen ingenomen die ze in huis had. En nu lag ze bewusteloos op de grond, waarschijnlijk moest haar maag leeggepompt worden zoals bij Dan Chadwick op het nieuwjaarsfeestje waarvoor ik niet was uitgenodigd.

En als dat niet zou gebeuren, zou ze doodgaan.

Ik zette het potje terug op haar nachtkastje. Voorzichtig stapte ik weer over haar lichaam en verliet de kamer, de deur achter me dicht trekkend. Toen ging ik naar beneden en at mijn boterham op.

Hoofdstuk 31

CLAIRE

De hut ziet er leeg uit.

Ten eerste is het er doodstil. Er staat een afgetrapte bank in het midden van wat de woonkamer lijkt te zijn. Er zitten scheuren in en er komt vulling uit een van de kussens. Er is een kleine open haard die bedekt is met een laag roet, een halfhoge boekenkast met een paar hardcovers en paperbacks erin, en een open keuken met een gootsteen en een grijs geworden, roestige koelkast.

O mijn god. Een gootsteen!

We rennen alle drie naar de gootsteen. Jack is er als eerste en draait de kraan open. Ik huil bijna van geluk als er water uitkomt. Water! Schoon water dat een beetje bruin is, maar er zitten in ieder geval geen stukjes modder in. En we hoeven niet te rantsoeneren. We kunnen zoveel drinken als we willen!

Er staan glazen in het kastje boven de gootsteen en Jack laat ze rondgaan. De glazen zien er vies en bevlekt uit, maar dat maakt niet uit. We vullen elk ons glas en drinken tot het leeg is, en daarna nemen we nog een glas. Het water heeft een metaalachtige nasmaak, maar dat kan me niet schelen. Het smaakt naar goede wijn in vergelijking met wat we de afgelopen twee dagen hebben gedronken.

'Hé,' zegt Noah nadat we allemaal twee grote glazen water achterover hebben geslagen, 'moet je dit zien.'

Hij wijst naar de gammele ronde keukentafel. Er staat een plastic stoel bij. Maar het rare is dat er een bord op tafel staat. Met een boterham erop. Er zijn twee happen uit de boterham. En er staat ook een halfvol glas water.

'Er is dus wél iemand!' zeg ik, waarschijnlijk te hard.

Jack tuurt naar het eten op tafel. Hij heft zijn geweer en wijst in de richting van wat de slaapkamer lijkt te zijn. De deur zit stevig dicht.

'Klop op de deur,' zegt Noah. 'Als er iemand binnen is, leggen we gewoon uit wat er aan de hand is. Hopelijk begrijpen ze het.'

Jack loopt rustig en langzaam naar de slaapkamerdeur. Noah gaat voor me staan en fluistert: 'Zet je schrap om weg te duiken.'

Jack aarzelt als hij bij de deur komt. Hij tilt zijn hand op en klopt dan zachtjes. Er komt geen antwoord.

'Hallo?' roept hij.

Geen reactie.

'We zijn...' Hij schraapt zijn keel. 'We zijn verdwaald in het bos en...'

Nog steeds geen reactie.

Jack kijkt naar ons. 'Ik ga de deur opendoen.'

Noah knikt. Ik hou Noahs arm zo stevig vast dat ik hem wel pijn moet doen, maar hij zegt niets.

Net als bij de voordeur pakt Jack de knop en die draait gemakkelijk open. Hij houdt zijn geweer in beide handen en duwt de deur voorzichtig open met zijn voet. Niemand komt schietend naar buiten, dus dat beschouw ik als een overwinning. Ik hou mijn adem in als hij de deur helemaal openduwt en de slaapkamer binnenstapt.

'Leeg!' roept hij.

Serieus?

Jack kijkt ook in de badkamer en ook die is leeg. Mijn blijdschap dat ik niet meer in een bosje hoef te hurken om te plassen, wordt getemperd door mijn ongemak over deze hele situatie. Ook al is er niemand in deze hut, er woont hier wel iemand. Ik bedoel, er ligt een half opgegeten boterham op tafel. Niemand gaat van zijn vakantiehuisje naar huis en laat half opgegeten eten op tafel staan.

Nou, de meeste mensen niet in ieder geval.

Ik loop naar de slaapkamer en kijk naar binnen. Er ligt een klein tweepersoons matras in het midden van de kamer op een verroest metalen bedframe. Een paar dekens liggen op een stapel in het midden van het bed. Ik zeg niet dat degene die hier woont zijn bed had moeten opmaken, maar het ziet eruit als een plek waar recentelijk nog iemand heeft geslapen. Heel recentelijk.

'Er moet hier iemand wonen,' zeg ik.

Jack haalt zijn schouders op. 'Ik weet niet wat ik moet zeggen. Er is hier niemand.

En ik zie geen auto. Hoe komt iemand hier zonder auto?'

'Heeft iemand een telefoon gezien?' vraagt Noah.

Dat is een goede vraag. Ik pak mijn mobieltje uit mijn tas in de hoop dat de batterij ineens weer gaat werken. Geen geluk. Noah zit in hetzelfde schuitje. Jack was zo slim om zijn telefoon uit te zetten, maar als hij hem nu aanzet, heeft hij nog steeds geen ontvangst.

Maar misschien heeft deze plek een vaste lijn. We beginnen te zoeken.

Terwijl ik rond de vervallen hut loop, kan ik het gevoel niet van me afschudden dat hier onlangs nog iemand is geweest. Die boterham. Iemand heeft van die boterham gegeten. Het ziet er niet uit alsof het al maanden op tafel ligt. Het oogt vers.

Ik bekijk de inhoud van de koelkast. Hij is niet overvol, maar wel goed gevuld. Er liggen brood en vleeswaren. En een pak melk. Ik haal het pak melk eruit en bekijk de houdbaarheidsdatum. Die is over drie dagen.

'Een telefoonaansluiting!' roept Noah.

Ik loop naar de plek waar hij naar wijst. Er zit een contactdoos in de muur van het huisje om de telefoon aan te sluiten. Maar er zit niets in. Geen telefoon.

'Nou, dat helpt niet echt,' moppert Jack.

Waarom zou de persoon die hier woont geen telefoon hebben?

Of is het een soort kluizenaar? De hut lijkt ook geen elektriciteit te hebben. Volgens Jack werkt de koelkast op gas, dus dat is prima. Ik heb geen elektriciteit nodig. Ik ben al blij met stromend water en eten.

Omdat de zoektocht naar een telefoon niets heeft opgeleverd, besluiten we iets te eten en te bedenken wat we moeten doen. Noah maakt boterhammen voor ons allemaal en ik moet me inhouden om die van mij niet in drie happen naar binnen te werken.

'Ik denk dat we hier moeten blijven,' zegt Noah. 'We hebben eten en stromend water. Claires zus weet waarschijnlijk al dat er iets aan de hand is, want we hebben niet naar huis gebeld voor de kinderen. Ik weet zeker dat iemand naar ons op zoek is gegaan.'

'Mee eens,' zegt Jack.

'Ja...' In theorie ben ik het met ze eens. Ik wil niet weg uit deze hut. Maar tegelijkertijd is er iets aan deze plek wat me erg ongemakkelijk maakt. 'Maar wat als de persoon die hier woont terugkomt?'

'Dat zou goed zijn,' zegt Jack. 'Die heeft waarschijnlijk een auto en kan ons misschien naar de herberg brengen.'

'Ja...' Ik kijk de hut rond, waar de aanwezigheid van een andere persoon die hier onlangs nog was nog steeds in de lucht hangt. 'Maar wat is er gebeurd met degene die hier woont? Ik bedoel, wie gaat er weg terwijl er nog een half opgegeten broodje op tafel ligt?'

Jack steekt zijn hand op. 'Heb ik weleens gedaan.'

'Serieus?'

Hij haalt zijn schouders op. 'Tuurlijk. Je maakt een boterham. Dan word je gebeld en vergeet je het. En dan ga je weg, terwijl de boterham nog op tafel ligt.'

Ik geloof het niet helemaal. Ik kijk naar Noah, die dezelfde ongemakkelijke uitdrukking op zijn gezicht heeft als ik. Er woont hier iemand. Iemand heeft dit huis in grote haast verlaten. En ik wil graag weten wat er met hem is gebeurd.

Hoofdstuk 32

CLAIRE

Hoewel ik het waarschijnlijk niet zou moeten doen, inspecteer ik de slaapkamer. Oftewel, ik bekijk de inhoud van de lades, op zoek naar een aanwijzing over wie hier woont.

Het duurt niet lang om te verifiëren dat de bewoner van deze hut een man is. Er is absoluut niets vrouwelijks aan deze rustieke hut in dit afgelegen gebied. De slaapkamer heeft één onafgewerkt houten dressoir waarvan ik de bovenste la open trek. Het eerste wat ik zie is een zware bijbel met een harde kaft. Blijkbaar woont hier een gelovig persoon.

Ik leg de bijbel aan de kant en haal een blauwe spijkerbroek tevoorschijn. Ik hou hem voor me. Het lijkt erop dat de eigenaar van deze broek ongeveer dertig centimeter langer is dan ik en een flink stuk zwaarder. Ik voel er weinig voor om deze persoon tegen te komen. Zeker niet nu ik zijn huis ben binnengedrongen.

Naast het bed staat een nachtkastje. Er staat een glas water op het tafeltje met ongeveer een centimeter water erin. Ik stel me de grote, lange man voor die in zijn bed ligt en water drinkt voordat hij gaat slapen. Misschien leest hij eerst een stukje uit de bijbel.

Ik heb al jaren geen bijbel meer gelezen. Als kind moest ik altijd van mijn familie naar de kerk, maar als volwassene heb ik die gewoonte laten varen. Noah is ook een niet-praktiserend christen, die nooit erg geïnteresseerd leek in georganiseerde religie. Maar ergens heeft het iets troostends om de bijbel bij me in de kamer te hebben.

Ik pak het boek op. Het voelt lichter dan ik had verwacht. Ik vraag me af of er een inscriptie in staat die me de naam van de eigenaar vertelt. Ik sla het boek open en mijn mond valt open.

De bijbel is uitgehold. Er is een afdruk in de vorm van een klein pistool. Maar dat is leeg.

Ik laat de bijbel op het dressoir vallen, mijn handen trillen. Wat is hier aan de hand? Waar is het pistool dat vroeger in deze bijbel werd bewaard?

Noah komt binnengerend als hij de klap hoort. Zijn hazelnootkleurige ogen zijn groot en zijn haar ziet er nog rommeliger uit dan normaal. 'Wat is er? Ik hoorde een geluid.'

Ik stap weg van het dressoir. Plotseling schaam ik me omdat ik aan het rondneuzen was. Noah kijkt me aan met zijn hoofd schuin opzij en ik weet dat ik hem over de bijbel zou moeten vertellen. Maar op de een of andere manier doe ik dat niet.

'Alles oké,' zeg ik.

Hij onderdrukt een geeuw. 'Ik begon in te dommelen op de bank. Het is niet erg comfortabel, maar ik ben zo ontzettend moe.'

Ik heb vreselijk slecht geslapen vannacht, maar ik ben nog nooit zo wakker geweest. 'Misschien moet je het bed proberen.'

'Ja.' Noah werpt een blik op het onopgemaakte bed. 'Ik vind het een beetje lullig om die man zijn bed te gebruiken, maar... Nou ja, ik kan de lakens verschonen voordat we vertrekken.'

Ik knik. 'Ik... Ik denk dat ik naar buiten ga om een frisse neus te halen.'

Hij fronst. 'Wil je dat ik met je meega?'

Ik schud mijn hoofd. 'Nee, pak jij je rust. Ik moet gewoon even mijn hoofd leegmaken.'

Noah is even stil en ik vraag me af of hij erop zal staan om met me mee te gaan. Ergens hoop ik dat hij dat doet. Tijdens dit alles bleef hij me voortdurend geruststellen. Hij blijft maar zeggen dat hij ons naar huis zal brengen. Hij lijkt totaal niet bang.

Maar uiteindelijk zegt hij: 'Oké. Maar als je van gedachten verandert, maak me dan wakker.'

'Doe ik.' Ik kijk langs zijn schouder de woonkamer in. 'Waar is Jack?'

'Hout halen voor vanavond.' Hij houdt zijn hoofd schuin. 'Hoezo? Heb je hem nodig?'

Verbeeld ik het me of hoor ik een scherp randje in zijn stem? 'Nee, ik vroeg het me gewoon af.'

Als ik buiten kom, is de zon er nog, wat betekent dat het warm is. De modder op mijn kleren is opgedroogd en mijn korte broek en shirt voelen stijf en ongemakkelijk aan. Vanavond ga ik al mijn kleren in de gootsteen wassen en ze 's nachts laten drogen. Het zou fijn zijn om een andere outfit bij de hand te hebben voor het geval we snel moeten vertrekken, maar ik moet écht schone kleren hebben. Het is het risico waard.

Ik leun tegen de zijkant van de hut, maar ik voel iets tegen mijn rug. Ik draai me om en kijk naar het hout van de buitenmuur van de hut. Er zitten vijf klauwafdrukken in het uitgedroogde hout. Ze zijn zo diep dat ik mijn halve wijsvinger erin kan steken.

De klauwafdrukken lijken op die op de bomen in het bos.

Ik draai me om en staar naar het bos dat de hut omringt. Het ziet er zo donker en dreigend uit. Ik luister een minuut en hoor niets. Ik kan niet geloven dat we daar twee dagen verdwaald zijn geweest. Maar in de hut zijn we veilig. Veilig voor welk wezen er dan ook zijn klauwen aan de muur heeft gescherpt.

Ik vraag me af hoe het zit met de man die in deze hut woont. Ik vraag me af of hij die zelf heeft gebouwd. De meubels zien er zelfgemaakt uit. Ik stel me hem voor als een grote, stevige man met een volle baard. Het soort man dat een pistool bewaart in een uitgeholde bijbel.

Maar de echte vraag is: waar is hij?

Heeft zijn afwezigheid iets te maken met de klauwafdrukken? Zijn we echt wel veilig in de hut?

En waar is zijn pistool?

Ergens in de verte hoor ik een geluid. Het klinkt als gejank. Het is niet dichtbij, maar ook niet zo ver weg. Ik doe een stap achteruit en bots tegen de muur van de hut. Ik tuur naar de takken van de boom tegenover me.

Hebben die takken net bewogen? Is daar iemand?

'Claire?'

Ik schrikt me rot. Ik grijp naar mijn borst en probeer op adem te komen. Het is Jack maar. Hij staat een paar meter bij me vandaan, het geweer in zijn hand. Nu hij het terug heeft, laat hij het niet meer los. Hij neemt het waarschijnlijk mee naar bed.

'Hé,' zeg ik.

Als hij dichterbij komt, valt het me op hoe bleek zijn gezicht eruitziet. Hij heeft het bloed van zijn handen gewassen bij de beek, maar er zit nog steeds bloed op zijn spijkerbroek, waardoor de stof bijna bruin gekleurd is. Hij leunt met zijn hand tegen de muur van de hut. 'Ik moet je iets laten zien, Claire.'

'Wat?'

Hij schudt zijn hoofd. 'Kom.'

Ik aarzel. Ik herinner me wat Noah gisteren zei over hoe Warner Jack en Michelle samen in het bos zag verdwijnen. Het is natuurlijk nog steeds licht, maar toch heb ik er een slecht gevoel over. En dan is er ook nog dat jankende geluid in de verte. Misschien is het niet veilig. 'Moet Noah ook meekomen?'

'Nee.' Hij pakt mijn arm stevig vast. 'Kom. Je moet dit zien.'

Ik voel me ongemakkelijk, maar aan de andere kant denk ik niet dat Jack me kwaad wil doen. En ik moet toegeven dat ik nieuwsgierig ben naar wat hij me zo graag wil laten zien.

Ik volg hem, maar mijn twijfels nemen toe als we aan de rand van het bos bij een klein, donker pad komen. Een paar minuten geleden zwoer ik dat ik daar nooit meer heen zou gaan. Ik ben niet van gedachten veranderd. De hele tijd dat we in het bos waren, had ik het vreselijke gevoel dat er iets op ons aan het jagen was. En dat gevoel is niet helemaal verdwenen.

'Jack...'

'Claire, alsjeblieft.' Hij kijkt naar me met bloeddoorlopen ogen. 'Je moet dit zien.'

Zonder op mijn antwoord te wachten, pakt hij mijn arm weer en sleurt me mee. Ik sta op het punt om te protesteren, maar dan wijst hij en laat me iets zien dat mijn hart doet stoppen in mijn borstkas.

Hoofdstuk 33

CLAIRE

Het is een truck. Een grote groene pick-up, met een zwaar verroeste achterkant en links een grote deuk in het spatbord.

'Ik wist dat er hier ergens een wagen moest zijn.' Hij knikt in de richting van de truck. 'Ik had hem zo gevonden.'

'Waarom staat hij hier geparkeerd?'

'Kom mee.' Jack pakt mijn arm weer. 'Ik laat het je zien.'

Ik weet niet of ik het nog wel wil weten, maar ik volg Jack braaf naar de truck. Misschien is dit een uitweg. Als we een wagen hebben, kunnen we hopelijk de hoofdweg bereiken.

Als we dichter bij de truck komen, wordt het duidelijk dat die net zo vervallen is als alles in het huisje. Het is duidelijk dat de grote man met zijn bijbelpistool de eigenaar is. Maar waarom heeft hij de truck midden in het bos achtergelaten?

'Kijk naar het raampje aan de bestuurderskant,' zegt Jack.

Ik sluip dichterbij en hou me vast aan de zijkant van de truck om mijn evenwicht niet te verliezen. Nog voor ik bij het raam ben, besef ik dat de truck niet leeg is. Er zit een man op de bestuurdersstoel. Een grote man met een dikke, geklitte baard en een wirwar van grijzend haar. Ik doe nog een stap dichterbij en dan zie ik de lege blik in de donkere ogen van de grote man.

En ik schreeuw.

'Sst!' sist Jack naar me. 'Zachtjes!'

'Maar...' Ik kijk op en zie het bloed op zijn borst. O god. 'Hij is dood!'

‘Inderdaad.’ Jack zucht. ‘Ik vond hem zo. Volgens mij heeft hij een steekwond in zijn borst.’

Voor deze week was ik nog nooit in de buurt van een dode geweest, en nu is dit de tweede na Lindsay. Een golf van misselijkheid overvalt me en deze keer heb ik wel voedsel in mijn buik. Ik moet vechten om het binnen te houden. Ik hou me vast aan de zijkant van de truck, mijn benen trillen onder me.

‘Claire,’ zegt hij. ‘Gaat het?’

‘Nee!’ De tranen springen in mijn ogen. Hoe is dit mijn leven geworden? Een week geleden genoot ik nog van een gezellige avond met mijn gezin in mijn comfortabele huis. Nu zit ik in niemandsland naar een lijk te staren. Ik kom nooit meer thuis... Ik weet het zeker. ‘Nee, het gaat níét! Hoe is...’

Jacks gezichtsuitdrukking is grimmig. ‘Het bloed op zijn borst is opgedroogd,’ zegt hij. ‘Dit is niet net gebeurd.’

Ik frons naar hem. ‘Wacht, was jij in de truck?’

‘Ik moest naar binnen. Ik wilde kijken of de sleutels erin lagen.’

‘En?’

Hij schudt zijn hoofd. ‘Ik kon ze nergens vinden. Ik heb zelfs in zijn zakken gekeken.’

Ik ben onder de indruk van zijn lef. Al zou je me een miljoen geven, mooi niet dat ik bij een dode man in een truck kruip.

‘Maar het is niet lang geleden dat hij vermoord werd.’ Hij werpt een blik in de richting van de hut. ‘Dat broodje op tafel was nog niet aan het rotten.’

De radertjes in mijn hoofd draaien. De man heeft een steekwond in zijn borst. Dat betekent dat het dier dat de klauwafdrukken heeft gemaakt hem niet heeft gedood. Degene die hem doodde had vingers en was in staat om een mes vast te houden.

Hij werd gedood door een mens.

‘Denk je dat...’ Ik haal diep adem en krijg de woorden er nauwelijks uit. ‘Denk je dat degene die hem vermoord heeft terug zal komen?’

'Nou,' zegt Jack nadenkend, 'het hangt ervan af waarom ze hem vermoord hebben, denk je niet?'

Ik doe een stap weg van de truck. 'We moeten dit aan Noah vertellen.'

'Nee!' Jacks toon is scherp. 'Ik denk niet dat we dit tegen Noah moeten zeggen.'

'Waarom in hemelsnaam niet?'

Hij schuifelt heen en weer en kijkt naar de grond. 'Het is allemaal nogal toevallig, vind je niet?'

'Toevallig?'

'Je busje,' zegt hij. 'Dat busje is zo goed als nieuw. Waarom zou het plotseling kapotgaan?'

Ik knipper met mijn ogen naar hem. 'De accu is leeg.'

'Ik weet niet veel van auto's, maar wel een beetje.' Hij kijkt op, kijkt me recht in de ogen. 'Die accu in het busje zag er veel ouder uit dan al het andere onder de motorkap.'

Ik snuif. 'Dat is belachelijk.'

'Ja?' Een spiertje trekt onder zijn oog. 'Ik zei toch dat mijn kompas me de verkeerde kant op stuurde? Ik dacht dat het door Warner kwam, maar ik heb het kompas nog een keer gecheckt na zijn verdwijning. Het gaf nog steeds de verkeerde richting aan.'

'Dus?'

'Heb je het niet door?' Hij gaat zachter praten. 'Het moet Noah geweest zijn.'

'Wat zeg je?' flap ik eruit. 'Je beweert dat Noah dit allemaal gepland heeft? Dat is het meest belachelijke wat ik ooit heb gehoord.'

'Die eerste avond toen we op het punt stonden om te gaan slapen, dronken we allemaal wat water,' zegt Jack. 'Maar Noah was een "gentleman" en liet het meeste over voor jou, toch?'

Ik weet nog hoe geraakt ik was toen hij nauwelijks water dronk, ook al ging ik ervan uit dat hij net zo'n dorst had als ik. Ik wist niet dat Jack het had gemerkt. 'Ja...'

Hij bijt op zijn lip. 'Ik dacht toen al dat het water een vreemde, kalkachtige smaak had. En nu weet ik zeker. Iemand heeft iets in dat water gedaan.'

Het smaakte inderdaad raar. Maar toch. 'Dat slaat nergens op.'

'Denk je? Hoe hebben we anders allemaal zo vast kunnen slapen die nacht?'

Dat is een goed punt. Ik was verbaasd over hoe diep ik die nacht sliep, gezien het feit dat ik op een bed van bladeren lag. Maar Jáck was degene die die nacht met Michelle wegging, niet Noah.

Maar het was wel Noah die me dat vertelde...

'Misschien is het allemaal een spelletje,' zegt Jack. 'Hij martelt ons terwijl hij zich een voor een van ons ontdoet.'

Ik staar naar Jack. Het kan me niet schelen wat hij beweert, Noah zou zoiets nooit doen. Deze man is mijn echtgenoot. 'Dat is gestoord. Waarom zou hij dat doen?'

Jack gaat zachter praten. 'Vanwege óns. Omdat hij weet wat er tussen ons is gebeurd.'

'Hij weet van niks...'

'Ik denk van wel.'

Ik begin te protesteren, maar dan herinner ik me dat Lindsay hetzelfde zei. Ze wist zeker dat hij wist dat Jack en ik een verhouding hadden. 'Oké, ook al wist hij het, dít zou hij niet doen. Absoluut niet!'

'Ik ken Noah langer dan jij, Claire.' Hij vouwt zijn armen over zijn borst. 'En ik denk dat hij zeker wel zoiets zou doen onder de juiste omstandigheden.'

'Onzin.'

Jack kijkt me even aan, alsof hij over iets nadenkt. 'In ons eerste jaar op de universiteit overleed Noahs vader. Ze waren heel close en hij stortte helemaal in.'

'Ik weet het.'

'Je kent het verhaal,' zegt hij, 'maar je weet niet wat er gebeurd is. Maandenlang liep hij rond als een zombie. Als ik hem iets vroeg, kreeg ik de wind van voren. Ik had een beetje water van hem gepakt, dat in onze koelkast stond, en hij liep naar me toe en sloeg me op mijn bek.'

Ik knaag op mijn duimnagel. 'Heeft hij je geslagen?'

'Ik zeg het je, hij zat er compleet doorheen.' Jack schudt zijn hoofd. 'En hij gedroeg zich precies zo aan het begin van deze reis. Claire, ik weet niet waar hij nu toe in staat is. Ik zou graag geloven hij zoiets niet zou kunnen, maar ik weet dat ik dit niet gedaan heb, en ik weet dat jij het ook niet was, dus...'

'Dit is het meest belachelijke dat ik ooit in mijn leven heb gehoord.' Het misselijke gevoel is bijna overweldigend. Ik moet gaan zitten. 'Jack, Noah is geen moordenaar. Dat weet ik zeker... Ik kan dit gesprek niet met je voeren. Ik ga...'

Ik draai me snel om en ren terug in de richting van de hut voordat Jack nog iets kan zeggen. Het blijkt dat ik misschien gelijk had over dat er op ons gejaagd werd. Maar het was geen dier dat op ons joeg.

Hoofdstuk 34

CLAIRE

Jack is extreem stil tijdens het eten. En ik ook.

Ik maak weer wat boterhammen voor ons. Er staat genoeg eten in de koelkast en de kasten staan vol met blikvoer. We komen de week wel door als het zo lang duurt voordat iemand ons vindt. Als het moet, kunnen we hier wel een maand of langer overleven. We kunnen waarschijnlijk wel een jaar doorkomen als we het niet erg vinden om veel bonen uit blik te eten. En we hebben onbeperkt water.

Dat gezegd hebbende, wil ik hier wel zo snel mogelijk weg. Ik zie er zelfs tegen op om hier de nacht door te brengen.

'Misschien moeten we niet al het verse voedsel opeten,' merkt Noah op terwijl hij op zijn broodje kauwt. 'Ik bedoel, we willen iets achterlaten voor als de man die hier woont terugkomt, toch?'

Jack en ik wisselen een blik. *Zie je wel? Als hij die vent in de truck had vermoord, zou hij zoiets niet zeggen.*

Of wel?

'Ik dacht dat Claire en ik vannacht wel in de slaapkamer konden slapen,' zegt Noah. 'Vind je het oké om op de bank te slapen, Jack?'

'Ja hoor, prima,' mompelt hij.

'Weet je zeker dat je het goedvindt? Ik dacht, het bed is groter, dus...'

'Ik zei toch dat het goed was!' snauwt Jack. Als Noah zwijgt, staat hij zo snel op van zijn stoel dat de stoel bijna omvalt. 'Ik ga even wandelen.'

'Nu?' Zeg ik. 'Maar het is donker!'

'Het is volkomen veilig buiten,' zegt Jack. Zijn nadruk op het woord 'buiten' ontgaat me niet.

Hij pakt zijn sweatshirt en geweer en verlaat het huis zonder nog een woord te zeggen. Ik hoor de echo van de deur die achter hem dichtslaat.

Noah trekt zijn wenkbrauwen naar me op. 'Wat is er met hem?'

'Hij...' Ik aarzel. Ook al geloof ik geen woord van wat Jack over Noah beweerde, toch wil ik hem niet vertellen wat ik weet over de dode man in de pick-up truck. 'Ik denk dat hij bang is dat niemand naar ons op zoek is.'

'Ik weet zeker dat iemand ons zoekt,' zegt Noah zelfverzekerd. 'Ik wed dat we morgen op weg naar huis zijn.'

'Ja.' Ik slik een grote brok in mijn keel weg. Was dat maar waar. 'Ik mis de kinderen.'

'Ik ook.' Noah vist in zijn zak en haalt zijn portemonnee tevoorschijn. 'De laatste paar dagen, als ik een beetje down begin te worden, dan kijk ik naar deze foto.'

Hij schuift de foto naar me toe. Hij is gekreukeld omdat hij lang in zijn portemonnee heeft gezeten, maar de foto is nog steeds helder en duidelijk. Het is een foto van mij met Emma en Aidan op Emma's verjaardag vorig jaar. Ze mist haar voortanden en Aidan geeft haar konijnenoren. Ze stralen allebei van geluk. Als ik naar de foto kijk, kan ik wel in tranen uitbarsten.

'Ik kan niet geloven dat je deze foto altijd bij je hebt,' weet ik uit te brengen. Het ontgaat me niet dat er heel veel foto's van de kinderen zijn zonder mij. Hij koos ervoor om er eentje bij zich te dragen waar ik ook op sta.

'Ja,' zegt hij. 'Het is mijn lievelings.'

Hoe kan Jack beweren dat Noah verantwoordelijk is voor alle ellendige dingen die zijn gebeurd? Dat is onmogelijk. Het enige wat hij wil is naar huis, naar zijn familie. Net als ik.

'Hoe dan ook.' Noah trekt aan de kraag van zijn shirt. 'Ik ga vanavond proberen mijn kleren schoon te krijgen. Ik kan niet nog een dag in die modderige dingen blijven rondlopen.'

'Ik weet het,' zeg ik. Er is ook een douche waar ik graag onder zou gaan staan, maar ik krijg het water niet warm. Een koude douche is niet erg aantrekkelijk. 'Ik ga mijn kleren wassen, ik kan die van jou ook doen.'

'Dat hoeft niet.'

'Ik vind het niet erg.'

Hij glimlacht scheef. 'Oké dan.'

We gaan allebei naar de slaapkamer. Zodra de deur dicht is, schop ik mijn modderige gympen uit en trek ik mijn bezwete, vieze sokken uit. Het voelt zo goed om met mijn tenen te wiebelen en de frisse lucht te voelen. Dan trek ik mijn vieze korte broek en shirt uit. Ik kan niet wachten tot ze schoon zijn.

Ik kijk op en zie dat Noah hetzelfde heeft gedaan. Hij heeft alleen nog zijn boxershort aan.

Het is grappig. Al meer dan tien jaar kleden we ons elke avond uit en kruipen we samen in bed. Maar dit voelt anders. Als ik naar Noahs blote borst kijk, voel ik iets voor hem wat ik lang niet gevoeld heb. Op de een of andere manier was ik vergeten hoe goed hij eruitziet zonder shirt aan.

En als ik zijn ogen zie, besef ik dat hij op dezelfde manier naar mij kijkt.

'Hé,' zegt hij.

'Hé,' zeg ik terug.

Hij grijnst verlegen naar me. 'Heb ik je ooit verteld hoe sexy je eruitziet in een beha en slipje?'

Ik glimlach terug. 'De laatste tijd niet...'

'Nou...' Hij loopt om het bed heen om dichter bij me te komen. 'Dat is een enorme vergissing van mijn kant en daar moet ik mijn excuses voor aanbieden.'

‘Het is je vergeven.’

Hij staat nog geen halve meter bij me vandaan. ‘Ja?’

‘Absoluut.’

Hij drukt zijn lippen langzaam op de mijne en mijn hele lichaam tintelt zoals al die jaren geleden, toen hij me voor het eerst kuste. Een seconde later trekt hij me het bed in. Deze reis was een van de slechtste ervaringen van mijn leven, maar ik denk dat het mijn huwelijk gered heeft.

Als we maar levend thuiskomen.

Hoofdstuk 35

ANONIEM

Nadat mijn eerste examens op de universiteit voorbij waren, reed ik naar huis.

Het was drie uur rijden, maar het was het waard. Het studentenleven was niet zoals thuis. Ook al konden mijn kamergenoot en ik goed met elkaar opschieten, ik had tijd voor mezelf nodig. Ik wilde terug naar mijn eigen slaapkamer, niet die krappe studentenkamer met het harde eenpersoonsbed. Bovendien wilde ik mijn vader zien.

Nadat mijn moeder zelfmoord had gepleegd, ging mijn vader eindelijk minder reizen. Hij was geschokt door het hele gebeuren. Hij was niet meer dezelfde man als vroeger. Hij gaf zichzelf de schuld en het schuldgevoel hield hem thuis. Het was niet hoe ik wilde dat het zou gebeuren, maar het gebeurde.

Hij hielp me met het verhuizen van mijn dozen naar mijn studentenkamer, hoewel ik veel moest tillen vanwege zijn slechte rug. En dat was de laatste keer dat ik hem zag. We spraken elkaar een keer per week aan de telefoon, maar ik maakte me zorgen. Hij zag er oud uit toen hij afscheid van me nam bij de ingang van mijn studentenhuis. Hij zou er niet voor altijd zijn. Hij at niet goed en sportte nauwelijks. Voor zover ik wist, kon hij een hartaanval krijgen, nog voor ik mijn studie had afgerond.

Dus daarom ging ik weg. Ik had van tevoren gevraagd of hij niet op zakenreis zou zijn, maar ik had niet gezegd dat ik zou komen. Ik dacht dat we samen een film konden kijken. Misschien een paar biertjes delen. Ja, ik was nog te jong om te drinken, maar hij had er geen probleem mee.

Tegen de tijd dat ik bij het huis aankwam, was het donker. Ik was in de file beland en toen het laat begon te worden, stopte ik voor fastfood. Een quarter pounder met kaas. Frietjes. Een chocolade milkshake. Ik mocht nooit fastfood eten van mijn moeder, dus ik at nu extra veel. Maar ik was nog steeds broodmager.

Ik parkeerde op straat omdat mijn vaders auto op de oprit stond en ik hem niet wilde blokkeren. Het huis was ook donker. Blijkbaar was hij niet thuis, ook al stond zijn auto er wel.

Het maakte niet uit. Zolang hij niet op zakenreis was, zou hij terugkomen. Hij was waarschijnlijk een biertje gaan drinken met zijn vrienden van het werk en rekende op een lift naar huis. Het zou lekker zijn om het huis een paar uur voor mezelf te hebben.

Ik liet mezelf binnen en ging meteen naar boven, naar mijn slaapkamer op de eerste verdieping. Het was een lange rit en ik was moe. Ik deed het licht aan en gooide mijn weekendtas op mijn bed. Daarna plofte ik neer op het bed en deed mijn ogen dicht.

Ik moet in slaap zijn gevallen, want het volgende moment hoorde ik het slot van de voordeur opengaan. Ik geeuwde en ging rechtop in bed zitten, terwijl ik in mijn ogen wreef. Mijn vader was eindelijk thuis, ik kon zijn stem horen.

En een andere, bekende stem.

Mijn hart bonkte. Ik stond op van het bed en liep naar de deur, die op een kier stond. Ik gluurde naar buiten, naar de trap die naar de voordeur leidde.

De stem van mijn vader: 'Weet je zeker dat je niet wilt blijven slapen?'

'Nee. Beter van niet. Ik moet morgenochtend vroeg op.'

'Misschien moet je dan maar hier komen wonen.'

'God, kun je je voorstellen wat de mensen zouden zeggen?'

'Ze is al bijna twee jaar dood, Jeannette. Dat is lang genoeg.'

'Ik weet het niet...'

'Oké. Ga naar huis. Maar laat me eerst afscheid nemen.'

Ik deed een stap achteruit toen ik zag hoe mijn vader de zus van mijn moeder kuste. Het was precies waar mijn moeder hem van beschuldigde die avond dat ze zelfmoord pleegde. Ze zei dat hij vreemdging met haar zus. Ze schreeuwde tegen hem dat al zijn zakenreizen alleen maar excuses waren om vreemd te gaan. Op dat moment dacht ik dat ze gek was. Mijn vader zou zoiets nooit doen.

Ik had het mis.

Hij kuste tante Jeannette zo diep dat hij waarschijnlijk haar ontbijt kon proeven. Hij had geen idee dat ik het zag. Het was allemaal zijn verdomde geheim.

Hij had mijn moeder gemarteld. Ze was al gek, maar hij maakte het alleen maar erger. Ze was altijd bang om hem te verliezen en nu zag ik waarom. En het kon hem niet schelen dat ze het op mij afreageerde. Hij liet het allemaal gewoon gebeuren. Zijn geheime leven was te belangrijk voor hem.

Hij wenste Jeannette welterusten en ze vertrok in haar witte Toyota. Ik zei niks. Ik kon het niet, ook al wilde ik het. Ik voelde me te ziek om te praten.

Ik stond op de eerste verdieping toen mijn vader de keuken in ging. Ik hoorde hem een drankje voor zichzelf inschenken. Hij zette het nieuws aan en keek een tijdje tv. Ik was me vaag bewust van het gepraat van de nieuwslezers. Er was een kind verdwenen uit een speeltuin in de stad. De gemeenteraadsverkiezingen zouden deze week worden gehouden. Het weerbericht voorspelde regen morgen.

Het was bijna een uur later toen hij eindelijk de trap naar de eerste verdieping op liep. Al die tijd had ik me niet verroerd. Pas toen hij boven was, zag hij me staan.

'Jezus Christus!' Hij greep naar zijn borst. 'Ik zag je niet. Wat doe jij hier in godsnaam?'

'Je hebt tante Jeannette gekust,' zei ik.

Hij veegde zijn handen af aan zijn broek en liet twee vochtige vlekken achter. 'Heb je dat gezien?'

Ik knikte.

Hij schuifelde tussen zijn voeten. 'Kleine…'

'Noem me niet zo.'

'Kijk, het spijt me.' Hij fronste. 'Het is ingewikkeld. Ik wou dat je het kon begrijpen.'

'Ingewikkeld?' herhaalde ik. 'Wat is er zo ingewikkeld? Ik had je nodig toen ik een kind was en jij was aan het rotzooien met andere vrouwen. De zus van mijn moeder, nota bene. Geen wonder dat ze gek werd.'

'O, denk je dat het allemaal mijn schuld was?' Hij vouwde zijn armen

over zijn borst. 'Kijk ook eens naar je eigen aandeel. De helft van de ruzies die we hadden kwamen door jou. En jouw gedrag. Denk je dat het makkelijk was om een kind als jij te hebben? Altijd ruziemaken. We moesten verhuizen toen je dat joch van McCormick een oog uit had gestoken.'

Ik slikte en dacht terug aan de dag dat Bryan McCormick me plaagde met mijn kaalgeschoren hoofd en mijn 'pietjes'. Ik was zo boos, ik wilde hem pijn doen. Heel veel pijn. 'Dat was een ongeluk.'

'Gelul.' Hij snauwde naar me. 'Dat arme kind is door jou zijn oog kwijt. Dat was geen ongeluk.'

Ik beet op de binnenkant van mijn wang tot ik bloed proefde. Het deed me denken aan het bloed dat over Bryans linkerwang stroomde terwijl hij schreeuwde. 'Hij had het verdiend.'

'Dat hadden ze allemaal, toch?' Hij snoof. 'Ik neem aan dat Snowball ook verdiende wat je haar aandeed.'

Ik kreeg een bittere smaak in mijn mond toen ik terugdacht aan mijn moeders dierbare witte kat. Degene van wie ze meer hield dan van mij. Ik zal nooit de blik op mijn moeders gezicht vergeten toen ze ontdekte wat ik met die kat had gedaan. Alle kleur was uit haar gezicht verdwenen en ze hield een hand voor haar mond terwijl haar benen het begaven. Ik had een glimlach niet kunnen onderdrukken, zelfs niet toen ze me hard genoeg sloeg om een litteken achter te laten.

Snowball werd begraven in de achtertuin. Mijn moeder werd begraven op de plaatselijke begraafplaats. En Bryan McCormicks oog was allang weg.

'Je moeder en ik wisten niet wat we met je aan moesten,' gromde hij. 'We waren doodsbang. Waarom denk je dat ik mijn geweer achter slot en grendel bewaarde en je er nooit meer bij in de buurt liet komen? Ik dacht dat je ons allemaal in onze slaap zou vermoorden.'

'Dat zou ik niet doen.'

'Nee?' Zijn kaak verstrakte. 'Je moeder stierf met jou hier in huis, in de slaapkamer ernaast. Denk je dat ik niet weet dat jij er iets mee te maken had?'

Mijn gezicht brandde. Hij was net iets te dicht bij de waarheid gekomen. 'Neem dat terug.'

'Ik neem niks terug. Het is de waarheid.'

Ik stelde me voor dat hij de politie zou bellen. Hen vertellen wat hij wist. Ik stelde me voor dat er handboeien om mijn polsen werden gedaan.

Ik knarste met mijn tanden. 'Neem. Het. Terug.'

Hij vouwde zijn armen over zijn borst. 'Ik denk dat je beter weg kunt gaan. Ik zal de politie niet bellen, maar ik wil dat je weggaat. Voorgoed. Ik wil je nooit meer zien.'

De woede die ik in mijn lichaam voelde, was sterker dan alles wat ik ooit had gevoeld. Erger dan toen ik het oog van Bryan McCormick uitstak. Het voelde alsof ik geen controle had over mijn eigen vuisten. Ik hief mijn armen en duwde mijn vader zo hard als ik kon. Onder andere omstandigheden zou hij gevallen zijn en misschien een heup gekneusd hebben. Maar mijn vader stond aan de rand van de trap. Mijn duw bracht hem uit balans.

Zijn armen zwaaiden even en toen viel hij naar beneden.

Toen hij de onderkant van de trap raakte, hoorde ik een misselijkmakende bonk.

Ik rende naar beneden. Mijn vader lag onder aan de trap, met zijn hoofd in een rare hoek. Ik zag hoe er onder hem langzaam een plas bloed groeide. Ik bleef even staan en staarde naar zijn lichaam.

Mijn gedachten raasden. Als ik de politie zou bellen, hoe groot was dan de kans dat ze zouden geloven dat het een ongeluk was? Vooral omdat mijn moeder hier slechts twee jaar eerder was gestorven.

Aan de andere kant, niemand wist dat ik hier was. Mijn auto stond er pas een paar uur en het was donker buiten. Als ik weg zou rijden, zou iemand dan aan mijn verhaal twijfelen? Oude mensen vallen tenslotte weleens van de trap. Een ongeluk zit in een klein hoekje.

Ik keek nog een laatste keer naar mijn vader. Een minuut geleden was ik nog zo boos op hem, maar nu was ik verdoofd. Ja, hij had iets vreselijks gedaan. Maar hij was ervoor gestraft.

Ik liet het licht aan toen ik de voordeur uit glipte en die achter me op slot draaide.

Hoofdstuk 36

CLAIRE

Het is lang niet zo goed geweest. Niet sinds we getrouwd zijn. Niet met Jack. Misschien wel nóóit. Iets met bijna doodgaan resulteert in echt fantastische seks.

Als het voorbij is, liggen we naast elkaar in bed, mijn bezwete lichaam over dat van hem gedrapeerd. Ik voel hoe zijn hand een lok haar uit mijn gezicht strijkt.

'Ik hou zoveel van je, Claire,' zegt hij.

'Ik hou ook van jou.' Een week geleden dacht ik dat er geen kans was dat ik die woorden ooit nog tegen hem zou zeggen. Maar nu meen ik het. Ik hou van hem. 'Zoveel.'

Hij houdt me steviger vast. 'Ik weet dat het de laatste tijd moeilijk is tussen ons, en dat spijt me.'

'Het was niet allemaal jouw schuld...'

'Maakt niet uit.' Hij omhelst me weer en plant een kus op mijn hoofd. 'Ik wil terug naar hoe we waren.'

'Ik ook.'

Dit is wat ik van hem wilde horen. We zijn bij elkaar gebleven voor de kinderen, maar dat vond ik vreselijk. Ik wilde weer gelukkig zijn met hem.

Maar het kan niet terug naar hoe het was. Niet echt. Ik heb hem iets verschrikkelijks aangedaan. Ik heb hem bedrogen met zijn beste vriend. Hoe kunnen we verder met dat lijk in de kast? Het schuldgevoel verteert me.

Maar als ik het hem vertel, vergeeft hij het me misschien nooit.

Ik weet niet wat ik moet doen. Maar ik heb het gevoel dat we niet verder kunnen met een leugen tussen ons.

'Noah.' Ik haal diep adem en probeer mijn stem rustig te laten klinken. 'Ik moet je iets vertellen.'

'O?' Zijn wenkbrauwen trekken samen. 'Wat is er?'

'Het is... iets heel ergs...'

'Claire, je maakt me...' Hij maakt zich van me los om me aan te kijken. 'Wat is er?'

Ik bedenk me dat ik misschien had moeten wachten tot we thuis waren om hem dit te vertellen. Maar nu is het te laat.

'Het zit zo...' Ik bijt op de binnenkant van mijn wang. Hard. 'De afgelopen maanden hebben Jack en ik... nou ja, we...'

'O.' Noah zucht. 'Ik weet het.'

'Wat?' Ik ga rechtop in bed zitten en klem de dekens tegen mijn borst. 'Je weet dat Jack en ik...'

Hij heft zijn hand. 'Je hoeft het niet te zeggen. Ja, ik weet het.'

'Maar... hoelang al?'

'Al een tijdje. Jullie waren niet bepaald subtiel.'

Ik staar naar hem en probeer de uitdrukking op zijn gezicht te lezen. Lindsay en Jack probeerden me er allebei van te overtuigen dat hij het wist, maar ik geloofde het niet. Ze hadden gelijk.

'Kijk.' Hij gaat rechtop zitten op het krakende tweepersoonsmatras. 'Wat jij hebt gedaan... Dat is niet oké. Maar het was ook deels mijn schuld. Ons huwelijk was een ramp. De waarheid is dat ik ook...'

Ik hap naar adem. 'Had je een verhouding?'

'Nee. Néé. Maar...' Hij pulkt aan een los draadje van de kussensloop. 'Ik bedoel, als we nu toch eerlijk zijn, er was... een vrouw. Maar... er is niets gebeurd. Niet echt. Maar...'

'Maar?'

Hij laat zijn hoofd hangen. 'Ik heb haar gekust.' Hij voegt er snel aan toe: 'Meer niet. Er is niets meer gebeurd. Ik ben ermee gestopt. Ik...' Hij zucht. 'Ik was boos op je. Ik wilde je terugpakken. Maar het enige waar ik aan kon denken toen het gebeurde, was dat zij jou niet was. En... ik had er alles voor over om je terug te krijgen. Echt alles.'

Mijn hart bonst in mijn borstkas. Ik kan niet geloven dat Noah een andere vrouw heeft gekust. Ergens haat ik hem erom. Maar wat ik deed was veel erger, en ergens lucht het me bijna op om te weten dat hij ook een moment van zwakte had.

'Ik had gehoopt dat deze reis een goede kans zou zijn voor ons om weer dichter bij elkaar te komen.' Hij vertrekt zijn gezicht. 'Maar toen je me vertelde dat je aparte kamers voor ons had geboekt, dacht ik: nou, het is voorbij.'

Ik kijk weg. 'Ik dacht ook dat het voorbij was.'

Hij steekt zijn hand uit en neemt mijn hand in de zijne. 'Ik weet dat dit stom is, maar zelfs toen we nog op de universiteit zaten, stelde ik me voor dat we samen oud zouden worden. Ik wist dat jij de ware was. Ik was er zo ontzettend zeker van. Toen ik dacht dat het voorbij was... Het was alsof mijn toekomst weg was.'

Ik knijp in zijn hand. 'Ik weet het.'

Ik laat me weer in zijn armen vallen. Ik voel me uitgeput nu het schuldgevoel van de afgelopen maanden eindelijk uit mijn systeem is. Noah weet wat er is gebeurd en hij vergeeft me. Nog even en we gaan samen terug naar huis en beginnen ons leven opnieuw. We gaan niet meer de hele tijd ruziemaken, zoals vroeger. We zullen samen oud worden, zoals we gepland hadden.

Alles komt goed.

Hoofdstuk 37

CLAIRE

Noah valt in slaap, maar ik heb meer moeite om in slaap te vallen. Je zou denken dat na hoe goed ik twee nachten op de grond sliep, ik in een echt bed nog sneller de slaap zou vatten. Maar op de een of andere manier werkt dat niet zo.

Na een uur proberen maak ik me los uit Noahs omhelzing en glip het bed uit. We hebben nooit onze kleding schoongemaakt, dus dat kan ik net zo goed nu doen.

Ik raap mijn shirt, korte broek en sokken van de grond en wil dan Noahs spijkerbroek oprapen. Maar terwijl ik hem van de grond pak, valt er iets uit de zak. Een glinstering van rood.

Ik buk om te zien wat het voorwerp is. Mijn vingers sluiten zich om iets kouds en metaalachtigs.

Het is een Zwitsers zakmes.

Waarom heeft Noah een Zwitsers zakmes? Hij heeft nooit gezegd dat hij een mes bij zich had. Je zou het makkelijk kunnen zeggen, je kunt er zelfs een flauwe grap van maken. Zo van, ja, ik ben blij om je te zien, maar ik heb ook een mes in mijn broekzak.

Ik denk terug aan de steekwond in de borst van die man in de truck.

Maar Noah kon dat niet gedaan hebben. Dat is onmogelijk. Hij was de hele tijd bij ons.

Tenzij hij weggeslopen is terwijl we sliepen…

Nee, dat kan niet. Het is te ver.

Hoewel het vanaf ons kamp niet zo ver naar de hut was als ik had gedacht. Toen we eenmaal naar het noorden reisden, waren we vrij snel bij de hut. Als hij wist waar hij heen ging en stevig doorliep, had hij makkelijk naar de hut kunnen lopen, die vent kunnen doden en terug kunnen gaan naar ons kamp.

Maar wáárom?

Het kan niet door mij en Jack komen. Ik heb het hem verteld en hij was niet erg boos. Ik bedoel, hij vond het ook niet leuk. Maar hij leek niet gek van jaloezie te zijn.

Ik kijk naar Noah die op bed ligt te slapen. Zijn mond is iets open en hij snurkt zachtjes. Ik ken hem al bijna de helft van mijn leven. Ik ben al tien jaar met hem getrouwd. Hij zou zoiets niet doen. Ik weet het zeker.

Ik leg de kleren op het voeteneind van het bed. Ik pak het Zwitserse zakmes op en staar ernaar in mijn handpalm. Ik trek aan het lemmet tot het openspringt. Ik ga met mijn vinger langs het metaal, op zoek naar sporen van bloed.

Het is schoon.

Ik slaak een zucht. Mijn fantasie gaat met me op de loop. Noah is mijn man. Ik kén hem. Hij zou nooit de dingen doen waarvan Jack hem beschuldigt.

Maar voordat ik de kamer verlaat met onze stapel kleren, leg ik het Zwitserse zakmes in een van de laden van het dressoir en bedek het met kleding.

Terwijl ik de deur naar de slaapkamer achter me dichttrek, zwaait de voordeur van het huisje open. Ik klem de bundel kleren tegen mijn borst als Jack de kamer binnenstormt. Hij kijkt naar me, ik ben alleen gehuld in een beha en slipje, en ik doe mijn best om mezelf te bedekken.

'Niets dat ik niet eerder heb gezien,' zegt hij.

Mijn gezicht brandt. 'Maar toch.'

Hij haalt zijn schouders op. 'Het zal wel.'

'Heb je...' Ik kuch. 'Wil je dat ik jouw kleren ook was?'

‘Nee, dat hoeft niet.’ Jack ploft neer op de bank. ‘Ik wil snel weg kunnen als het nodig is.’

Ik wil hem vertellen dat hij zich aanstelt, maar het is moeilijk om dat met enige overtuiging te zeggen als er een dode man op een steenworp afstand van de hut ligt.

‘Luister, Claire.’ Jack kijkt naar me op met die bruine puppyogen waar ik verliefd op dacht te zijn geworden. ‘Als er iets gebeurt, gil dan zo hard als je kunt. Dan kom ik je helpen.’

‘Er zal niets gebeuren,’ mompel ik.

Jack legt het geweer naast zich neer op de bank. ‘Inderdaad.’

Hoofdstuk 38

CLAIRE

Op de een of andere manier is het nog vreemder om wakker te worden in de hut.

Want in het bos waren we ver van huis. Maar hier ben ik in een slaapkamer. Ik lig naast Noah. Ik lig zelfs aan dezelfde kant van het bed als waar ik thuis slaap. Maar ik ben niet thuis. Ik ben in het huis van een vreemde. Het huis van een dode vreemdeling.

Noahs armen zijn om me heen geslagen, zijn linkerarm beschermend over me heen. Zo hebben we al heel lang niet meer geslapen. Lepeltje lepeltje.

Onze kleren hangen over het dressoir. Mijn korte broek en T-shirt zien er droog uit. Ik maak me voorzichtig los uit Noahs armen en loop naar de kast om te kijken. Mijn shirt voelt stijf maar droog aan.

Ik kleed me aan en doe mijn best om mijn haar met mijn vingers uit te kammen en weer in een paardenstaart te doen. Ik trek mijn schone sokken aan en dan mijn vieze gympen. Als laatste zoek ik in de bovenste lade naar Noahs zakmes. Het is niet alsof ik het zou gebruiken, maar het zou me een fijn gevoel geven om het te hebben.

Maar als ik in de lade kijk, is het mes weg.

Noah ligt nog zachtjes te snurken in bed. Heeft hij het mes gepakt? Zo ja, waarom? Of is iemand anders de slaapkamer binnengekomen en heeft hij het gepakt terwijl wij sliepen?

Ik kijk naar de deur van de slaapkamer. Zou ik het gehoord hebben als er 's nachts iemand naar binnen was geslopen?

Nee, ik ben paranoïde. Niemand is in de kamer geweest terwijl we sliepen. Noah heeft het waarschijnlijk gevonden en ergens veilig opgeborgen. Zodra hij wakker wordt, zal ik ernaar vragen. Maar ik ga hem nu niet wakker maken. Ik laat hem uitslapen. Ik ben jaloers. Ik wou dat mijn gedachten niet nog steeds door mijn hoofd raasden. Dan kon ik misschien ook nog even blijven liggen.

Jack zal vast al wakker zijn.

Ik doe voorzichtig de deur van de slaapkamer open en probeer hem niet te hard te laten kraken. Mijn gympen ploffen zachtjes op de grond. Als ik de deur achter me dichttrek, gaat mijn blik recht naar de bank waar Jack de nacht heeft doorgebracht.

Hij is weg.

'Jack?' roep ik.

Het is geen verrassing dat er geen antwoord komt. Als hij in deze kleine leefruimte was, zou ik hem zien.

Ik loop naar de bank. Zijn schoenen en sokken zijn weg. Het geweer ook. Misschien is hij weer gaan wandelen.

Maar op de een of andere manier denk ik van niet.

Ik sprint terug naar de slaapkamer en doe deze keer geen moeite om stil te zijn. Ik schud Noah wakker. Hij gaapt en wrijft met de rug van zijn handen in zijn ogen. 'Claire, wat is er?'

'Jack is weg!' Mijn vingertoppen tintelen. Misschien ben ik wel aan het hyperventileren. 'Ik kan hem niet vinden!'

'Rustig maar.' Hij gaat rechtop in bed zitten en wrijft nog eens in zijn ogen. 'Hij is waarschijnlijk weer gaan wandelen.'

'Ik denk niet dat dat zo is.' Ik knijp mijn handen samen. 'Dit is net als wat er met Michelle is gebeurd. En toen met Warner. We werden wakker en ze waren gewoon... weg.'

Noah lijkt dit niet serieus genoeg te nemen. Hij zwaait wel zijn benen over de rand van het bed, maar hij maakt geen aanstalten om op te staan en zich aan te kleden. 'Dit is wel anders. We zitten in een hut. Het is niet alsof een wild dier hier binnenkwam en hem aanviel.'

'Dit is precies wat er de afgelopen twee nachten is gebeurd,' zeg ik weer.

We waren met z'n zessen toen we begonnen. En een voor een verdwenen ze. En nu zijn alleen Noah en ik over.

Een klein stemmetje in mijn hoofd zegt me dat ik de volgende ben. Dat ik moet vluchten. Nu het nog kan. Maar waar kan ik heen? En trouwens, als Noah en ik de enigen zijn die nog over zijn, betekent dat dat híj verantwoordelijk is voor de verdwijning van de anderen. En ik weet dat dat niet het geval is.

Noah sleept zichzelf eindelijk uit bed en trekt zijn kleren zo langzaam aan dat ik hem door elkaar wil schudden. Hij volgt me de kamer uit, maar hij lijkt niet onder de indruk als ik naar de bank wijs.

'Ik weet niet wat ik moet zeggen.' Hij haalt een hand door zijn warrige haar. 'Wil je buiten naar hem gaan zoeken?'

'Ja,' zeg ik.

Misschien heeft Noah gelijk. Misschien is Jack wel gewoon een wandeling gaan maken. Misschien gaan we naar buiten en zien we hem levend en wel, en dan geef ik toe dat ik me voor niks heb druk gemaakt. Ik hoop dat het zo is.

Noah gaat naar de keuken om een glas water voor zichzelf in te schenken, maar ik ben te nerveus. Ik loop naar de voordeur en duw hem open. En dan zie ik het.

Bloed. Overal op de drempel van de hut. Zoveel bloed.

Zoveel bloed.

'Claire?'

Ik probeer te antwoorden, maar mijn stem werkt niet mee.

In het begin waren we met z'n zessen. Nu zijn er nog maar twee. En ik heb dit niet gedaan.

'Claire?'

Ik draai me om en kijk mijn man aan. Hij neemt een grote slok uit zijn glas water en zet het op de keukentafel. Hij loopt naar me toe en ik doe een stap achteruit.

'Claire,' zegt hij weer. 'Wat is er?'

'Daar...' Ik krijg het woord er nauwelijks uit. 'Er is bloed...'

'Bloed?' Zijn stem klinkt vlak, ongeïnteresseerd. 'Wat bedoel je?'

'Het is... Het ligt overal op de grond voor de hut.'

'Overal op de grond?' Zijn hazelnootkleurige ogen worden donkerder. 'Wat bedoel je?'

Er is iets heel onvertrouwds in Noahs gezicht. O god. Hoe heb ik dit niet eerder kunnen zien? Jack had gelijk. Noah wist van mijn affaire en hij heeft het me nooit vergeven. Ik ben zo dom.

Hij heeft dit allemaal gepland. Dit is zijn wraak. Hij heeft ons erin geluisd. Hij heeft ons een voor een vermoord.

En nu ben ik de laatste die over is.

Ik moet weg. Maar waarheen? Ik heb niets anders dan de kleren die ik draag. Geen eten, geen water. Ik heb zelfs mijn tas met mijn telefoon niet meer. Als ik van hem wegren, hoe groot is dan de kans dat ik op tijd hulp vind? Als ik wegga uit de hut, ben ik zeker dood.

Noah zet nog een stap in mijn richting. 'Claire...'

Maar als ik blijf, dan ben ik óók dood.

Ik draai mijn hoofd. De deur staat achter me open. Het is mijn enige kans.

Ik ren zo snel als ik kan. Eerst weet ik niet zeker welke kant ik op moet, maar dan herinner ik me de vrachtwagen. Het leek erop dat er voor de vrachtwagen een pad was. Misschien gaat het ergens heen. Het is de enige kans die ik heb.

Ik ren zo snel als ik kan. Ik ben me er vaag van bewust dat ik op een tak stap en dat mijn rechterenkel lichtjes verdraait, maar ik negeer de pijn. Ik moet hier weg.

Als ik dichter bij de truck kom, besef ik dat er nog iemand in de cabine zit. Het is Jack, die daar naast de dode man zit. Ik huil bijna van opluchting. Misschien probeert hij de auto aan de praat te krijgen. Misschien heeft Noah toch geen kans gehad om hem te grazen te nemen.

Ik hou me vast aan de zijkant van de truck in een poging mijn evenwicht te bewaren en ik ril van de pijn in mijn rechterenkel. Jack weet vast wat hij moet doen. De afgelopen maanden was hij mijn rots in de branding. Hij gaat ons hier weg krijgen. Dank de Heer voor Jack.

'Jack!' roep ik.

Met mijn rechterhand wrik ik de deur aan de passagierskant van de truck open. Het duurt een fractie van een seconde voor ik besef dat Jack niet probeert de truck aan de praat te krijgen.

Hij probeert helemaal niets te doen. Hij zit daar gewoon op de passagiersstoel, met een kogelgat in zijn voorhoofd.

Echt geen dier dat dit heeft gedaan.

'Nee...' Ik hou mijn hand voor mijn mond en loop weg van de truck. 'Nee... Nee, nee, nee, nee...'

Het is te laat.

'Claire, ga weg bij de truck, alsjeblieft.'

Ik ben me maar vaag bewust van de toonloze stem die me instructies geeft. Het enige wat ik kan denken is dat de man van wie ik hield me verraden heeft. Ik zal mijn kinderen nooit meer zien. Ik ga hier in het bos sterven.

'Claire...'

Ik draai me langzaam om en verwacht Noah te zien, het verdwenen pistool op me gericht. Of misschien het geweer van Jack. Maar het is Noah niet.

Het is Warner.

Hij heeft Jacks geweer op me gericht. Zijn blauwe ogen zijn donker en dreigend. Dit is niet iemand tegen wie je nee zegt.

'Wil je alsjeblieft je handen in de lucht doen, Claire?' zegt Warner. 'Anders eindig je net als je vriend daar.'

Mijn hoofd tolt. Wat doet Warner hier? Hij was verdwenen. Er was al dat bloed. We dachten allemaal dat hij zeker dood moest zijn.

Maar we hebben zijn lichaam natuurlijk nooit gevonden. We gingen er gewoon van uit.

'Jij...' weet ik eruit te krijgen. 'Jij hebt dit allemaal gedaan.'

Er verschijnt een ijzingwekkende glimlach om Warners lippen. 'Nou, ik kan niet helemaal alleen met de eer strijken.'

Dan valt alles op zijn plaats. Noah wilde wraak voor mijn verraad. Maar hij kon het niet alleen. Hij had een partner nodig. Iemand die 's nachts wegsloop en de man in de hut vermoordde terwijl hij deed alsof hij naast me sliep.

Maar hoe kende Noah Warner?

Tenzij hij alles vanaf het begin heeft opgezet. Hij gaf die arme Lindsay de ontmoeting waarvan hij wist dat ze erop hoopte, waardoor deze knappe man in ons leven kon infiltreren. Hij wist zelfs welk sterrenbeeld Warner moest hebben. Het was te makkelijk.

'Laten we teruggaan naar de hut,' zegt Warner rustig.

Hij richt het geweer op me en ik heb alle reden om te geloven dat hij me zal neerschieten als ik niet meewerk. Mijn enkel schreeuwt van de pijn, maar ik dwing mezelf om terug te lopen naar de hut, waar Noah binnen wacht.

Ik vraag me af wat hun plan is. Het lijkt erop dat alle anderen gewoon vermoord zijn, maar voor mij willen ze iets anders. Me martelen. Hoe vreselijk het ook klinkt, ik kan het hem niet helemaal kwalijk nemen. Ik heb Noah iets verschrikkelijks aangedaan. Het heeft hem kapotgemaakt, net als toen zijn vader stierf.

God, ik wou dat ik Noahs Zwitserse zakmes nog had. Had ik het maar bij me gehouden... De deur van de hut staat nog steeds open. Warner dirigeert me naar binnen met mijn handen nog steeds in de lucht. Het eerste wat ik zie als ik de woonkamer binnen loop is Noah. Ik had verwacht dat hij een pistool in zijn hand zou hebben, op mij gericht. Maar in plaats daarvan zit hij op de bank, met zijn hoofd naar beneden en zijn handen net als de mijne in de lucht.

Want iemand anders heeft een pistool op zijn hoofd gericht.

O mijn god.

Hoofdstuk 39

ANONIEM

Het eerste wat Claire Jennings deed toen ik haar ontmoette, was me omhelzen.

'Wat fijn om je eindelijk te ontmoeten, Lindsay!' riep ze.

Ik bleef stokstijf staan en onderging haar ongevraagde omhelzing. 'Ook fijn om jou te ontmoeten.'

Claire was een knuffelaar. Het was een van de dingen die ik over haar leerde tijdens onze vier jaar als kamergenoten. Ze omhelsde je als ze je ontmoette. Ze knuffelde als ze je een paar dagen niet gezien had. Soms knuffelde ze je gewoon omdat het kon.

Ze was open en warm en lief op een manier die ik nooit eerder had ervaren. Ze was mijn eerste echte vriendin. Ze hield van me op een manier waarop mijn ouders nooit hadden gedaan. Ze vond me een goed mens. We lachten elke dag samen. Ik was nog nooit zo gelukkig als toen ik bij Claire woonde. Ik zou alles gedaan hebben voor mijn beste vriendin.

Ik heb haar nooit het ware verhaal over mijn jeugd verteld. Ik verzon een vrolijkere versie van de waarheid. Er was geen reden voor haar om te denken dat ik loog. Ze dacht dat ik net als zij was. Of als ze iets anders vermoedde, liet ze dat niet merken.

Tijdens ons tweede jaar kreeg Claire iets met een jongen die Ted heette. Ik heb hem nooit erg gemogen. Ik haatte de manier waarop hij naar me gluurde en de suggestieve opmerkingen die hij maakte. Mijn vermoedens werden later bevestigd toen ze hem betrapte toen hij vreemdging met een ander meisje. Niet zomaar een meisje, maar een vriendin van haar. Ze was er kapot van. Ze huilde urenlang, maar ik deed wat ik kon om haar op te vrolijken.

Ik had niet gepland wat er met Ted is gebeurd. Niet helemaal.

Toen we elkaar in de zomer tegenkwamen, herkende hij me niet eens als Claires kamergenoot. Hij was begeleider op een soort kamp en hij probeerde me schaamteloos te versieren, ook al had Claire me een week eerder gemaild dat ze dacht dat ze misschien weer bij elkaar zouden komen.

Het verbaasde me niet dat Ted in mij geïnteresseerd was. Ik was erg aantrekkelijk. Dat was ik niet op de eerste schooldag, maar de extra studentenkilootjes hadden me goed gedaan. Ik begon me stijlvoller te kleden dan de jongensachtige outfits die mijn ouders voor me kochten omdat ze liever een zoon hadden gehad. Het lukte me ook eindelijk om mijn haar te laten groeien. Het was geweldig om lang, zijdezacht haar te hebben in plaats van het extreem korte kapsel dat mijn moeder altijd in de badkamer boven knipte. Voor het eerst in mijn leven had ik borsten. Ted kon zijn vieze poten niet van me afhouden.

Ik accepteerde zijn uitnodiging om die avond het meer op te gaan in een van de roeiboten die hij zou 'lenen' van het kamp. Het moest geheim blijven, want hij kon problemen krijgen met het kamp als we de boot meenamen. Niemand wist dat we er samen tussenuit knepen, ik heb het Claire in ieder geval nooit verteld.

Ted keerde die nacht niet terug van het meer.

Claire was verdrietig over Teds vroegtijdige dood, maar ze ging door. Ze begon te daten met Noah Matchett, de jongen die naast ons woonde. Je kon alleen al aan hem zien dat hij een aardige jongen was. Hij zou haar goed behandelen. En kort nadat we afgestudeerd waren trouwde hij met haar. En hij was een heel goede echtgenoot.

Ik heb nooit iemand als Noah ontmoet. Alle jongens (en later mannen) met wie ik iets had waren net als mijn vader. Te knap, te charmant en niet in staat om hun lul in hun broek te houden. Maar ik verwachtte het, en ik huilde nooit als mijn vriendjes uiteindelijk deden wat ik al die tijd al wist dat ze zouden doen.

Mijn vrienden waren niet zo slim als ik. Ik herinner me dat mijn vriendin Daphne het jaar nadat ik was afgestudeerd huilend naar me toe kwam nadat ze haar vriendje in bed had betrapt met een andere vrouw toen ze vroeg thuiskwam van haar nachtdienst. Ze was er kapot van. Maandenlang kon ze nauwelijks uit bed komen. Het bood een beetje troost toen haar vriend niet lang daarna om het leven kwam bij een verkeersongeval.

Ik heb gemerkt dat als je een aantrekkelijke vrouw bent, het heel gemakkelijk is om een monteur je gedeukte voorspatbord te laten vervangen zonder al te veel vragen te stellen.

Er waren anderen. Ik hoef niet in details te treden. Maar geloof me, ze verdienden het allemaal. Net zoals mijn ouders het verdienden.

Claire bleef al die jaren mijn beste vriendin en ze heeft de waarheid nooit geweten. Als ik er niet was geweest, was ze misschien weer bij Ted teruggekomen. Ze zou nooit de liefde van haar leven hebben ontmoet. Er waren momenten dat ik het haar zo graag wilde vertellen, maar ik wist niet zeker of ze het zou begrijpen. Ik wilde niet dat ze naar me zou kijken zoals mijn ouders deden.

En op een dag veranderde alles.

Het begon onschuldig, echt waar. Ik had een paar oorbellen van Claire geleend en ging naar haar huis om ze terug te brengen. Ik kwam op een tijdstip waarop ik dacht dat ze wel terug zou zijn van haar werk, maar haar auto stond niet op de oprit. Ik had toen weg moeten gaan en naar huis moeten gaan. Als ik dat had gedaan, was alles misschien anders gelopen. Maar omdat ik er toch was, kon ik de oorbellen net zo goed achterlaten. Het waren tenslotte Claires lievelingsoorbellen, ze was altijd erg gul met haar spullen. Dat was een van de vele dingen die ik zo leuk aan haar vond.

Ik belde aan bij het mooie witte huis van de familie Matchett en wachtte. Uiteindelijk deed Noah de deur open, in spijkerbroek en T-shirt, met een stoppelbaardje op zijn kin. Hij zag er licht verlegen uit.

'Claire is er niet,' zei hij.

'O, dat geeft niet.' Ik glimlachte verontschuldigend. 'Ik wilde alleen de oorbellen terugbrengen die ik geleend had.'

Noah pakte het zakje met de oorbellen. Het leek alsof hij de deur weer dicht wilde doen, maar toen aarzelde hij. 'Claire komt zo thuis. Wil je op haar wachten?'

'O.' Ik had Claire al een paar weken niet gezien en ik wilde graag met haar bijpraten. 'Tuurlijk.'

De badkamer van de Matchetts was net als de rest van het huis. Schoon en huiselijk met hemelsblauwe handdoeken. Ik hield van hun badkamer. Nadat ik mijn handen gewassen had, stond ik daar even in het midden van de ruimte, en ademde de geur in van hun naar appel geurende handzeep die bijna op was.

Toen ik klaar was in de badkamer, kwam Noah uit de kelder. 'Ik heb Claire beloofd dat ik de was in de droger zou doen. Ze vermoordt me als ik het vergeet.'

Claire had vaak geklaagd dat Noah geen klusjes deed. Ze zei dat alles wat ze van hem vroeg resulteerde in ruzie. Ik probeerde me er niet mee te bemoeien. Ik dacht dat ze uiteindelijk wel over hun problemen heen zouden komen. Noah en Claire hielden van elkaar. Ze leken in niets op mijn ouders.

'Wil je iets drinken?' vroeg Noah.

Ik ging zitten op een van de krukjes bij hun aanrecht. 'Natuurlijk. Wat heb je?'

Hij liep naar de koelkast en scande de inhoud. 'Eh… wil je yoghurtdrink? Melk? Sinaasappelsap?' Hij keek op en gaf me een scheve glimlach. 'We hebben ook bier.'

'Bier?'

Hij haalde schaapachtig zijn schouders op.

'Oké,' zei ik. 'Waarom niet?'

Hij haalde twee flesjes Bud Light uit de koelkast. Hij gaf er een aan mij en hield de andere voor zichzelf.

Ik wist niet waar die twee biertjes toe zouden leiden. En ik wist niet dat Claire niet snel thuis zou zijn. Ik zweer het, ik was niet naar Claires huis gekomen met de bedoeling om haar man te kussen. Maar in de tijd dat we aan het praten waren, merkte ik dat hij op die bepaalde manier naar me keek. Veel mannen hadden al op die manier naar me gekeken, maar in al die jaren dat ik hem kende, had Noah Matchett nog nooit zo naar me gekeken. Nog nooit. Ik dacht dat hij immuun was voor mijn charmes. Maar blijkbaar niet.

En voor ik het wist, waren zijn lippen op de mijne.

Ik genoot ervan. Voor een fractie van een seconde. Ik had al meer dan een jaar geen man meer gekust – op een gegeven moment was ik het daten zat en had ik het opgegeven. Het voelde fijn. Ik kan niet ontkennen dat hij een goede kusser was.

Ik moet tot mijn schaamte toegeven dat Noah zich als eerste losmaakte. Zijn gezicht was rood en hij had een paniekerige blik in zijn ogen.

'Het spijt me.' Hij stond zo abrupt op van zijn kruk dat hij bijna struikelde. 'Dit was een vergissing. Ik kan Claire niet bedriegen.'

Mijn wangen brandden van schaamte. 'Jij hebt míj gekust.'

'Ik weet het, ik weet het…' Hij haalde een trillende hand door zijn haar. 'Ik deed het alleen omdat… Kijk, het maakt niet uit. Het was een vergissing. Je… Je kunt maar beter gaan.'

Ik ging zo snel mogelijk weg. Maar voordat ik mijn huis in ging, bleef ik een uur in mijn auto zitten, mezelf hatend. Ik had iets verschrikkelijks gedaan. Ik had mijn beste vriendin verraden door haar man te kussen. Hoe kon ik met mezelf leven? Ik was net zo slecht als mijn vader.

Ik moest Claire de waarheid vertellen.

Een week later gingen Claire en ik samen lunchen. De laatste jaren was ze er steeds ellendiger uit gaan zien. Alsof het leven uit haar gezogen werd. Ik kon me niet herinneren wanneer ik haar voor het laatst had gezien zonder kringen onder haar ogen. Ze lachte niet meer zoals vroeger.

Maar deze keer leek ze gelukkig. Ik had haar in geen jaren zo gelukkig gezien. Misschien moest ik haar niet de waarheid over Noah vertellen. Ik wilde haar geluk niet verpesten. En er was niet echt iets ergs gebeurd. Het was gewoon een kus.

'Je bent in zo'n goede bui,' merkte ik tegen haar op. 'Gaat het… beter met Noah?'

'Nou… niet echt.' Ze aarzelde waarna er een glimlach op haar gezicht verscheen. 'Maar er is nog meer in het leven, weet je?'

Ik dacht dat ze het over haar baan als lerares had, waarvan ik wist dat ze er gek op was. Of over haar kinderen, die ze aanbad. Ik had nog steeds niet de moed gehad om haar de waarheid te vertellen toen ze opstond om naar het toilet te gaan. Claire liet haar telefoon achter op tafel en toen ze weg was, verscheen er een bericht van Jack Alpert op het scherm:

Kan niet ophouden aan je te denken. Kan niet wachten om je morgen te zien.

Natuurlijk kon ik maar één conclusie trekken. Claire bedroog Noah. Plotseling werd het allemaal duidelijk.

De reden dat Claire zo gelukkig was. De reden waarom Noah het nodig vond om me te kussen. Ze bedroog hem. Met zijn beste vriend. En daarom probeerde Noah iets terug te doen bij Claires beste vriendin, maar kon het niet doorzetten.

Ik heb Claire altijd de beste persoon gevonden die ik ooit had ontmoet. Ik geloofde dat ze eerlijk, aardig en loyaal was. Nu drong het tot me door dat niets van dat alles waar was. Ze verraadde de man aan wie ze haar leven had toegezegd op de ergste manier. Ze was geen haar beter dan mijn vader, die met de zus van zijn vrouw sliep. En toen probeerde Noah mij te gebruiken om haar terug te pakken.

Het was verachtelijk. Ze waren verachtelijk.

Toen ze terug bij de tafel kwam en naar beneden keek naar het bericht, verscheen er een geheimzinnige glimlach op haar lippen. Ik wilde haar de ogen uitkrabben, net zoals ik bij Bryan McCormick had gedaan.

Ik had haar ermee kunnen confronteren. Ik had kunnen eisen dat ze een eind aan die verhouding zou maken. Maar in plaats daarvan besloot ik iets veel ergers te doen.

Natuurlijk zou dit alles niet gebeurd zijn als ik Warner niet had ontmoet. Ik ontmoette hem jaren eerder, toen hij me online advies gaf over een vergif dat nooit te traceren zou zijn bij een autopsie. We spraken af in mijn appartement en hadden een nacht vol spectaculaire seks samen. Maar ik wist dat hij iemand was met wie ik niets mee te maken wilde hebben, en niet alleen omdat hij veel te knap en veel te charmant was. Hij was gevaarlijk.

Maar we spraken elkaar af en toe nog, en soms kwamen we samen voor een beetje vertier.

Hoe dan ook, ik nam hem over alles in vertrouwen. We waren het erover eens dat mijn voormalige vrienden een lesje verdienden. Net als ik, had hij dit vaker gedaan. Samen maakten we een plan. Het begon met een nep-kaart en een mes waarmee je een boom zo in kon kerven dat het precies op dierenklauwen leek.

Hoofdstuk 40

CLAIRE

'Lindsay,' hijg ik.

Mijn beste vriendin die ik al meer dan vijftien jaar ken kijkt me met haar blauwe ogen aan. Ze heeft een klein pistool in haar hand dat ze op Noahs hoofd gericht heeft. De kortstondige opluchting die ik voel bij het besef dat ze nog leeft, wordt overweldigd door ongeloof over wat ik zie.

'Hallo, Claire.' Ze laat me de glimlach zien waardoor elke jongen die ze ontmoette verliefd op haar werd. 'Welkom terug.'

Mijn hoofd zit vol met te veel vragen. Ik weet niet welke ik als eerste moet stellen. Ik doe mijn mond open en flap er uiteindelijk uit: 'Maar je bent dood!'

Lindsay wuift het weg. 'Die geruchten zijn zwaar overdreven.'

'Maar je hebt van de dodelijke nachtschade gegeten!' roep ik.

Ze klakt met haar tong. 'Ik zei toch dat het bosbessen waren, Claire. Ik ken het verschil. Mijn moeder kweekte ze vroeger. Je had er een moeten proberen. Ze waren best lekker.'

'Maar... Maar Warner zei...' Ik kijk naar Warner, die nog steeds het geweer vasthoudt. Eindelijk snap ik het. 'Hij zei dat je dood was. Je was al die tijd gewoon oké.'

'Bingo!' Haar glimlach wordt breder. 'Het was nogal een optreden, hè? Ik denk dat ik mijn roeping als actrice gemist heb.'

'We hebben voor research YouTube-video's gekeken van mensen die aanvallen kregen,' voegt Warner eraan toe. 'En ik vond dat mijn hartmassage er heel realistisch uitzag. Ik heb je toch niet te veel pijn gedaan, schat?'

Lindsay schudt haar hoofd. 'Helemaal niet.'

Noah heft zijn hoofd net genoeg zodat ik zijn hazelnootkleurige ogen kan zien. Hij schudt zijn hoofd heel lichtjes.

'Jij... Jij hebt Jack vermoord?' fluister ik.

'Nee.' Ze knikt naar Warner. 'Hij heeft Jack vermoord. En de grote meneer waar de hut van is. Maar ik heb Michelle vermoord. En nu ga ik jou vermoorden.'

Ik ben compleet overrompeld. Noahs gezicht is helemaal wit geworden. Dit kan niet waar zijn. Lindsay is mijn beste vriendin. Hoe kon ze me dit aandoen? En waarom?

'Waarom doe je dit?' snik ik.

Lindsay glimlacht naar me. Ze ziet er nog steeds zo mooi uit, zelfs als ze een pistool op mijn man richt. 'Dat is het beste deel. Dat laat ik Noah je vertellen.'

Ik frons. 'Noah?'

Noah laat zijn gezicht in zijn handen vallen. 'Het spijt me zo, Claire. Ik heb je verteld dat er een vrouw was die ik...'

Mijn mond valt open. Eindelijk snap ik het. Lindsay, mijn beste vriendin, was de vrouw met wie hij zoende. Ik deed het met zijn beste vriend, dus dit was de ultieme wraak. Maar hij heeft het nooit doorgezet.

'Hij heeft me gebruikt.' De glimlach verdwijnt van Lindsays gezicht als ze hem met haar pistool op zijn achterhoofd slaat. Zijn gezicht vertrekt, maar hij geeft geen kik. 'Hij probeerde me te gebruiken om jou terug te pakken voor het walgelijke wat je met Jack hebt gedaan.' Ze grimast. 'Jullie zijn allebei vreselijke mensen.'

'Lindsay,' mompelt Noah, 'dat is niet wat er gebeurd is...'

'Hou je bek, Noah,' snauwt ze. Ze draait zich om en kijkt me aan. 'Jij had alles. Je had een geweldig leven met een perfecte echtgenoot. Als ik wist dat je het zou verpesten, had ik nooit de moeite genomen om van Ted af te komen.'

'Ted...' Het duurt even voor ik besef waar ze het over heeft. Ted, mijn vriendje tijdens mijn tweede jaar. Degene die verdronk in de zomer. 'O mijn god, Lindsay, je hebt niet...'

Haar ogen vullen zich met vuur. 'Hij verdiende het. Hij was een vreselijk mens, Claire. Hij zou je keer op keer hebben verraden. Ik moest het doen om jou te redden.'

Ik sla mijn hand voor mijn mond. Ik kan niet geloven wat ik hoor. Lindsay heeft Ted al die jaren geleden vermoord. Vanwege mij.

Ik had geen idee waartoe ze in staat was.

Maar nu weet ik het. Ze heeft een pistool in haar hand en het is duidelijk dat ze het gaat gebruiken. Ze gaat ons vermoorden. Ik kom nooit meer thuis. Ik zal Emma en Aidan nooit meer zien. Ze zullen zonder ons opgroeien.

Mijn ogen ontmoeten kort die van Noah. Dit is misschien een van de laatste keren dat ik hem zie. Gisteravond met hem... Het was geweldig. Ik heb een verschrikkelijke fout gemaakt toen ik met Jack naar bed ging. Ik had het nooit moeten doen. Ik had eerst moeten proberen het met Noah op te lossen.

En nu betaal ik de ultieme prijs.

'Lindsay,' zegt Noah zachtjes. 'Je maakt een grote fout. Je wilt dit niet doen. Je gaat voor de rest van je leven de gevangenis in.'

'Nee, ik denk het niet,' zegt Warner. Ik was bijna vergeten dat hij achter me stond als ik zijn bariton hoor. 'We hebben het perfecte alibi. Ik zou het je heel graag willen vertellen.'

Ik voel me ziek. Ik wil niets horen van wat deze man te zeggen heeft, maar als hij blijft praten, kunnen we misschien een manier vinden om hier uit te komen.

'Dus dit is wat we de politie gaan vertellen...' Hij knikt naar Noah. 'Noah hier ontdekte dat zijn vrouw hem bedroog met zijn beste vriend. Hij werd vreselijk, maar dan ook vreselijk jaloers. Razend. Toen... vermoordde hij iedereen die hier was, inclusief zichzelf. Gelukkig waren Lindsay en ik aan het wandelen toen het gebeurde, en we kwamen net op tijd terug om het bloedbad te zien.'

Noahs gezicht kleurt. 'Je bent toch niet echt...'

Lindsay houdt haar hoofd schuin. 'Triest, hè? Je kinderen zullen opgroeien zonder ouders en ook nog denken dat hun vader een gestoorde moordenaar was.' Ze haalt haar schouders op. 'Maar wat is het verschil? Het is niet alsof het jullie iets kon schelen dat jullie je gezin kapotmaakten. Emma smeekte je om thuis te blijven, maar toch ging je hierheen.'

Ik huiver bij de herinnering aan Emma's kleine gezichtje dat naar me opkeek en smeekte niet mee te gaan. Had ik maar naar haar geluisterd. Dan had ik nu bij mijn kinderen kunnen zijn...

Noahs rechterhand balt zich tot een vuist. Hij ziet eruit alsof hij een van hen of ze allebei wil slaan. Misschien zou hij dat ook moeten doen. Ze gaan ons toch vermoorden. We kunnen net zo goed vechtend ten onder gaan.

'Er ontbreekt alleen nog een klein detail,' zegt Lindsay.

Ze heft het pistool en richt het recht op Noahs schedel. Ik knijp net mijn ogen dicht als ik een schot hoor. Nee. Néé. Dit gebeurt niet.

Ik durf mijn ogen niet open te doen en te zien dat mijn man op de bank ligt met een kogelgat in zijn hoofd. Maar als ik ze open, zit Noah nog rechtop. Het lijkt er niet op dat hij in zijn hoofd is geschoten. Hij ziet er ongedeerd uit.

Dan hoor ik een gorgelend geluid van de vloer komen. Ik kijk naar beneden en zie Warner, die op de grond ligt en naar zijn nek grijpt waar bloed uit stroomt. Ik staar naar hem, mijn hart bonst. Wat is er net gebeurd?

'Het spijt me zo, lieverd.' Lindsay staat over hem heen, haar gezicht een masker. 'Maar jouw verhaal was veel te ingewikkeld. En de politie heeft je vingerafdrukken in haar bestand. Ik kon gewoon het risico niet nemen om met jou geassocieerd te worden.'

Warner hoest bloed op. Het lijkt alsof hij iets probeert te zeggen, maar het lukt hem niet.

'Twee mensen kunnen geen geheim bewaren,' zegt ze. 'Niet tenzij een van hen dood is.

Dat is gewoon een feit. Ik werk altijd alleen.'

Ik kijk vol afschuw hoe Warners ogen wegdraaien. Hij is dood. Ze heeft hem vermoord.

'Zo,' zegt Lindsay kortaf. Ze lijkt zich totaal niet druk te maken over het feit dat ze zojuist een man heeft vermoord en ik krijg er de rillingen van. Wie is deze vrouw? Ik dacht dat ik haar beter kende dan wie dan ook. 'Het zit zo. Ik ontmoette Warner op een datingsite, en oeps, hij bleek een psychopaat te zijn. Hij heeft ons allemaal vermoord, maar ik heb het overleefd door me dood te houden.' Ze glimlacht welwillend. 'Dus jullie mogen onschuldige slachtoffers zijn. Dat is jullie cadeautje als jullie je gedragen en niks proberen te flikken'

Iets proberen te flikken? Wat moet ik doen dan? Ze heeft het pistool. Ja, Warner heeft zijn geweer op de grond laten vallen, maar Lindsay weet als geen ander dat ik geen idee heb wat ik met dat ding moet doen. En ik denk dat Noah dat ook niet weet. Maar...

Waar is dat Zwitserse zakmes?

Ik zie dat Noah zijn rechterhand in zijn zak heeft. Lindsay lijkt het niet te merken. Zit het mes daarin? Als hij het heeft, hebben we een kans. Als hij het niet heeft... dan...

'Dus,' zegt Lindsay, 'wie van jullie wil eerst?'

O god. Laat Noah alsjeblieft dat mes hebben...

Ik haal adem en probeer tijd te rekken. 'Lindsay, je moet begrijpen, Jack en ik... Het gebeurde gewoon. Het was niet mijn bedoeling.'

'Natuurlijk.' Ze snuift. 'Precies wat mijn vader ook zei.'

'Je vader was een klootzak,' zeg ik. Ze maakt een felle beweging met haar hoofd, maar ik ga door.

'Ik weet nog goed dat toen hij stierf, we de hele nacht over hem gepraat hebben. Weet je dat nog?'

Lindsay grijnst. 'Dat is lang geleden.'

'Nou, ik weet het nog.' Ik kijk haar in de ogen. 'Je vertelde me over hoe slecht hij je moeder behandelde. Hoe hij er nooit was voor je familie. Dat je altijd het gevoel had dat je niet goed genoeg voor hem was.'

Lindsay laat haar pistool een millimeter zakken. 'Ja, nou...'

'Jij en ik...' Ik slik. 'We waren er altijd voor elkaar. Altijd als ik je nodig had, was jij er voor me, Lindsay. Ik bedoel, je was mijn getuige Je bent de peettante van mijn kinderen. Toen ik dacht dat je dood was...'

Ze kijkt me lang aan. 'Toen je dacht dat ik dood was en je bij me wilde blijven, kon ik er bijna niet mee doorgaan. Ik... Ik had eerlijk gezegd niet gedacht dat het je iets zou doen.'

'Waar heb je het over? Natuurlijk doet het me wat!'

Terwijl de woorden uit mijn mond komen, besef ik hoezeer ik ze meen. Toen ik dacht dat Lindsay dood was, was het alsof mijn hele wereld instortte. Ze heeft duidelijk veel ernstigere problemen dan ik ooit voor mogelijk had gehouden. Ik bedoel, ik heb altijd geweten dat ze een beetje gek was. Maar ik had nooit gedacht dat ze hiertoe in staat zou zijn.

Ergens geloof ik het nog steeds niet.

'Lindsay,' pers ik eruit. 'We kunnen dit oplossen. Ik doe alles om je hier uit te halen.'

Natuurlijk is er niet echt een uitweg. Er zijn drie mensen dood. Maar Lindsays gezicht verzacht en ze laat haar pistool zakken. Ik haal adem. 'Ik wil je niet vermoorden, Claire.' Ze schudt haar hoofd. 'Echt niet. Maar je moet begrijpen...' Ze kijkt omhoog. 'Je weet te veel. Ik kan er niet op vertrouwen dat je mijn geheimen bewaart.'

En dan heft ze het pistool weer. O mijn god. Dit gebeurt echt. Over een seconde lig ik naast Warner op de grond.

Ik doe mijn ogen dicht en zet me schrap. Maar een fractie van een seconde later hoor ik Lindsay schreeuwen en dan vliegen mijn ogen open. Noah staat achter haar en zijn Zwitsers zakmes steekt uit haar rechterschouder. De mouw van haar roze T-shirt wordt snel donker van het bloed terwijl het pistool op de grond valt.

'Claire!' schreeuwt Noah naar me. 'Pak het pistool! Nu!'

Ik weet wat hij zegt dat ik moet doen. Ik moet het pistool oprapen. Maar het voelt alsof ik in trance ben. Ik kan me niet bewegen. 'Maar...'

'Claire! Pak! Het! Pistool!'

Zijn geschreeuw haalt me uit mijn trance. Ik grijp naar het pistool op de grond, ook al heb ik nog nooit een pistool vastgehouden en weet ik helemaal niet zeker hoe het moet. Het enige wat ik vaag zeker weet is dat de loop niet op mij gericht is.

Lindsay zakt naar de grond terwijl de vuurrode vlek op haar T-shirt groeit. Ik probeer het pistool stil te houden, maar mijn handen blijven trillen.

'Claire,' piept ze. 'Leg het pistool neer. Ik weet dat je me niet zult neerschieten.'

Noah staart naar haar. Hij heeft het Zwitserse zakmes in zijn rechterhand en het glimt van haar bloed. 'Claire misschien niet.' Hij trekt het pistool uit mijn handen en ik laat hem zijn gang gaan. 'Maar ik wel.'

Ik kijk naar hem. Hij heeft Lindsays pistool en richt het op haar. Zijn handen zijn verrassend stabiel, als je bedenkt dat ik hem nog nooit een pistool heb zien gebruiken. Ik geloof dat hij haar neer zou schieten. Hij doet wat hij moet doen om ons allebei te verdedigen. Hij heeft me tenslotte beloofd dat hij ervoor gaat zorgen dat we thuiskomen.

'Weet je hoe je dat moet gebruiken?' vraag ik zacht.

Noah knikt bruusk. 'Ja, dat komt goed. Ga aan de kant, oké?'

Ik voel me ziek als ik neerkijk op mijn voormalige beste vriendin, die op de grond van de hut ligt. Haar gezicht is doodsbleek. Ik weet niet of ze dit gaat overleven. Ik weet niet of ik hoop van wel of niet. Ze veegt over haar voorhoofd en smeert bloed over haar haar.

'Het spijt me, Claire,' fluistert ze.

Noah legt zijn hand op mijn schouder. Hij draait me zachtjes weg van Lindsay zodat ik niet hoef te zien hoe het leven uit haar wegvloeit.

Epiloog

CLAIRE

Emma werpt zich zo snel op me dat ik bijna omval. Als ik al dacht dat ze zich enorm aan me vastklampte voordat ik op reis ging, dan is dat nu ongeveer een miljoen keer zo krachtig. Maar deze keer klamp ik me net zo hard aan haar vast.

Ik kijk naar rechts en de meestal gereserveerde Aidan klampt zich vast aan Noah. Het duurt nu niet lang meer voor we waarschijnlijk van kind moeten ruilen. Hoewel ik ze eigenlijk allebei tegelijk zou willen knuffelen. Ik had niet gedacht dat ik ze ooit nog zou terugzien.

Toen we een uur onderweg waren, belde ik mijn zus om de kinderen te komen brengen. Nu staat ze midden in onze woonkamer, met vochtige ogen. Ze wist de eerste avond al dat er iets mis was, maar niemand ging zoeken tot de tweede dag, toen we onze reservering hadden gemist.

'Blij dat je terug bent, zus,' zegt Penny.

Ik kijk op van mijn Emma-knuffel en steek mijn armen uit. Ze voegt zich bij Emma voor een omhelzing. En dan wil Aidan ook meedoen. Uiteindelijk omhelzen we elkaar alle vijf. Het is een beetje belachelijk, maar het maakt me blij. Er waren momenten dat ik zeker wist dat ik deze mensen nooit meer zou knuffelen.

De politie kwam tien minuten nadat Noah Lindsay had neergestoken. Warner had een apparaat dat onze gsm-signalen blokkeerde, maar voordat Noah erachter was hoe dat uit moest, was de politie er al. Lindsay had eerder in tranen gebeld en gezegd dat Warner haar met een pistool bedreigde en dat ze meteen moesten komen. Ze had de weg vrijgemaakt.

Volgens de politie was Warners echte naam Donald Regis. Hij werd in twee andere staten gezocht in verband met meerdere moorden. Als alles volgens plan was verlopen voor Lindsay, zou hij de perfecte zondebok zijn geweest. Vooral omdat hij dood was en zichzelf niet kon verdedigen.

De eigenaar van de hut was een kluizenaar met de naam Henry Callahan. Lindsay en Warner hadden hem nog nooit ontmoet, maar zijn huis stond op een perfecte locatie. Daarom hebben ze hem vermoord. Pech voor hem.

Lindsay daarentegen overleefde het. Ze ademde nog toen het ambulancepersoneel haar meenam. Maar ze zal een aanzienlijke tijd moeten zitten voor vier moorden. Minimaal vier moorden. Het is niet duidelijk hoeveel mensen Lindsay in haar leven heeft vermoord. Ik weet niet of we dat ooit zullen weten.

Jack en Michelle zijn dood. Net voordat we vertrokken, meldde een van de agenten dat ze Michelles lichaam hadden gevonden. Ze was doodgestoken, er was geen wild dier aan te pas gekomen. Lindsay en haar vriendje hadden al die klauwafdrukken zelf gemaakt om ons op een dwaalspoor te brengen. Met een magneet wisten ze ons met Jacks kompas precies daarheen te leiden waar ze wilden.

Noah en ik hebben het dan wel overleefd, maar niets kan Jack en Michelle terugbrengen. Elke keer als ik eraan denk, voel ik een steek van verdriet.

Waarom heeft Lindsay het gedaan? Ja, ik heb altijd al geweten dat ze een beetje vreemd was. Ze was heel fel over goed en kwaad, vooral als het om het andere geslacht ging. Natuurlijk, toen ik er op terugkeek, kwamen al mijn herinneringen aan haar in een nieuw licht te staan. Toen we op de universiteit zaten, dronken we samen een paar biertjes op het terras van een bar, toen er een jongen bij ons wilde komen zitten die geen nee wilde horen. Lindsay brak haar bierflesje tegen de muur en hield de scherpe rand tegen de nek van de jongen. Daarna ging hij er snel vandoor.

Daar had ik Lindsay altijd om bewonderd. Ik zou nooit het lef hebben gehad om een engerd te bedreigen met een gebroken bierflesje. Maar als ik nu terugkijk op die avond, herinner ik me hoe haar ogen glinsterden en hoezeer ze ervan leek te genieten om hem te zien kronkelen.

En dan was er natuurlijk Ted. Mijn ex-vriend die ik had betrapt toen hij me bedroog. Ze was zo vreselijk woest namens mij. Ik was ook woedend. Ik weet nog dat ze tierde: 'Hij moet boeten voor wat hij je heeft aangedaan.' Maar ik had nooit gedacht dat ze echt voor eigen rechter zou spelen.

Uiteindelijk stelde ik Lindsay teleur, net als iedereen. Misschien verdiende ik het niet om te sterven, maar ik had wel iets vreselijks gedaan, daar had Lindsay gelijk in. Ik weet niet of ik het mezelf ooit zal vergeven, ook al heeft Noah dat wel gedaan.

Terwijl Emma zich aan mijn heupen vastklampt, vraag ik me af hoe ik de kinderen moet vertellen dat tante Lindsay voor de rest van haar leven naar de gevangenis gaat. En dat zij degene is die hun moeder probeerde te vermoorden. Ze waren allebei dol op Lindsay, en eigenlijk denk ik dat Aidan verliefd op haar was. Misschien moet ik een creatief leugentje verzinnen.

'Ik heb jullie zo gemist,' zeg ik.

Noah pakt mijn hand en knijpt er zacht in. Ik voel een golf van genegenheid voor de man die ik een paar dagen geleden nog haatte. Ik dacht dat het over was tussen ons. Ik dacht dat we bij thuiskomst zouden praten over hoe we ons huis en onze bankrekeningen zouden verdelen.

'Het is goed om thuis te zijn,' zegt hij.

Ik knijp terug.

Emma en ik maken vanavond eten voor ons gezin. Noah stelde voor om pizza te bestellen, maar na alles wat we hebben doorgemaakt, heb ik het gevoel dat een zelfgemaakte maaltijd op zijn plaats is. Helaas is er niet veel eten in huis omdat het de bedoeling was dat we een week weg zouden blijven, maar er is genoeg om een ovenschotel te maken.

'Heb je hulp nodig?' vroeg Noah voordat hij Aidans favoriete videogame met hem ging spelen. Maar hij vroeg het niet met tegenzin, zoals anders. Hij vroeg het alsof hij echt wilde helpen.

'Nee, alles prima,' zei ik tegen hem.

'Weet je het zeker?' Hij vouwde zijn handen om mijn middel en trok me dicht tegen zich aan. 'Want wat je ook nodig hebt...'

Ik glimlachte. 'We redden ons wel. Maar misschien kunnen jij en ik later deze week een avondje uit.'

Hij leunde voorover om me te kussen. 'Precies wat ik ook dacht.'

Dus nu zijn Emma en ik een ovenschotel aan het maken. Ze schept de inhoud van een blik champignonsoep in mijn grote pan en ik roer in de eiernoedels op het fornuis. De oven is aan het voorverwarmen tot tweehonderd graden.

'Ik ben dol op champignonsoep,' zegt Emma. Ze doet haar lepel in de soep en neemt een grote hap.

Ik krimp ineen. Mag een kind koude soep eten? 'Emma...'

'Maar mama, het is lekker!'

Ik geloof niet dat het echt lekker is. Maar wat maakt het uit. Ze gaat er niet dood van.

'Ik ben zo blij dat je thuis bent,' zegt Emma. 'Ik zéí toch dat er iets ergs zou gebeuren tijdens de reis.'

Emma's voorgevoel was weer uitgekomen. Nou ja, een soort van. 'Je zei dat een monster ons zou opeten.'

Ze neemt nog een lepel koude soep. 'Nou, ik maakte me zorgen omdat papa zei dat hij ging wandelen.'

'Wandelen? Je bedoelt vissen.'

'Nee.' Ze likt soep van haar vingers. 'Wandelen. In het bos.'

'Weet... Weet je het zeker?'

Ze knikt. 'Met oom Jack.'

Ik schud mijn hoofd. 'Nee, ík zou gaan wandelen met oom Jack.'

'Papa ook,' houdt Emma vol. 'Ik hoorde ze erover praten aan de telefoon. Ze gingen wandelen, met z'n tweeën.'

Emma kijkt naar me op met haar grote bruine ogen. Ze heeft een goed geheugen en als ze zegt dat ze Noah en Jack samen een wandeling heeft horen plannen, dan weet ik zeker dat dat precies is wat er is gebeurd. En dat is helemaal prima.

Dat is per slot van rekening waarom we naar die afgelegen herberg gingen. Zodat we konden wandelen en vissen en zo.

Waarom geeft deze openbaring me dan een ongemakkelijk gevoel?

Ik had er alles voor over om je terug te krijgen.

Ik heb Noah nooit gevraagd waarom hij dat Zwitserse zakmes bij zich had. Of waarom hij het uit de la had gepakt. Achteraf leek het zo onbelangrijk. En misschien wilde ik het antwoord niet horen.

Ik bedenk opeens dat onze bagage nog in de auto ligt. De politie heeft alles van Jack, Michelle, Lindsay en Warner in beslag genomen. Maar we konden onze eigen spullen houden. Toen we thuiskwamen, waren we te blij om de kinderen te zien om aan onze tassen te denken. Alles ligt er nog.

De timer gaat af om aan te geven dat de eiernoedels gaar zijn. Ik zet het fornuis uit en laat de noedels uitlekken in een vergiet. Er stijgt een wolkje stoom uit de noedels op.

'Hé, Emma,' zeg ik. 'Ik loop even naar de garage om onze tassen te halen. Kun jij een oogje in het zeil houden in de keuken?'

Emma knikt plechtig. 'Ja.'

'En...?'

'Ik raak het fornuis niet aan.'

Ik kus haar voorhoofd. 'Brave meid.'

We hebben een aangebouwde garage, groot genoeg voor twee

auto's. Ik pak mijn autosleutels en glip door de deur naar de garage, die pikdonker is. Ik druk de schakelaar in, maar de ruimte wordt maar zwak verlicht. Mijn minibusje staat naast Noahs Prius. Ik druk op de knop van mijn sleutelhanger en mijn auto licht op.

Noahs tas is de kleinere groene. Ik voel aan de randen, op zoek naar de rits. Ik weet niet helemaal zeker waarom ik dit doe of wat ik hoop te vinden. Ik denk dat ik gewoon gerustgesteld wil worden. Ik wil zeker weten dat de wandeling die Noah en Jack samen gepland hadden, niet meer dan dat was.

Ik rits de tas open en bekijk de inhoud. Zijn overhemden en broeken liggen lukraak opgevouwen en zijn sokken liggen verspreid. Er is hier niets engs of ongewoons aan. Het ziet eruit als de rommelige tas van een typische man.

Ik haalde opgelucht adem.

Voor de zekerheid begin ik aan de kleding te voelen. Zijn overhemden voelen zacht aan onder mijn vingers. Ik weet niet wat ik zoek. Een pistool? Een ander mes? Ik vind in ieder geval niets. Het verbaast me niet.

Hoe dan ook, ik denk dat het een goed idee is om de tassen naar binnen te brengen. Mijn man kennende laat hij ze waarschijnlijk wekenlang in de bus liggen, als ik het niet doe. Dus ik pak zijn tas en haal die uit de kofferbak. Ik pak ook zijn sweatshirt, die hij in het bos aanhad en bij de rest van de bagage had gelegd. Die moet absoluut in de was, want die heb ik niet in de gootsteen uitgespoeld.

Maar als ik het sweatshirt op zijn bagage gooi, hoor ik een 'ping'.

Ik pak het grijze sweatshirt op, benieuwd naar wat dat geluid gemaakt zou hebben. Ik rits een van de zakken aan de zijkant van de trui open. Dan schud ik het uit.

Tot mijn verbazing valt er een klein zilveren steentje uit.

Ik herken het meteen. Het is een van die supersterke koelkastmagneten die Noah had gekocht toen de tekeningen van Emma en Aidan steeds van de koelkast vielen. Maar waarom heeft hij een magneet in zijn sweatshirt? Wat wilde hij ermee doen?

Ik had er alles voor over om je terug te krijgen.

Het is dom om achterdochtig te zijn. Warner heeft het waarschijnlijk in zijn zak gestopt. Ze waren tenslotte van plan hem erin te luizen. Toch?

Ik had er alles voor over om je terug te krijgen.

Alles.

'Claire?' Noahs stem weerklinkt van net buiten de garage. Ik stop de magneet snel terug in zijn shirt. 'Ben je in de garage?'

'Ja, even de tassen uit de auto halen!' roep ik terug.

Ik leg net het sweatshirt terug op zijn tas als hij de deur naar de garage opendoet en me bij zijn bagage ziet staan. Hij heft zijn handen. 'Maak je daar nou niet druk om, Claire. Jij kookt al. Het minste wat ik kan doen is onze tassen naar boven sjouwen.'

Vorige week zou dit een ruzie zijn geworden waarin ik hem ervan beschuldigde dat hij elk klusje net zo lang uitstelde tot ik er niet meer tegenkon en het zelf moest doen. Maar nu is het anders. 'Ik vind het niet erg,' zeg ik.

'Ik beloof het, ik doe het meteen.' Hij stapt de garage in en gaat bij me voor de kofferbak staan. Hij pakt zijn vieze sweatshirt van de tas en drapeert het over zijn arm. 'Mijn vieze kleding is niet jouw probleem. Ik was dit zelf wel.'

'O,' mompel ik. 'De was is meestal mijn taak...'

Hij pakt mijn pols om me dicht tegen zich aan te trekken. 'Het is het minste wat ik kan doen. Ik wil gewoon dat je weet hoeveel ik je waardeer.' Hij kust me zachtjes op mijn lippen. 'Ik ga het niet weer verpesten.'

Ik probeer te ontspannen terwijl Noah me weer kust, maar het is moeilijk om me niet af te vragen wat hij precies van plan was op deze reis. Als Lindsay niet tussenbeide was gekomen, was Noah dan van plan geweest om Jack mee te nemen naar het bos en de weg kwijt te raken? Zou Jack een steekwond hebben opgelopen tijdens het wandelen? Is het mogelijk dat mijn man zoiets zou doen?

Ik zou graag denken van niet. Ik wil graag denken dat er een heel redelijke verklaring voor dit alles is. En bovendien, hij heeft Jack niet vermoord, dat was Warner. Waarom zou ik ons hervonden geluk in gevaar brengen met dit soort vragen?

Soms is het beter om het niet te weten.

LINDSAY

Nou, dat liep niet helemaal zoals ik gepland had.

De officier van justitie zegt dat ik meerdere keren levenslang tegemoet kan zien, maar mijn advocaat zegt dat er een kans is dat hij kan vrijspreken op ontoerekeningsvatbaarheid. Als dat gebeurt, zit ik een paar jaar in een mooi, rustig psychiatrisch ziekenhuis en dan ben ik zo weer thuis. Hij zei dat niemand een mooie vrouw levenslang zal opsluiten. Mensen zijn erg oppervlakkig.

Ik denk echter dat het onwaarschijnlijk is dat ik vrijkom op krankzinnigheid. Nu ik gepakt ben, beginnen mensen door te krijgen wat ik in het verleden heb gedaan. Al die andere moorden, hoewel ze allemaal verdiend waren. Ik dacht dat ik zo voorzichtig was, maar het blijkt dat ik bewijs heb achtergelaten. Ze zullen me nooit laten gaan. Ik zal de rest van mijn leven doorbrengen in deze koude cel op dit oncomfortabele bed.

Ik heb hier veel tijd om na te denken.

Waar ik aan blijf denken zijn die laatste momenten in het huisje. Ik was er bijna. Als ik me maar niet had weggedraaid van Noah. Ik was vergeten dat hij dat Zwitserse zakmes had, en ik had al helemaal niet gedacht dat hij het in zich had om het te gebruiken. Het lukte hem alleen omdat hij dacht dat ik Claire zou neerschieten. Niets anders had hem kunnen motiveren. Ondanks wat ze hem had aangedaan, hield hij nog steeds zoveel van haar.

Het is ironisch, want ik was degene die hem dat mes gaf. Ik deed het toen we op de parkeerplaats stonden en Claire naar de wc was. Ik glimlachte hulpeloos naar hem en zei dat ik bang was om het bij me te houden omdat ik mezelf misschien per ongeluk pijn zou doen. Hij nam het zonder vragen aan. Mannen zijn zo simpel.

Het was Warners idee om die magneet in Noahs sweatshirt te stoppen, in de zak waar hij waarschijnlijk niet zou kijken. Ik haalde de magneet van hun koelkast toen ik op bezoek was. Al die tijd was Noah degene die Jacks kompas verstoorde zonder dat hij het doorhad. Jack had een vermoeden en daarom geloofde hij dat zijn beste vriend ons met snode bedoelingen in het bos probeerde te laten verdwalen.

Dat was toen Warner van plan was om Noah de schuld te geven. Natuurlijk zit die magneet er nog steeds. In de zak van zijn vieze sweatshirt.

Ik vraag me af of Claire de magneet zal vinden als ze de was doet. Tenslotte is zij degene die altijd de kleren wast, daar klaagt ze voortdurend over. Ze zal hem zien en gaan denken. Gaan denken of er meer achter Noahs verhaal zit dan hij laat zien.

Ik ken Claire zo goed, ik weet dat het aan haar gaat knagen. Ze denken dat ze hun huwelijk hebben gered, maar die magneet gaat ze kapotmaken.

En dan krijgen ze eindelijk wat ze verdienen.

Dankwoord

Ik ben zo dankbaar voor alle mensen in mijn leven die me terzijde staan en me door het pijnlijke redactieproces heen slepen. Schrijven is een eenzaam proces, maar na die eerste versie kan ik alle hulp goed gebruiken. Ik prijs me gelukkig met alle steun die ik krijg: vrienden en familie die er altijd zijn om me een mening en meer te geven.

Dank aan mijn moeder, voor de bemoedigende feedback en voor het helpen opsporen van al die nare tikfouten. Dank aan Jen, voor de uitgebreide kritiek en dat je me er doorheen hebt gepraat. Dank aan Kate voor de geweldige suggesties. Dank aan Rebecca, voor je geweldige advies. Bedankt Ken en Greg, voor jullie mannelijke perspectief. Het is fantastisch om die support in mijn leven te hebben. En dank aan mijn schrijfgroep!

En zoals altijd, dank aan de rest van mijn familie. Zonder jullie aanmoediging was dit allemaal niet mogelijk geweest.

Lees ook van Freida McFadden

De hulp *The Housemaid*
Millie heeft een nieuwe baan en hoopt op een frisse start, tot ze ontdekt dat niets in dit huis is wat het lijkt.

Wat de hulp weet *The Housemaid Is Watching*
Millie probeert haar donkerste geheim te bewaren, maar als ze op de deur van de logeerkamer klopt, verandert alles.

De hulp ziet alles *The Housemaid's Secret*
Bij dit gezin lijkt alles perfect… Millie weet wel beter.

De bruiloft van de hulp *The Housemaid's Wedding*
Millie heeft eindelijk geluk in de liefde, tot haar verleden opnieuw opduikt.

De perfecte zoon *The Perfect Son*
Erica's zoon wordt verdacht van moord: wat als hij het ondenkbare heeft gedaan?

De leraar *The Teacher*
Eve werkt op een middelbare school, en niemand is te vertrouwen.

Lieg nooit *Never Lie*
Tricia en Ethans zoektocht naar hun droomhuis eindigt in een geheime kamer vol cassettebandjes.

De vriend *The Boyfriend*
Sydneys nieuwe vriend is knap, charmant, maar misschien niet zo perfect als hij lijkt.

De vrouw op zolder *The Woman Upstairs*
Victoria lijkt hulpbehoevend, maar Sylvia ontdekt dat ze wanhopig probeert haar iets te vertellen.

De crash *The Crash*
Tegan zit vast in een sneeuwstorm en wordt gered door een echtpaar dat haar een warm toevluchtsoord aanbiedt – dat lijkt het tenminste.

De huurder *The Tenant*
Blakes nieuwe huurder Whitney lijkt dé oplossing te zijn voor zijn geldproblemen. Wat hij niet weet, is dat het gevaar nu in zijn huis schuilt.

Een voor een *One by One*
Een gezellig weekendje weg voor vrienden verandert in een nachtmerrie wanneer ze een voor een krijgen wat ze verdienen.

Lieve Debbie *Dear Debbie*
Debbie neemt het recht in eigen hand – met dodelijke gevolgen.

De indringer *The Intruder*
Casey ontdekt buiten haar afgelegen huisje in het bos een meisje. Ze is jong, zit onder het bloed, en draagt een duister geheim met zich mee.